Mira Morton

Eine Singlehochzeit zum Verlieben

AF515076

PINK CROWN

Die Autorin

Mira Morton ist das Pseudonym einer Österreicherin, die sich äußerst ungern auf einen Geburtsort oder gar ein Geburtsjahr festlegen lässt. Ihre bisher erschienenen erfolgreichen romantischen Komödien bescherten Mira allerdings den Titel *Principessa* – verliehen von treuen Leserinnen für die Selbstverständlichkeit, mit der sie völlig emanzipiert ihre Prinzessinnenseite auslebt.

»Ich will nichts anderes als unterhalten. Mich selbst, während ich schreibe und an einem neuen Roman fast verzweifle, und meine Leserinnen, wenn sich – wie durch ein Wunder – diese Liebesgeschichte plötzlich in ihren Köpfen wie ein Film liest. Wenn es mir gelungen ist, dass sie lachen und hin und wieder eine Träne verdrücken, dann war es jede Tasse Kaffee, jede durchwachte Nacht und jedes Tränensäckchen unter den Augen wert«, sagt Mira über ihren Anspruch an ihre Liebesromane.

Und tatsächlich hat Mira Morton einen Hang zu Geschichten à la Hollywood: Sexy, mit geheimnisvollen Millionären (von Filmstars bis hin zu Designern), umwerfenden Schauplätzen (Karibik, Malediven, Maui ...), aber vor allem mit modernen Frauen, die nicht in allen Belangen perfekt sein müssen. All dies gehört für sie unbedingt dazu.

Miras Botschaft lautet »Keep on dreamin'!«, da es für sie nichts Schöneres als die unendliche Welt der Fantasie und Bücher gibt.

www.miramorton.com

Email: principessa@miramorton.com

Instagram: @mortonmira

Facebook: www.facebook.com/MortonMira

Alle bisher erschienenen Romane von Mira Morton

Einzelromane:

›**Sommerglück. Traummann mit Plumpsklo**‹ – Österreich, irgendwo in den Bergen

›**Frühstück in Venedig**‹ – Wien, Venedig, Los Angeles

›**Inselblues & Flamingos**‹ – Providenciales, Karibik (Zuvor erschienen als ›Nur aus Liebe, Flamingo‹)

›**Ich schreib dich einfach weg**‹ – Malediven, Wien, Köln, Karibik

›**Unter den Flügeln deiner Seele**‹ – Wien, Andalusien

›**Mitten ins Herz versegelt**‹ – Mödling, Segeltörn in Kroatien, Maui

›**Immer wieder er**‹ – Wien, Neusiedler See

›**SOS! Versenkt den Milliardär**‹ – Mittelmeerkreuzfahrt (Teil 1 der Sieben-Sommersünden-Serie), Malta, Griechenland

›**Weihnachten ist nichts für schwache Nerven**‹ – Wien

›**Carol's Christmas. Ein Weihnachtswunder für die Liebe**‹ – Wien, ein kleines Dorf in den Bergen – nach Charles Dickens ‚A Christmas Carol'

›**Ein berauschendes Weihnachten**‹ – Wien

»Miami Girls«-Reihe:

›**Verliebt ist auch verrückt**‹ (1) – Wien, Miami, Las Vegas – *Gloria*

›**Solitaire. Liebe doch nicht inbegriffen**‹ (2) – Namibia, Miami – *Lea*

›**Herz zu verschenken. Mit dir hab ich nicht gerechnet**‹ (3) – Österreich, Miami – *Lulu*

Alle Romane der Reihe sind in sich abgeschlossen und können unabhängig voneinander gelesen werden.

»Zauberhaftes Buchcafé«-Reihe:

›**Zwei Tage Himmel**‹ – Wien, Kambodscha

›**Nächte voller Sonnenschein**‹ – Wien, Los Angeles, Belize

Alle Romane der Reihe sind in sich abgeschlossen und können unabhängig voneinander gelesen werden.

»Marry me«-Zweiteiler:

›**Eine Singlehochzeit zum Verlieben**‹ (1)

›**Zwei Singleflitterwochen zum Verlieben**‹ (2)

Die beiden Romane gehören zusammen!

»Secrets-Geheimnisvoll verliebt«-Serie:

›**Verbloggt. Ein Milliardär auf der Couch**‹ (1) – *Emma* – Wien, Steiermark

›**Bon Bini. When Love rocks**‹ (2) – *Riki* – Wien, Bonaire in der Karibik

›**Herzknistern. Blind verliebt im Pulverschnee**‹ (3) – *Marlene* – Wien, Kitzbühel

Alle Romane der Reihe sind in sich abgeschlossen und können unabhängig voneinander gelesen werden.

»Hollywood Love Story«-Serie:

›**Ich will kein Autogramm**‹ (1) – Wien, Barcelona

›**Ich will keinen Bodyguard**‹ (2) – Karibik (Saint Lucia, Mustique)

›**Ich will keinen Champagner**‹ (3) – Wien, Mallorca

›**Ich will keine Geschenke**‹ (4) – Los Angeles, Mexiko

›**Ich will keinen Hollywoodstar**‹ (5) – Los Angeles, Bahamas

Jeder Roman der Serie ist in sich abgeschlossen. Die Serie hat jedoch die gleichen Hauptprotagonisten Mara und Aiden.

Mira Morton

Eine Singlehochzeit zum Verlieben

Roman

2. Auflage, April 2021

PINK CROWN Edition

Kontakt:
Mag. Sabine Lengyel-Sigl
Richard Wagner-Gasse 9b, 2340 Mödling, Österreich
info@resipsychology.com

Texte: Mira Morton
Satz: János Rudolf
Endlektorat und Korrektorat: Martina König

Coverdesign:
Mira Morton & János Rudolf
Bildmaterial:
© Viorel Sima - shutterstock.com, ID:1022807635
(side view of a smiling elegant man standing with hands crossed)
© Gyorgy Barna - shutterstock.com, ID:68758081
(Hochzeitskuchen einzeln auf weißem Hintergrund)
© Stephen Coburn - shutterstock.com, ID:2184970
(funny figurine of a groom having second thought at his wedding)
© ptashka - shutterstock.com, ID:1684388956
(Porzellankuchenständer einzeln auf weißem Hintergrund)
© J. Zhuk - shutterstock.com, ID:116545369
(roter klassischer Sessel auf weißem Hintergrund und weißem Boden)
© Anntuan - shutterstock.com, ID:1503223526
(Vintage-Innensofa mit einer Vase aus Blumen im schicken Stil)
© Maquette.pro - shutterstock.com, ID:795478039
(three Invention satin pink ribbon bows with ribbons)

Alle Rechte vorbehalten.
Jede Verwertung oder Vervielfältigung dieses Buches – auch auszugsweise – sowie die Übersetzung dieses Werkes ist nur mit schriftlicher Genehmigung der Autorin gestattet.
Handlungen und Personen im Roman sind frei erfunden. Ähnlichkeiten mit lebenden oder verstorbenen Personen sind rein zufällig und nicht beabsichtigt.

© 2021 Mira Morton

ISBN: 978-3-9033-6006-8

Der Job

Samstagabend

»Soll ich dir noch ein paar Servietten für später bringen?«, fragt mich Mimi lächelnd.

Verdutzt sehe ich sie an. Stimmt. Im Laufe des Abends habe ich einige Fächer und Schmetterlinge gefaltet, die nun allesamt vor mir auf dem Stehtisch liegen. Das mache ich immer, wenn ich nicht weiß, wohin mit mir, und es zwischendurch nichts für mich zu tun gibt.

»Nein danke, Mimi. Ich werde mal eine Kontrollrunde machen und checken, ob draußen an der Poolbar alles in Ordnung ist.«

»Super, Marisa. Aber kannst du bitte zuerst in den ersten Stock hinaufgehen und nachsehen, ob sich irgendjemand von den Gästen nach oben geschlichen hat? Ein Mädel vom Catering hat gemeint, sie habe etwas gehört, aber ich muss leider noch einmal zurück in die Küche«, sagt Mimi.

»Klar, kein Problem«, antworte ich meiner Chefin, doch die ruft nur kurz ein »Danke, Marisa!« in meine Richtung und stöckelt mit zwei leeren Gin-Flaschen davon.

Partys zu planen und zu betreuen klingt in der Theorie eindeutig besser als in der Praxis. Noch dazu, wo diese hier in einer Privatvilla stattfindet. Das bedeutet für uns, einen Sack alkoholisierter Flöhe zu bewachen und aufzupassen, dass niemand in der Hitze des Gefechts das Haus des Eigentümers verwüstet.

Unwillkürlich schüttle ich den Kopf. Was bitte ist an unserem Schild ›Privatbereich – Zutritt verboten‹, das am Fuße des Stiegenaufgangs steht, nicht zu verstehen? Also für den Fall, dass tatsächlich jemand im ersten Stock ist?

»Ist hier jemand?«, rufe ich in den menschenleeren langen, aber sehr hellen Gang. Tolle Bilder an den Wänden! Muss ich mir später kurz ansehen. Außerdem: Blöde Frage von mir. Sollten sich zwei jetzt wirklich für eine heiße Nummer in eines der Zimmer zurückgezogen haben, werden sie sicherlich nicht ›Hier‹ schreien.

Soll ich oder soll ich nicht? Mir ist das unangenehm, in die Räume zu sehen. Ich fühl mich wie eine Einbrecherin, denn schließlich weiß ich ja nicht einmal, wer hier wohnt.

Was solls. Das gehört zum Job.

Ich klopfe an die erste der vielen weißen Türen.

Nichts. Keine Antwort.

Trotzdem öffne ich sie vorsichtig.

Verstehe. Das ist ein Büro. Sehr stylisch. Großer Glastisch mit Blick auf die Stadt. Fehlanzeige. Aber so lässt es sich arbeiten.

Gut. Dann eben der nächste Raum.

Uhhh! In diesen Ankleideraum passt ja mein gesamtes Wohnzimmer. Spannend. Lauter Herrenanzüge. Und Hemden! Wer besitzt denn so viele davon? In die Schubladen traue ich mich nicht, hineinzuschauen, es reicht ja schon allein die Schuh- und Gürtelgalerie, die ich sehe. Das Geld hätte ich gern, das hier jemand in Kleidung investiert hat. Da ginge sich locker ein Auto aus. Wenn nicht sogar eine kleine Eigentumswohnung.

Leise schließe ich auch diese Tür wieder hinter mir. Auf zur nächsten. Bin gespannt, was mich hier erwartet.

Lautlos ziehe ich die Tür auf.

Kurz verschlägt es mir die Sprache.

Mit einem »Entschuldigung« versuche ich, mich bemerkbar zu machen, denn in einem riesigen Badezimmer steht ein Mann vor dem Spiegel.

Er dreht sich zu mir um und sieht mich irgendwo zwischen fassungslos und hochgradig verärgert an. Zum Glück habe ich ihn nicht am Klo erwischt. Aber er trägt bloß Shorts und sprüht gerade Parfum auf seine Brust. Beschämt sehe ich schnell zu Boden.

»Hier ist der Privatbereich!«, schnauzt er mich an und ich höre, wie er das Fläschchen auf die Marmorablage stellt. »Wie lange sind Sie schon hier?«

In der Sekunde schaue ich ihn wieder an.

Leider kann ich nicht anders. Ich muss ihn anstarren. Ist der Typ fesch. Wie ein Gemälde. Beinahe unwirklich! Hohe Stirn, braunes gewelltes Haar, kantiges Gesicht. Wirkt entschlossen. Also das Gegenteil von mir.

»Äh, also rein physisch gesehen, sechsunddreißig Jahre«, antworte ich, weil ich die peinliche Situation entspannen möchte.

Mein Lächeln gefriert. Falscher Satz, schätze ich, denn er fixiert mich ungut mit seinen dunkelbraunen Augen.

»Rein physisch gesehen?«, wiederholt er meine, zugegeben nicht sehr einfallsreiche, Antwort.

»War nur ein Scherz. Ich habe eben erst die Tür geöffnet.«

»Verstehe. Und jetzt wollen Sie hier Wurzeln schlagen? Sehen Sie nicht, dass ich beschäftigt bin?«, fährt er mich an.

Okay, okay. Aussehen ist nicht alles. Ich muss mich zusammenreißen, zumal ›freundlich‹ für ihn ein Fremdwort zu sein scheint. Typisch neureicher Schnösel. Aber er hat vielleicht doch vor, in eines der Zimmer zu verschwinden! Vermutlich wartet da schon irgendeine Frau auf ihn. Okay. Höflich bleiben, Marisa. Das hier ist geschäftlich, da interessiert niemanden meine Meinung.

»Entschuldigen Sie, darf ich Sie bitten, äh ... sich anzukleiden und schnellstmöglich wieder hinunter zur Party zu gehen? Dieser Teil des Hauses ist, wie Sie ja eben selbst bemerkt haben, privat.«

Ich schicke ihm mein professionelles Lächeln, während er in eine helle Jeans schlüpft.

»Ich kenne Sie gar nicht. Sind Sie ein Gast von Flavio?«, fragt er und knöpft nun wie selbstverständlich ein kurzärmeliges weißes Leinenhemd zu, das rund um seinen Waschbrettbauch noch offen steht.

»Nein, nein! Also … ich bin der Anstandswauwau von *Celebrate*. Wir richten die Party für Flavio aus«, erkläre ich ihm.

Irgendwie kann ich mich nach wie vor nicht mit diesem Namen für Mimis Firma anfreunden.

»Anstandswauwau? Gibt es dieses Wort tatsächlich noch?«, lächelt er plötzlich und mustert mich.

Was hat er denn?

»Klar gibt es dieses Wort noch! Ich habe es eben verwendet und Sie haben es verstanden.«

»Okay, okay. Akzeptiert. Dann danke. Ich mache mich fertig, wasche mir noch die Hände und hieve meinen, rein physisch gesehen, fast vierzig Jahre alten Körper nach unten«, meint er in einem weitaus sanfteren Tonfall als zuvor.

Ich taxiere verstohlen seine Bauchmuskeln. Kein Vergleich zu allem, was ich in natura bei meinen Ex-Freunden jemals sehen durfte. Hm. Wie viel Zeit der Typ wohl in tägliches Training investiert? Mehr als ich ins Frustfressen. So viel steht fest. Mein Glück. Sonst hätte ich wohl hundert Kilo Übergewicht anstatt nur so um die drei bis fünf. Unwillkürlich ziehe ich meinen Bauch noch ein Stück weiter ein, was leider nicht mehr möglich ist.

»Sehr gut. Aber falls Sie noch einmal ein Badezimmer benötigen, bitte ich Sie, das unten gleich links von der Treppe zu benützen. Es ist beschildert«, presse ich hervor, ohne Luft zu holen.

Er sieht mich mit zusammengekniffenen Augenbrauen an.

»Beschildert? Wunderbar. Das mache ich.«

Was jetzt?

»Gut, dann verlasse ich mich darauf, dass Sie sich umgehend wieder nach unten begeben.«

Ich muss mir für solche Situationen echt einen schärferen Ton zulegen. Der nimmt mich doch nicht ernst, so wie er grinst. Außerdem weiß ich noch immer nicht, was er hier getrieben hat.

»Können Sie«, lächelt er.

Aha. Das heißt wohl: ›Danke, und tschüss!‹

Ich nicke und schließe die Tür hinter ihm.

Öffne sie im nächsten Moment aber wieder.

»Etwas vergessen, *Inspektor Columbo*?«, fragt er grinsend.

»Äh ... nein«, stammle ich.

»Was wollen Sie dann?«

Ich weiche zurück, denn er kommt barfuß – mit hellblauen Mokassins in der Hand – auf mich zu.

»Also, Sie ... Sie ... äh, Sie müssen mir schwören, dass Sie nicht in eines der Privatzimmer hier verschwinden!«

Direkt vor mir bleibt er stehen und mustert mich von oben bis unten.

»Ich schwöre nie etwas, denn gewöhnlich mache ich exakt das, wonach mir ist. Aber bitte, ich werde eine Ausnahme machen und verspreche feierlich, sobald ich fertig bin, nach unten zu kommen. Beruhigt?«

Wenn ich meinen Herzschlag ernst nehme, bin ich das genaue Gegenteil von beruhigt.

»Ich nehme Sie beim Wort«, sage ich beinahe tonlos, denn er steht so knapp vor mir, dass ich seinen pfefferminzigen Atem spüren und riechen kann. Das teure Parfum auch. »Danke.«

Ich sollte dann wohl ...

Schnell schließe ich die Tür hinter mir und lehne mich kurz an die Wand daneben.

Was ist denn mit mir los?

Okay. Dieser Mann ist wie der verbotene Apfel im Paradies. Mit dem Unterschied, dass ich ihn nie werde kosten können, denn einer wie er steht niemals auf eine wie mich.

Durchatmen, ablenken und weitermachen. Welche Wahl habe ich denn?

Ich zupfe an meinem cremefarbenen, völlig unauffälligen Minikleid, aber ich fühle mich nicht hübscher. Es ist hochgeschlossen und schlicht.

Marisa, vergiss den Typen einfach.

Mein Blick fällt wieder auf die Gemälde, die zu beiden Seiten des Gangs hängen. Wow! So schöne Bilder. Jedes einzelne ist beleuchtet und kommt damit noch besser zur Geltung. Ich schätze ja, dieses Haus wird den Eltern von Flavio gehören. Warum sonst soll er seinen Vierziger hier feiern? Herrschaftszeiten. So viel Geld müsste man haben, dass man es in Gemälde investieren könnte. Das wäre mein absoluter Traum.

***

Soll ich nun meine Stöckelschuhe einfach auf den Boden plumpsen lassen oder nicht? Meine Füße schmerzen wie die Hölle. Das ist der Zeitpunkt, an dem ich den Erfinder von High Heels gern verklagen und die Gäste nach Hause schicken würde.

Leider arbeite ich hier, also werde ich weiter leiden müssen.

Ich schiebe meine Kaffeetasse hin und her und stütze meinen Kopf in meine Handflächen. Mimi hat alle Servietten abgeräumt und ich bin gerade zu faul, mir neue zum Falten zu holen.

»Und? Wie findest du die Party bis jetzt?«, will Mimi, quer über den Stehtisch gebeugt, von mir wissen.

Zum Glück haben wir ausreichend Barhocker aufgestellt. Ich hasse ja Stehpartys. Wer denkt eigentlich, dass das kommunikativer ist? Also ich hätte keine Lust, mir stundenlang irgendeine schwachsinnige Geschichte unter Schmerzen und im Stehen anzuhören.

»Na wie schon? Öd. Eine Orgie an Belanglosigkeit und Geschmacklosigkeit, würde ich sagen.« Ich sehe, wie Mimi die

Stirn runzelt, und schiebe daher schnell nach: »Nicht, was unsere Dekoration und unser Catering betrifft, natürlich. Das ist alles sehr stilvoll. Viel zu edel, wenn man sieht, wie die sich alle hier aufführen.«

Mimi nickt. Sie ist aber immer so was von eine Mimose, wenn es um ihre Kunden geht! Ja kein falsches Wort. ›Der Kunde ist heilig. Wie auch seine Gäste‹, sagt sie immer.

»Da hast du leider recht. Ich weiß auch nicht, was ich von unserer Eisbar in der Affenhitze halten soll! Aber die Theke sieht tatsächlich wie türkises Gletschereis aus. Die ist dir echt gut gelungen!«, meint Mimi und trinkt wie ich einen Schluck Kaffee.

»Danke, mein Lieblingszwerg«, kichere ich.

Mimi liebt ihren Spitznamen.

»Hör auf!«, lacht sie. »Aber zu etwas ist der Wahnsinn hier gut: Dein Lieblingszwerg war nämlich schon fleißig und hat neue Kontakte geknüpft.«

»Die können wir gut brauchen. Sehr gut, Mimi!«

Mimi nickt.

»Kannst du laut sagen, aber es wird schon. Wirst sehen. Ein paar lukrative Aufträge werden wir schon an Land ziehen.«

Für den vierzigsten Geburtstag von diesem Flavio haben wir Himmel und Hölle in Bewegung gesetzt, damit alles seinen Wünschen gerecht wird. Angeblich ist sein Vater stinkreich und Flavio verwaltet dessen Immobilien. Na ja. Ist eben so. Paul hat uns das erzählt. Mimis Ehemann hat uns Flavio nämlich vermittelt. Aber das Gute daran ist, dass unser Kunde im Glück schwelgt, denn Flavio hat sich schon zigmal bei uns bedankt. Ja, jetzt hat er seine ›Fire and Ice‹-Party. Draußen im Garten, direkt neben dem Infinity-Pool, haben wir eine Grillstation aufbauen lassen. Mit Chefkoch.

»Erde an Marisa! Weißt du mittlerweile, wem diese Villa hier gehört?«

»Nein, keine Ahnung. Hat Paul nichts gesagt?«

Mimis Mann war ja auch eingeladen, aber er ist nach etwa zwei Stunden wieder abgerauscht. Ich kann ihn verstehen. War wohl mehr ein Anstandsbesuch. Flavio zuliebe. Im Grunde ist es mir ohnehin einerlei, wer diese hypermoderne Villa bewohnt. Am liebsten würde ich gehen. Falsch. Am allerliebsten würde ich mich in einer Sänfte nach Hause tragen lassen, aber wir müssen warten, bis der letzte Gast die Geburtstagsparty verlassen hat, um dann das Aufräumen und Wegschaffen all der gecaterten Gläser, Getränke und des ganzen Essens zu überwachen. Die Deko wird erst morgen abgebaut. Doch es bringt Geld. Gutes Geld, das ich wirklich brauchen kann. Also sehe ich es besser positiv.

»Nein, leider. Ich habe aber auch kaum ein Wort mit Paul gewechselt«, sagt sie.

»Verstehe. Ist ja auch egal«, lächle ich zurück.

»Und? Hast du jemand Interessanten kennengelernt?«

Ja. Den Mann im Badezimmer.

»Nein, nicht wirklich. Ich denke, ich werde wohl auch nach diesem gesellschaftlichen Großereignis Single bleiben.«

Ich mag es, wenn Mimi ihre großen grünen Augen aufreißt.

»Wenn du weiterhin so wählerisch bist, bleibt dir auch gar nichts anderes übrig, als dir endlich einen Hund zu nehmen!«

Ich schlag ihr sanft auf den Arm.

»Ich bin nicht wählerisch, ich warte nur auf den Schmetterlingsschwarm.«

In etwa so einen, wie ich mich für ein paar Sekunden oben im ersten Stock gefühlt habe.

Blödsinn.

Da war ich nur unsicher. Und überrascht. Genau. Das hat nichts mit Schmetterlingen zu tun gehabt.

»So wie du drauf bist, würdest du die Schmetterlinge nicht einmal bemerken, wenn sie schon auf deiner Nase sitzen!«, lacht mich Mimi aus.

»Ist es so schlimm, wenn ich mir einen Mann wünsche, der liebevoll, aufmerksam, intelligent und lustig ist?«, frage ich zurück.

»Nein, und der kommt auch bestimmt. Aber zurück zum Besitzer dieses Nobeletablissements. Flavio hat gesagt, es gehöre seinem besten Freund. Ist der dir irgendwie aufgefallen?«, rätselt sie plötzlich weiter.

Wir kennen nur die Adresse dieser bombastischen sandbeigen Villa und auch draußen, am automatischen Eingangstor, steht nichts außer der Hausnummer. Aber wir sind hier. Welche Info brauchen wir noch?

»Nein, vorgestellt hat ihn mir noch niemand. Aber es ist ja auch unerheblich.«

Der Eigentümer war auf jeden Fall so umsichtig und hat vor dem Fest das gesamte Erdgeschoss ausräumen lassen. Damit muss ich nicht auch noch den Couch-Wauwau spielen.

»Aber ein Zeitvertreib! Es ist ja schon eigenartig, wenn einer seine Villa zur Verfügung stellt und dann nicht einmal auf der Party auftaucht, oder? Also wenn du nicht bei meinem vierzigsten Geburtstag dabei bist, kündige ich dir unsere Freundschaft auf. Aber das wird nicht passieren und daher hast du recht. Uns kann es egal sein. Nicht egal ist mir jedoch, dass wir um sechs Uhr in der Früh auch noch hier sitzen werden, denn die scheinen sich hier alle königlich zu amüsieren«, meint Mimi und ihr Blick schweift über die Gäste.

Warum denke ich andauernd an diesen Typen? Könnt ihr Engel das bitte wieder abstellen? Soll er sich oben im verbotenen Stockwerk vergnügen, wie er will. Was geht mich das an?

Mir ist auf einmal flau im Magen. Wieso gefällt mir dieser Gedanke so ganz und gar nicht?

»Wem sagst du das, Mimi.«

Sie trinkt einen Schluck Kaffee und sieht müde aus.

Draußen heizt ein DJ den Gästen mit einer Monsteranlage ein. Er spielt etwas Südamerikanisches. Bin gespannt, wann der Erste unter dem Gejohle der anderen nackt ins Wasser springt. Das kommt sicher auch noch. Ein Feuerwerk, ein paar mehr oder minder lustige Ansprachen für Flavio sowie das Auffahren der großen Geburtstagstorte mit vierzig Kerzen und der Lebenskerze haben wir wenigstens schon hinter uns gebracht. Aber ich sehe den Badezimmer-Mann nirgendwo, dafür steuert Flavio direkt auf uns zu.

»Da sind ja meine beiden Lieblingsfeen«, grinst er und umarmt Mimi wie selbstverständlich an der Taille, was mir einen kleinen Stich versetzt.

An sich ist er ja wirklich ein Netter. Typisch Italiener. Klein, dunkelhaarig, sehr schmal und ein Charmeur.

»Kommst du mit, Mimi? Ich muss dir unbedingt noch ein paar künftige Kunden vorstellen«, sagt Flavio.

Er strahlt sie schon wieder aus seinen schwarzen Augen an, fasst sie an der Hand und Mimi lässt sich mit einem Schulterzucken in meine Richtung einfach fortziehen. Das geht schon den gesamten Abend so. Wie es aussieht, scheint meine beste Freundin drauf und dran zu sein, in eine Affäre zu schlittern, wenn sie sich ihn nicht vom Leib hält. Mir kommt es seltsam vor, wie die beiden einander immer tief in die Augen sehen.

Der Engel

Seit gefühlten Ewigkeiten ist Mimi mitsamt Flavio wie vom Erdboden verschluckt. Langsam wird mir, was die beiden betrifft, echt mulmig zumute und langweilig noch dazu.

Ich hätte lieber etwas Gescheites lernen sollen. Kunstgeschichte! So toll mein Studium auch war, was hab ich jetzt davon? Ich organisiere Hochzeiten und Partys. Also lächeln und durchhalten.

Der Kaffee baut mich wieder etwas auf. Na bestens. Starre ich eben wieder eine Runde die Partygäste an und fühle mich wie eine graue Maus.

Ich schnappe mir ein paar Servietten von der Eisbar und setze mich wieder an unseren Tisch. Ganz hinten. Quasi im letzten Eck des Wohnzimmers.

Mit einem Mal spukt wieder der Mann vom ersten Stock in meinem Kopf herum.

Hm, meine Engel! Was sagt ihr? Das ist doch total oberflächlich und dumm von mir, oder? Außerdem gibt es keine Liebe auf den ersten Blick. Liebe wächst doch. Wenn man sich besser kennenlernt und Ähnlichkeiten feststellt. Ja genau. So ist es. Und außerdem hatten wir doch vereinbart, dass ihr mir das nächste Mal ganz viele Zeichen schickt! So viele, dass sie mich beinahe erschlagen und ich sie nicht übersehen kann. Wisst ihr das noch?

Was ist denn jetzt los? Die Menge im Wohnzimmer teilt sich. Ich halte inne. Jetzt bin ich aber gespannt, wer da im Anmarsch ist.

Oh, oh! Das ist ja der fesche dunkelhaarige Typ vom Badezimmer. Ob das jetzt auch ein Zeichen ist? Nein. Das ist Zufall.

Komisch. Er ist allein. Mein Herz klopft einen Tick schneller, aber ich bin wie paralysiert und muss hinsehen. Selbst die Männer umarmen ihn herzlich. Interessant. Die nächsten Mädels fallen ihm um den Hals. Irgendwie bin ich sauer. Er hatte mir doch versprochen, dass er schnurstracks wieder nach unten geht. Aber ich gebe zu: Der schlägt hier alle. Und zwar mit großem Abstand. Die anderen Typen um ihn herum verblassen geradezu neben ihm. Ausstrahlung hat er auf jeden Fall.

Da steht er. Gestikulierend und lachend. Voll angezogen sieht er nicht weniger attraktiv aus als nur in Boxershorts. Die zerrissene Jeans sitzt perfekt. Die obersten zwei, drei Knöpfe seines weißen Hemds stehen offen und bringen seinen sonnengebräunten Teint wirklich toll zur Geltung. Wie ein Filmstar sieht er aus. Und er benimmt sich auch wie einer.

Mist. Schnell schaue ich auf die Tischplatte. Er hat mich angesehen und mir zugezwinkert! Ich nestle an den Servietten herum und setze mich aufrecht hin.

Ich kann ihn nicht noch einmal so anstarren. Oder doch?

Doch. Kann ich.

Ob es an seinem Zahnpastalächeln liegt, dass er mich so fasziniert? Möglicherweise ist es nur der edle Schnitt seines Gesichts? Es könnte auch schlicht mein nicht existentes Sexleben sein. Vielleicht spielen heute meine Hormone einfach verrückt?

Nur wenig von mir entfernt schnappt er sich zwei Gläser vom Tablett, das ihm eine der Kellnerinnen hinhält. Ich halte den Atem an. Mein Herz klopft mir trotzdem bis aus den Ohren. Nicht jetzt! Kommt er damit zu mir?

Ich seh nach hinten. Nein. Da steht niemand.

»Hallo! Hier, für meinen Anstandswauwau.«

Wie selbstverständlich drückt er mir ein Glas Champagner in die Hand.

»Hallo«, sage ich völlig automatisch.

Was ist denn mit mir los? Ich zittere leicht und das Glas rutscht mir aus der Hand und die gefalteten Servietten mit auf den Boden.

Mit einem »Hoppala« fängt er es auf, ohne groß etwas zu verschütten.

»Danke!«

»Kein Problem«, antwortet er und stellt das Glas vor mir auf den Tisch. »Ich hoffe, du magst Champagner?«

Herrgott! Ich würde auch einen von diesen süßen Likören, die ich so hasse, mit ihm trinken! Aber es ist schon seltsam. Einen Stock tiefer, und wir sind per Du. Spiegelt diese Spontanverbrüderung das Niveau der Party wider?

Ich muss stark bleiben.

»Nein danke. Ich trinke keinen Alkohol.«

»Nie oder nur nicht mit mir?«, fragt er, während er sich bückt.

Was sucht er denn unter dem Tisch?

»Nicht, wenn ich arbeite«, erwidere ich etwas lustlos.

Er taucht wieder auf.

Ist das ... peinlich. Wortlos legt er zwei Serviettenherzen auf den Tisch. Hab ich tatsächlich Herzen gefaltet? Ich werde rot.

»Aber die Party läuft doch gut, oder?«, schmunzelt er. »Und was ist gegen ein Glas Champagner einzuwenden? Übrigens: Sehr kunstvoll, die Herzen. Hast du sie gemacht?«

»Ja, möglicherweise nichts und ja«, antworte ich auf seine drei Fragen.

»Das ist doch einmal eine unerwartete Antwort. Selbst in aller Kürze überraschend.«

Ich rutsche unruhig am Hocker hin und her. Muss das sein? Jetzt mustert er mich auch noch von Kopf bis Fuß. Was will er finden? Ich weiß, mein unauffälliges cremefarbenes Kleid ist aus einem Secondhandladen. So ein Topfen! Ich hätte definitiv etwas Schickeres anziehen sollen. Der Fetzen geht hier als Tarnanzug durch, aber sonst auch gar nichts. Nicht einmal Schmuck trage ich und auch meine Wimpern habe ich nicht künstlich verlängern lassen. Also alles in allem frage ich mich, wieso er überhaupt neben mir steht. Dass ich nicht hierher passe, ist ja wohl offensichtlich. Allerdings kommt er neben einer wie mir noch mehr zur Geltung. Vielleicht diene ich als Leinwand und das Gemälde ist er?

Das waren keine Zeichen, meine lieben Engel! Auf so was fall ich nicht rein. Ich bin ja keine Anfängerin.

Sein Blick bleibt an meinem Busen hängen. Schnell lasse ich die Herzen in meiner kleinen Handtasche, die am Tisch liegt, verschwinden.

Aha! Kein Wunder. Das ist bei allen Männern so. Großer Busen ist gleichbedeutend mit großer Verlockung, hinzusehen. Und alles andere auszublenden. Und meiner ist echt. Erstaunt ihn sicher, denn alle anderen hier haben ja Silikonimplantate.

»Überfällst du eigentlich immer Männer im Bad?«, stellt er die nächste überflüssige Frage.

Ich nicke bloß. Wenigstens weiß er, wo meine Augen sind, wenn er mit mir spricht. Aber wieso versucht er kramphaft, Small Talk zu betreiben? Ich weiß, wie das ausgeht. Kaum erzähle ich aus meinem unaufgeregten Leben, macht er spätestens nach fünf Minuten die Fliege.

Moment einmal.

»Äh, was meinst du? Ich hab dich doch nicht überfallen, nur ...«

Das Bad kontrolliert, wollte ich sagen, aber er fällt mir ins Wort.

»Ist ja kein Problem, ich hab es ganz amüsant gefunden. Übrigens: tolles Kleid. Sehr stilvoll. Gefällt mir.«

Ich schlucke kurz. Klar. Wir sind Creme in Creme. Also die Villa und ich. Wenn das allein toll ist, ja, dann pass ich hierher wie ein Laubfrosch in die Wiese im Mai.

Wo kommt das her? Denn am liebsten wäre mir glatt, er würde es mir vom Leib reißen.

Was ist das? Wieso habe ich das Gefühl, vorauseilend enttäuscht zu sein, weil er mich nicht ungut anbaggert wie so manch anderer hier?

»Danke. Ist wohl eher so was wie ein Tarnanzug in diesem Haus.«

»Ich würde eher sagen, der *perfect match.*«

Ich habs gewusst. Er findet auch, dass es besser ist, man nimmt mich erst gar nicht wirklich wahr.

»Jaja, ich weiß! Ich passe perfekt zum Fußboden und zu den Wänden. Pass bloß auf, dass du nicht über mich stolperst! Aber das ist okay, denn das hier ist ohnehin nicht so ... also, meine Welt.«

Sehr redegewandt, Marisa. Einfach großartig! Er wird sich denken, ich bin eine Dumpfbacke. Lachen muss er ja schon.

»Was ist denn dann *deine* Welt? Jetzt hast du mich neugierig gemacht«, meint er und lehnt sich lässig an den Tisch. Lächelt mich an und trinkt einen Schluck.

Wieso fühle ich mich gerade so klein und unscheinbar?

»Tja, du hast mich gefragt. Fällt dir auf, dass die weiblichen Gäste hier ziemlich viel Geld in Schlauchbootlippen, Busenvergrößerungen und Botox investiert haben?«

Ohne auch nur eine der Frauen anzusehen, sagt er: »Ist mir bekannt.«

»Sehr gut, denn das ist auch schon der Unterschied: In meiner Welt investiert man dieses Geld, sofern man es überhaupt hat, in Bücher, ein paar nette Poster von tollen Gemälden und in Dosenfutter fürs Tierheim.«

Ich fixiere ihn.

»Das ist meine Welt. Ich denke, du verstehst den Unterschied.«

Er zuckt nicht einmal mit den Wimpern und sagt: »Das verstehe ich und gerade das interessiert mich. Außerdem hast du Stil.«

Stil? Ich? In meinem Secondhandkleid? Flirtet er mit mir oder ist das das Interesse eines Sozialreisenden? So wie bei einem Zeitreisenden, nur eben anders? Ganz eindeutig. Reich muss er ja sein, sonst wäre er wohl nicht hier.

Ich beuge mich in seine Richtung.

»Weißt du, ich bringe es mal auf den Punkt. Im Gegensatz zu allen anderen hier bin ich arm wie eine Kirchenmaus, wohne auf sechzig Quadratmetern und arbeite hart für mein Geld. *Das* unterscheidet mich. Und verzeihe mir, aber heute bin ich nur mehr in der Lage, nach Hause zu gehen und eine Runde mit meinen Engeln zu sprechen.«

Arme und Esoterikerinnen törnen diese Reichen hier ab. Davon bin ich überzeugt. Soll er seine Sozialstudien doch woanders betreiben. Und so schön die Vorstellung für einen Moment lang ist, von einem Mann wie ihm umgarnt zu werden, es wird ohnehin nie passieren. Da kann er sich doch gleich in Luft auflösen.

Noch immer betrachtet er mich aufmerksam. Ich halte seinen Blicken kaum stand. Warum bin ich so aufgeregt?

Ja. Er ist fast zu fesch, um wahr zu sein, aber das ändert nichts am Rest. Vermutlich ist er arrogant und eingebildet. Hoffe ich zumindest. Wenigstens trägt er keinen Ehering.

»Du sorgst also für dich selbst. Was ist daran verkehrt? Und das mit den Engeln ist doch wunderbar«, grinst er und drückt mir bereits zum zweiten Mal das Glas in die Hand. Diesmal so, dass er meine Hand berührt. Mist. Ein Schauer jagt durch meinen Körper und unsere Blicke verhaken sich. »Darauf müssen wir anstoßen«, sagt er.

Ich glaub … ich sollte … meinen Mund dann langsam wieder zuklappen.

Schon wieder schalte ich auf Vollautomatik und nehme das Glas. Er berührt es mit seinem. Ein sehr leises ›Pling‹ ist zu hören.

»Zum Wohl!«, sagt er und lächelt spitzbübisch. »Auf dich und auf deine kunstvoll gefalteten Serviettenherzen, die auf wundersame Weise verschwunden sind.«

Oh, wie peinlich! Wieder werden meine Wangen heiß. Er hat es doch bemerkt. So ein Schmarrn.

Irgendetwas hat er an sich, das sich an meinem Verstand vorbeischleicht und sich direkt in meinem Bauch breitmacht. Ich bin aufgeregt, obwohl ich es überhaupt nicht sein will. Zumal ich ja weiß, wohin das am Ende führt.

Was solls?

»Auch zum Wohl«, antworte ich daher schnell und nehme einen Schluck.

Sehr gut. Den habe ich jetzt gebraucht.

»Siehst du, ich habe gewusst, dass du mit mir ein Glas trinken wirst«, beginnt er selbstbewusst und stellt sein Glas ab. »Ich heiße Martin Engel, und du?«

Sprachlosigkeit kann ich selbst nur durch weit aufgerissene Kuhaugen und einen offenen Mund toppen. Im Moment leide ich spontan an allem.

»Ma ...risa«, stottere ich daher.

Engel? Er heißt wirklich Engel im Nachnamen? Ob das ein Zeichen ist? Wie die Herzen und dass er im richtigen Moment aufgetaucht ist?

Nein. Pure Einbildung.

»Und wie weiter?«, bohrt er nach.

Und unsere beiden Vornamen bestehen aus je sechs Buchstaben und beginnen gleich! *Helft mir doch, meine Engel! Bedeutet das irgendetwas?*

»Teufel.«

»Ist nicht wahr, oder?«, lacht er laut und beugt sich über den Tisch zu mir. »Du verschaukelst mich, stimmts?«

Ich weiche ein Stück nach hinten. Je näher er mir kommt, desto mehr fühle ich mich von ihm angezogen. Ich muss aufpassen. Das hier ist nicht normal.

»Wenn du wirklich so heißt, dann tue ich es auch«, erwidere ich.

Der Typ ist mir unheimlich. Wie kann das sein, dass er nicht sofort abgehaut ist und jetzt auch noch Engel heißt? Ganz abgesehen davon, was mein Körper von ihm hält. Ich weiß schon, es gibt angeblich Menschen, die einfach chemisch aufeinander reagieren. Ist das bei ihm und mir der Fall? Und wenn ja, wofür soll das gut sein?

»Eins zu null für dich. Dann haben sich heute also auf wundersame Weise Engel und Teufel gefunden. Sehr erstaunlich«, lächelt er noch immer und sieht mich wieder prüfend an.

Lässig lehnt er sich an den Tisch und es scheint, als hätte er alle Zeit der Welt, nur um mein Gesicht Millimeter für Millimeter zu scannen.

»Sieht ganz danach aus. Aber bevor du dich zu sehr freust: Ich habe das ernst gemeint. Ich bin nicht zum Spaß hier, sondern nur das Personal, wie du weißt.«

So. Das wird ihm dann wohl einleuchten. Ich bin nicht darauf aus, mir hier einen One-Night-Stand aufzureißen, egal wie sexy er aussieht. Soll er sich doch eines von den anderen Mädels hier krallen. Stehen ja genügend zur Auswahl. Von blond bis schwarzhaarig, von Atombusen bis hin zu gebotoxter Stirn. Alle in Designer-Outfits. Kein Röckchen länger als knapp bis über den Hintern. Exakt seine Liga.

»Personal? Also wenn du es warst, die hier alles in einen exklusiven Club verwandelt hat, würde ich dich als Künstlerin bezeichnen.«

Künstlerin? Exklusiver Club? Ich würde es als geschmacklose Verunglimpfung dieser an sich stilvollen und modernen Villa bezeichnen. Zwar gelungen, aber am Ende doch unpassend.

»Du erlaubst?«

Ich nicke. Jetzt hat er auch noch Manieren? So ein Topfen. Manieren finde ich verdammt sexy. Mag altmodisch sein, aber ich steh auf so was.

Hat er vor, zu bleiben?

»Tja, wenn sich der reiche Mann mit vierzig so einen Club vorstellt, bin ich vermutlich eine Künstlerin«, sage ich, um irgendetwas zu sagen.

»Du machst mich älter, als ich bin. Ich werde erst in zwei Monaten vierzig. Aber ich verstehe, der Kunde ist König, nicht?«, meint er amüsiert. »Und unter uns: Ihr habt eure Sache wirklich gut gemacht, aber das mit dem Motto finde ich auch sehr übertrieben von Flavio.«

Schau einer an. Werden wir jetzt ehrlich?

»Da rennst du bei mir offene Türen ein, aber dennoch machen wir das, was sich unsere Kunden wünschen. Also wenn jemand wie Flavio *Fire-and-Ice* im Hochsommer will, dann bekommt er es. Wir würden sogar einen Christbaum mit Flamingos dekorieren, wenn es sein muss.«

Was ich schlimm fände, denn ich liebe Flamingos. Nur nicht gerade auf einem Weihnachtsbaum.

Er grinst, scheint aber nachzudenken.

Wo bleibt denn Mimi? Vielleicht geht er endlich, wenn sie auftaucht? Bitte! Ich halt mich grad selbst nicht mehr aus. Warum bin ich so kratzbürstig und gleichzeitig kann ich meinen Blick nicht von ihm lassen? Seinen schmalen, langen Fingern? Auch nicht von seinem schön geschwungenen Mund, der durchaus Ernsthaftigkeit ausstrahlt. In die Augen kann ich ihm nur zwischendurch und auch nur sehr kurz sehen. Davon bekomme ich Wallungen.

»Und wie steht es mit anderen Events? Firmenfeiern, Hochzeiten und so weiter? Kannst du das auch?«

»Überschätz mich mal nicht. Dafür brauche ich mindestens noch einen Abendkurs«, erwidere ich und versuche, ernst zu bleiben.

Er lacht schallend.

»So klingt es also, wenn man sich mit einer intelligenten Frau unterhält. Wow! Also: Du bist auch noch schön, hast Geschmack und Humor. Sag mir, wo bei dir der Haken ist!«

Ich weiß es: die Zahl auf der Anzeige meiner Waage. Auch ein miederartiger Body enthüllt spätestens im Bett die Wahrheit. Kann es sein, dass ein Mann wie er tatsächlich an einer wie mir interessiert ist?

Jetzt weiß ich es! Er sieht furchtbar schlecht und aus reiner Eitelkeit trägt er keine Brille. Das wirds sein. Deshalb fällt ihm auch nicht auf, dass mein Keid im besten Fall Vintage ist.

»Hab ich doch schon gesagt: Ich spreche mit Engeln, bin arm, arbeite hier und halte Hunde für die besten Zuhörer der Welt. Anders gesagt: Ich bin hier der Alien!«

Er sieht mir tief in die Augen.

»Wenn das wirklich alles ist, glaube ich seit heute an Außerirdische«, sagt er in einem seltsamen Tonfall.

Was bitte will er von mir?

Ehrlicher kann ich gar nicht sein. Muss ich noch deutlicher werden?

»Es steht dir frei, zu glauben, woran du willst. Aber wechseln wir das Thema: Hast du etwa einen Auftrag für uns?«

Wieso muss ich die Walze auspacken und ihn plattmachen?

Seine Miene verfinstert sich. Super, Marisa. Weltklasse. Jetzt hat er zwar gerafft, dass ich nicht zum Spaß hier bin, aber wollte ich das wirklich?

»Wir werden sehen. Sollte es so weit sein, wende ich mich vertrauensvoll an dich!«

Das hat jetzt aber ganz anders geklungen als unser Gespräch bis zu meiner blöden Frage. Martin kneift seine dunklen Augenbrauen zusammen und scheint noch etwas sagen zu wollen.

»Äh ... hinter ... dir«, stottere ich und deute ihm, dass jemand zielstrebig auf ihn zusteuert.

Und dieses große blonde Monster umarmt ihn auch noch von hinten. Hält ihm die Augen zu. Wie kindisch!

Martin packt ihre Hände und schießt herum.

»Oh! Olga!«, ruft er laut.

»Ja, deine Olga, mein Engel.«

Plötzlich fühle ich mich wieder unscheinbar und klein. Leer und unwichtig. Hässlich und dick. Vielleicht lege ich mich auf den Fußboden und er vergisst auf der Stelle, dass er mich jemals getroffen hat?

War ja klar. Er ist der mit dem Haken. Und seiner ist einen Meter achtzig groß und küsst ihn gerade mitten auf den Mund. Grauslich, diese aufgespritzten Lippen und gefärbten Haare. Wie kann man so etwas attraktiv finden oder gar küssen wollen?

Martin legt einen Arm um ihre Hüfte.

»Na, wie geht es meiner Süßen?«, fragt er sie auch noch zu allem Überfluss. Völlig locker und fröhlich klingt er wieder.

Hat der doch einen Sehfehler? Dieses Ungetüm von einer Frau ist alles, nur nicht süß. Nichts an ihrem Gesicht oder Körper wirkt echt. Muss richtig teuer gewesen sein.

»Gar nicht gut. Ich habe dich schon vermisst, Martin. Wo hast du denn den ganzen Abend gesteckt? Übrigens: Ich habe keinen Kaviar gesehen. Auch keine Austern. Du weißt doch, dass ich nichts anderes essen kann.«

Sie verdreht ihre großen dunklen und völlig überschminkten Augen und fährt mit ihrem überdimensionalen ballonartigen Busen vor seinem Gesicht herum. Da kommt mir sogar mein D-Körbchen klein und unförmig vor. Mir wird schlecht. Ich hasse diese Tussi.

»Das ist ja wirklich eine Katastrophe!«, grinst er sie an. »Hat Flavio tatsächlich vergessen, einen Almas-Kaviar zu ordern?«

Nimmt er diese Kuh ernst? *›Baby, ich muss verhungern ... Wo sind die Austern? ... Wo ist mein Champagnerbad?‹* Und dann springt er? Außerdem habe ich das einmal gegoogelt. Almas-Kaviar ist extrem selten und das goldene Minidöschen kostet so um die vierzigtausend Euro.

Sie zieht und zupft an seiner Hand.

»Sieht so aus! Vielleicht hast du ja etwas Essbares in deinem Kühlschrank. Komm, du willst doch nicht, dass ich in deinem eigenen Haus verhungern muss? Oder, Martin?«

Sein Haus?

Moment einmal.

Mein Hals schnürt sich zu.

Das ist doch eine bodenlose Frechheit. Von ihr und von ihm! Er hätte mir schon oben im Bad sagen können, dass er hier wohnt! Dann hätte er mir diese peinliche Szene erspart.

Und sie? Wir haben das Feinste vom Feinen zum Essen hier. Getrüffelte Nudeln, jede Menge unterschiedlicher Meeresfrüchte, Steaks, Thunfisch und Steinbutt. Kleine Häppchen, Salate und Tonnen an Mini-Gläsern mit den herrlichsten Nachspeisen. Und jetzt steht dieser Martin auch noch auf?

»Du entschuldigst, Marisa? Wir sprechen uns wegen ... äh, wegen des möglichen Auftrags später.«

Klar. Wo hätte ich auch anders landen sollen als beim Personal? Ich habs von vorneherein gewusst und es hat sich wieder einmal bestätigt. Männer, die mir gefallen, sind nicht an mir interessiert. War schon in der Schule so.

Zeichen! Heute habt ihr mich aber ganz schön an der Nase herumgeführt, meine lieben Engel. Ich weiß schon, ihr mögt es auch lustig, aber bitte nicht mit mir, wenn es leicht geht.

»Natürlich, gern«, antworte ich pflichtbewusst, allerdings nur Mimi zuliebe.

Sie würde es mir nie verzeihen, wenn ich einen möglichen Auftrag einfach sausen ließe.

Da haut er mit Olga ab. Die Kuh ist auf ihren Fuck-me-Shoes in etwa gleich groß wie er. Gut einen Meter neunzig.

Nur nicht drüber nachdenken.

Ich kippe den Rest des Champagners ex hinunter. Der DJ draußen dreht die Musik lauter. Die beiden verschwinden Arm in Arm an den Pool und einer der Männer neben mir schubst mich fast vom Hocker.

»Entschuldigung«, lacht er mich an und tanzt mit einem Typen weiter.

Ich nicke ihm zu. Ist doch kein Problem. Bin ja bloß ich.

Alle sind ausgelassen und fröhlich. Kaum zu ertragen, dieser Wahnsinn hier. Jetzt stört mich diese Party noch viel mehr als zuvor.

Ich hole die Herzen aus meiner Handtasche.

Oh. Schau einer an, da ist sie ja wieder.

»Hey, was ist dir denn über die Leber gelaufen?«, fragt Mimi und hockt sich zu mir.

»Martin Engel. Der Besitzer dieser Villa«, antworte ich knapp und zerreiße ein Serviettenherz. Das andere auch. Damit hat er mir irgendwie alles verdorben.

»Oh. Und? War er nicht zufrieden mit uns?«, will sie wissen und kaut an ihren Nägeln.

Mimi schafft es, wie ein kleiner Hund dreinzublicken, wenn sie sich Sorgen um den Ruf ihrer Firma macht. Das hält sie gar nicht gut aus. Sie ist ein chaotisches Organisationsgenie und zugleich Perfektionistin in der Ausführung. Damit die Mischung funktioniert, hat sie mich. Ich bin die Dekoqueen, die fürs Konzept und auch die, die am Ende den Überblick behält. Und im Moment auch die, die am liebsten ein Glas nach Olga pfeffern würde.

»Hör auf, an den Nägeln zu kauen! Und ja, er scheint sehr zufrieden zu sein, denn er hat etwas von einem eventuellen Auftrag gefaselt«, blaffe ich sie ungewollt scharf an. »Aber sag mir lieber, was zwischen dir und Flavio läuft.«

Ihre grünlichen Augen blitzen kampfeslustig auf.

»Das ist doch super! Und beruhig dich, da ist gar nichts. Flavio ist wie ein großer Junge. Mit dem muss man schäkern, dann fühlt er sich besser.«

Aha. Wers glaubt, wird selig.

»Na dann ist ja alles gut«, sage ich lustlos.

»Absolut. Jetzt haben wir schon einige potenzielle Neukunden. Besser gehts nicht«, erwidert sie.

Was ärgert mich eigentlich so? Dass ich Mimi nicht wirklich abnehme, dass Flavio sie andauernd nur einfach so begrapscht, oder dass Martin mit dieser Tussi am Arm einfach abgehaut ist? Vermutlich beides.

Wieder ein Grund mehr, Single zu bleiben. Und zwar mit Freude! Egal wie, aber so viel Selbstwert habe ich, dass ich mich nicht mit so einer Schlampe vergleichen will.

Mimi sammelt wortlos die Serviettenreste ein.

»Zeig ihn mir mal«, sagt sie.

»Wen denn?«

»Na, den Hauseigentümer.«

Ich sehe auf und zur großen Terrasse hinaus. Ah. Da ist er ja.

»Siehst du den Dunkelhaarigen da draußen, neben dem Pool? Vorn beim DJ? Das ist Martin Engel«, flüstere ich ihr zu.

»Du meinst jetzt aber nicht diesen Schönling mit den fünf Frauen rings um ihn herum, oder?«

»Exakt den meine ich. Und die große Blonde, die an seinem Arm hängt, scheint seine Freundin zu sein. Olga.«

»Nicht wahr jetzt! Die passen doch überhaupt nicht zusammen.«

Wem sagt sie das?

»Eh nicht, aber du weißt ja: Wo die Liebe hinfällt ...«

Mimi starrt nach draußen. Martin lacht, quatscht und scheint sich als Hahn im Korb äußerst wohlzufühlen. Bloß Olga sieht drein, als würde ihr jemand mit dem Messer im Rücken drohen, sie demnächst zu erstechen. Wie kann man auf so einer Party so miese Laune haben? Ich meine, als Gast? Als seine Freundin?

Bei mir ist das ja etwas anderes.

»Nie und nimmer. Ich verwette alles, was ich habe. Die würde gern seine Freundin sein, aber das ist sie nicht«, meint Mimi plötzlich sehr bestimmt. So als wüsste sie es hundertprozentig. Was sie natürlich nicht tut. Denn ich habe es ja mit meinen eigenen Ohren gehört.

»Vergessen wir ihn bitte wieder, Mimi?«

»Wenn du meinst. Aber schnuckelig ist der schon. Also wäre ich Single wie du, für den würde ich sogar einen One-Night-Stand in Betracht ziehen.«

Ich schlage ihr auf den Unterarm.

»Jetzt ists aber gut, Mimi. Ich bin nicht auf der Suche nach einem Mann und du solltest es schon gar nicht sein, denn du hast bereits einen!«

»Krieg dich wieder ein! Ich hab keine Affäre, falls du das angenommen hast. Du dagegen solltest eine haben. Aber nein, so was kommt dir nicht in den Sinn. Leben darf auch einmal ein bisserl Spaß machen, wusstest du das? Und nicht jeder muss gleich der Mann fürs Leben sein.«

Sie sieht mich durchdringend an.

Bitte?

»Mimi! Jetzt hör aber auf. Mir gehts blendend.«

»Ist der neue Vibrator so gut?«, ätzt sie.

»Ich hab gar keinen«, fauche ich zurück.

»Dann besorg dir einen«, mault sie. »Das würde dich lockerer machen.«

Schnell deute ich ihr, den Mund zu halten, denn Martin kommt von draußen direkt auf uns zu.

»Entschuldige, aber ich musste erst Olga zufriedenstellen«, lächelt er und stellt sich bei Mimi vor.

Mit Kaviar oder deinem Körper? Vielleicht mit beidem, schießt mir durch den Kopf. Was Blödsinn ist, denn ich habe ihn nicht aus den Augen gelassen.

»Ihr sitzt ja auf dem Trockenen«, stellt er fest und winkt eine Kellnerin heran.

»Nein, nein. Wir arbeiten, danke«, lehnt Mimi zum Glück ab.

»Hab ich schon gehört«, sagt er und schickt mir dabei einen Blick, der umgehend in meinem Höschen landet.

Martin nimmt zwei Gläser Wasser für uns vom Tablett, welches ihm die Kellnerin hinhält, und drei weitere Gläser Champagner.

»Ich hoffe, du bist zufrieden und unsere Mitarbeiter haben beim Aufbauen gut auf dein Haus aufgepasst«, säuselt Mimi daher. »Marisa hat mir nämlich erzählt, dass diese traumhafte Villa dir gehört.«

Fischt sie nach Komplimenten oder will sie gleich jetzt einen neuen Auftrag dingfest machen?

»Das stimmt. Und keine Sorge: Alles ist in bester Ordnung! Ihr macht eure Sache wirklich sehr gut.«

»Das freut mich. Danke«, strahlt sie ihn an.

Ich nehme einen Schluck vom Wasser. Besser, als ich kotze ihm vor die Füße. Kann er nicht wieder mit seiner Tussi spielen gehen, statt uns hier zu belagern?

Sein Blick fällt auf den kleinen Haufen an zerrissenen Servietten, der direkt vor Mimi liegt. Fragend sieht er mich an und sagt: »Was müsst ihr denn heute noch tun?«

»Nicht viel, nur den Abtransport überwachen. Das war es dann«, erklärt ihm Mimi.

Er neigt den Kopf ein wenig zur Seite und betrachtet mich.

»Dann habt ihr also noch viel Zeit«, stellt Martin fest.

Ich schüttle energisch den Kopf, während Mimi nickt und grinst.

»Also was jetzt?«, fragt er.

»Beides«, springt Mimi ein. »Denn wirklich mitfeiern können wir nicht. Wir müssen ja, wie gesagt, warten, bis alle Gäste gegangen sind.«

»Das trifft sich gut. Ich nämlich auch«, erwidert Martin.

Was will er eigentlich von uns? Oder sind wir die Attraktion in diesem Zoo an Eitelkeiten und Geld, wohin man sieht?

»Ich muss ... kurz aufs WC«, schieße ich raus und laufe los. Vielleicht löst er sich in Luft auf, bis ich zurück bin?

***

Denkste. Da sitzt er. Auf meinem Hocker. Und plaudert noch immer mit Mimi. Die beiden wirken vertraut wie alte Freunde.

Ich stelle mich ihm gegenüber an den Tisch. Direkt neben Mimi.

Sie sieht mich an und sagt: »Wir haben ab sofort Feierabend und können mitfeiern, Marisa.«

Was soll denn das jetzt wieder?

»Wieso?«

»Weil ich deine Chefin überredet habe, den Abtransport sozusagen outzusourcen«, erklärt mir Martin vergnügt.

»Ich bin nicht Marisas Chefin. Wir sind gleichberechtigte Partnerinnen. Aber ja. Fritz kommt. Ich habe ihn gerade angerufen, Marisa. Martin hat darauf bestanden, das zu bezahlen.«

Moment. Verkaufen wir uns hier gerade wie billige Nutten? Nur weil dieser Martin glaubt, mit Geld bekommt er alles, was er will?

Fritz hilft öfter mal in der Firma mit, aber das ist ja wohl doch etwas übertrieben, ihn jetzt aus dem Schlaf zu reißen und hierher zu beordern, wenn wir beide ohnehin schon da sind.

»Das ist ja wunderbar, danke! Dann kann ich jetzt also auch nach Hause gehen?«

Mimis Kinn klappt nach unten. Martin sieht mich nicht weniger entgeistert an und in dem Moment stößt auch noch Flavio zu uns. Er umarmt Mimi schon wieder an der Taille, als sei das die normalste Sache der Welt.

»Äh ... also ... na ja, wenn du unbedingt willst? Sicher«, stammelt Mimi.

»Was will unsere Leonarda da Vinci?«, mischt sich Flavio ein. »Nach Hause gehen? Kleines, das geht absolut nicht.«

Da frag ich sicher dich! In einer Hand ein Glas, in der anderen meine Mimi. Und wie Flavio immer seinen kleinen Finger vom Glas abspreizt! Das macht mich wahnsinnig.

»Werde ich doch. Vielen Dank noch einmal, Martin«, erwidere ich. »Und Flavio, deine Leonarda muss jetzt leider dringend nach Hause, aber ich wünsche dir noch eine rauschende Party.«

Ich schenke ihnen mein schönstes aufgesetztes Lächeln und schnappe mir meine kleine Handtasche.

Martin hält mich am Arm zurück, sieht mir tief in die Augen, sagt aber nichts.

»Das war ein Kompliment! Leonarda sag ich nicht zu jeder«, macht Flavio auf beleidigt und nestelt an seiner silbernen Kette herum.

»Marisa, bitte nicht falsch verstehen. Ich will dich zu nichts nötigen, aber ich würde sehr gern mit dir draußen noch einen Drink nehmen. Und glaub mir, das war dann ein ziemlich teurer Drink«, sagt Martin.

Mein Problem, sein Problem oder doch Gottes Werk? Nein, der Chef oben hat damit nichts zu tun, denn es ist sonnenklar:

Sein Problem, wenn er vorschnell das Geld zum Fenster rauswirft.

Wir sehen einander tief in die Augen. Scheibenkleister. Wenn Martin so schaut, kann er alles haben: einen Drink, Sex im Pool, von mir aus Frühstück ans Bett.

Ups. Olga stolziert auf uns zu.

»Und was wird Olga dazu sagen?«, frage ich Martin schnippisch.

Er steht schon wieder mit dem Rücken zu ihr. Sieht nicht, wie böse sie mich und Mimi taxiert.

»Wieso Olga?«, fragt er verwundert.

Ich deute über seine Schulter. Das soll er ihr mal besser selbst erklären. Ich bin aus der Nummer raus.

»Martin?«, quiekt sie mit ihrer übernatürlich hohen Stimme. »Jetzt bist du mir schon wieder abhandengekommen.«

Ja. So ein Goldschatz ist schwer zu hüten! Blöde Tussi. Ich gehe. Das ist besser für mich. Keine Troubles, keine Blicke mehr, die mich auf seltsame Weise berühren, und auch keine keifenden Frauen wie die hier: »Martin! Ich habe es satt, dir nachzulaufen. Das ist so ... unhöflich von dir, wo ich doch extra wegen dir hergekommen bin. Ich gehe.«

Oh. Da ist aber jemand sehr sauer. Macht sich die Mühe, ihm nachzuspionieren, nur um ihm zu sagen, dass sie geht? Zicke.

Ich drücke Mimi zwei Küsschen auf die Wangen. Seltsamerweise küsst mich Flavio auch freundschaftlich. Na gut. Wie er will. Schnell winke ich Martin und Olga zu, die wie eine eifersüchtige Ehefrau bockt, aber noch immer neben ihm steht.

»Du kannst jetzt nicht einfach gehen«, sagt Martin ernst.

»Oh, ich denke, ich kann«, antworte ich schnell und zische ab, bevor er oder Mimi mich zurückhalten kann.

»Natürlich kann sie, sie ist doch nur die Partyplanerin, oder nicht?«, mischt sich Olga ein.

Ich könnte ihr etwas tun!

Ist es nicht immer so? Diese gescheiten Typen sind echte Idioten. Warum ist es ihnen im Grunde lieber, ein Auto und eine Wohnung samt Busen und Lippen springen zu lassen, statt sich auf Augenhöhe mit einer Frau zu unterhalten? Ich würde ja Gedankenkrebs bekommen, wenn ich mir den ganzen Tag nur Stumpfsinn wie den von Olga anhören müsste. Aber Männer sind gegen Gedankenkrebs immun. Das muss eine genetische Sache sein. Sitzt sicher auf dem Y-Chromosom, das wir Frauen nicht haben!

Pfh. Ich laufe durch die riesige Vorhalle auf die Straße hinaus. Hoffentlich kommt bald ein Bus. Unten am Ende der Straße ist zum Glück eine Haltestelle. Sonst ist es mir egal, kein Auto zu besitzen. Aber im Moment gäbe ich sehr viel drum, mich von hier wegbeamen zu können. Schon allein, weil meine Füße höllisch wehtun.

Ihr Engel! Kann mir dann bitte einer von euch erklären, was das heute war? Ich finde das nicht lustig. Echt nicht. Wenn ihr mir schon Zeichen schickt, dann bitte sinnvolle. Ja?

Ich bleib lieber bei meinen Hunden!

Der Vertrag

Wien, zwei Tage später …

Martin

»Wofür bezahle ich euch alle eigentlich?«, brüllt Martin Engel quer über den Besprechungstisch hinweg.

Nicht nur, dass es Probleme mit der errechneten Immobilienerwerbssteuer gibt und seine Berater nun einen Gutachter bestellen müssen, jetzt gibt es auch noch Probleme mit dem Testament seines Vaters.

Alle vier am Tisch sitzenden Männer sehen gleichzeitig und bestürzt auf ihre Unterlagen direkt vor sich auf der blank polierten Holztischplatte. Nur das Rascheln von Papier ist zu hören.

»Es muss eine Lösung geben«, fährt Martin in einem weit angemesseneren Ton fort. »Seht euch die Klausel noch einmal im Detail an. Vielleicht ist sie sittenwidrig?«

Martin ist mehr als verärgert. Sein Vater hatte ihm zwar diese Softwarefirma hinterlassen, aber sie war vor über zehn Jahren, als Martin sie direkt nach seinem plötzlichen Herzinfarkt übernommen hatte, nicht einmal ein Hunderstel von dem wert, was sie heute wert ist. Seit damals besitzt Martin jedoch nur sechsundzwanzig Prozent der Firmenanteile. Vierundzwanzig Prozent gehören seiner Mutter. Das ist aber nicht das Problem. Sein Problem ist, dass er dumm genug war, eine Zeit lang all seine Geschäfte über diese Firma abzuwickeln. Jetzt parken in der Firma über dreihundert Millionen, auf die er keinen Zugriff hat, weil er alles auf den Namen dieser Firma und deren Firmenlogo aufgebaut hat. Und weil sein alter Herr ein völlig idiotisches Testament hinterlassen hat.

Alle an diesem Tisch versammelten Kleingeister verwalten mehr oder weniger sein Erbe, das ihm frühestens an seinem vierzigsten Geburtstag überschrieben werden kann. Also in fünf Wochen. Doch sollte er bis dahin keine Hochzeit feiern, würde er bis zu seinem fünfzigsten Geburtstag auf die restlichen fünfzig Prozent seiner eigenen Firma warten müssen. Und darauf hat Martin Engel keinen Bock. Genauso wenig wie darauf, zu heiraten. Er wüsste auch nicht im Entferntesten, wen er heiraten sollte.

»Das könnten wir versuchen, Martin. Aber auch das wird langwierig«, beginnt Gregor Spater, einer der beiden anwesenden Anwälte, der heute eine absolut geschmacklose rot-schwarz getupfte Krawatte trägt und sich über die schweißnasse Stirn fährt.

»Super. Hast du eine bessere Idee, Gregor? Schieß los, ich kann kaum erwarten, sie zu hören«, beißt Martin den untersetzten Anwalt an.

»Also ich an deiner Stelle würde irgendeine heiraten. Wir machen einen Ehevertrag und du kannst dich eigentlich auch schon ein paar Tage später wieder scheiden lassen. Wie lange du verheiratet bleiben sollst, steht ja glücklicherweise nicht im Testament deines Vaters«, schlägt Thomas Mons, der zweite Jurist, vor.

Thomas ist ein Freund von Martin. Ihm vertraut er mehr als all den anderen hier im Raum. Doch gerade deshalb ärgert Martin Thomas' Vorschlag gewaltig.

»Ist das zu fassen? Ich soll irgendeine Frau zum Standesamt schleifen, um meine eigene Firma zu bekommen? Nur um Zugriff auf die Kohle zu haben, die ich verdient habe, und nicht mein Vater? Findest du das in Ordnung, Thomas?«

Thomas schüttelt, von Martins Reaktion etwas betroffen, den Kopf.

Ein Murmeln erfüllt den Meetingraum in der Wiener Innenstadt. Martin fährt sich nervös durchs Haar. Er weiß, dass er im

Grunde genau das machen müsste. Aber es war gleichzeitig das Letzte, das er tun wollte. Schon allein deshalb, weil Martin der Ansicht ist, dass er sich keinesfalls von seinem Vater über dessen Tod hinaus sagen lassen will, wann er zu heiraten habe. Und dabei hatten sich die beiden gut verstanden. Aber auch zu Lebzeiten hätte Martin diese Bevormundung durch seinen Vater nicht ertragen. Er war schon immer ein Sturkopf und Freigeist. Vaters Gene.

»Passt auf, ich muss noch ein paar Telefonate erledigen. Steckt eure Köpfe zusammen und in einer halben Stunde will ich eine Lösung hören!«

Damit erhebt sich Martin, rafft die losen Ausdrucke des Testaments zusammen, die vor ihm liegen, und verlässt grußlos den Raum.

Noch immer wütend, marschiert er den Gang des Altbaubüros in der Wiener Innenstadt entlang, würdigt weder seine Sekretärin noch die alten Gemälde an den Wänden seines stuckverzierten Büros eines Blickes und knallt die Blätter auf seinen großen Schreibtisch.

Okay. Was sind die Fakten? Er musste entweder innerhalb der nächsten zwei Monate heiraten oder aber weitere zehn Jahre auf den Zugriff auf sein Geld warten.

Nein. Letzteres ist keine Option.

Martin Engel googelt kurz und greift anschließend zu seinem Handy. Ein Lächeln huscht über sein Gesicht. Vielleicht ist das ja gar keine so üble Idee, denkt er.

Jemand hebt am anderen Ende ab.

»*Celebrate*. Astrid Köhler am Apparat. Was kann ich für Sie tun?«

»Martin Engel hier, kann ich Frau Teufel sprechen?«

»Es tut mir leid, aber Frau Doktor Teufel ist in einer Besprechung«, erklärt ihm eine Piepsstimme zwar freundlich, aber bestimmt.

Doktor Teufel? Martin runzelt verwundert die Stirn.

»Dann holen Sie sie ans Telefon. Bitte! Und Sie können ihr ausrichten, dass ihr keine Besprechung der Welt so viel Geld bringen kann wie dieses Telefonat mit mir. Vorausgesetzt, sie führt es innerhalb der nächsten zehn Minuten.«

Martin muss sich zusammenreißen. Das passiert ihm immer, wenn jemand ihm erklären will, dass etwas nicht geht. In seiner Welt geht alles. Manches sofort, manches eben erst später. Doch später verursacht bei ihm immer Magenkrämpfe. Fest steht für ihn jedoch, dass er in diesem Ton Marisa sein Anliegen nicht unterbreiten darf.

Am anderen Ende hört er ein Glucksen.

»Würden Sie so freundlich sein und ihr das bestellen?«, fragt er ungeduldig, aber einen Tick höflicher nach.

»Jaja, Sie haben Glück. Gerade kommt sie zur Tür herein. Einen Moment, ich verbinde Sie«, meint Frau Köhler.

»Teufel?«, hört er Marisas helle Stimme sagen.

»Engel hier.«

Ihm gefällt dieses Teufel-Engel-Spiel. An sich wollte er schlicht ›Martin von der Party am Wochenende‹ sagen.

»Oh! Was verschafft mir die Ehre?«, fragt Marisa, ganz Businessfrau.

Martin Engel muss schmunzeln.

»Kurze Frage, und sag bitte nicht sofort Nein: Würdest du mich heiraten?«

So. Nun würde er ja sehen, ob sie eine Alternative für seine Problemlösung war.

Stille am anderen Ende.

»Äh. Gehts dir nicht gut, Martin? Bist du betrunken? Oder nein, ich habs: Du hast dich verwählt! Du wolltest sicher mit Olga sprechen«, ätzt sie aus dem Handy.

Sie meint, ich scherze, denkt Martin und setzt nach: »Hör zu, Marisa. Ich meine es ernst. Eigentlich ist es ein Geschäft. Ihr richtet die Hochzeit aus, du heiratest mich und wir können uns gleich zwei Wochen später wieder scheiden lassen. Natürlich gegen ein anständiges Honorar für die ... Unannehmlichkeit, mich zu heiraten.«

Eigentlich ein ziemlich guter Deal, wie Martin selbst befindet.

»Jetzt hörst du mir mal zu. Ich habe keine Zeit für dämliche Scherzanrufe. Wenn deine Olga aus irgendeinem Grund keine Lust hat, dich zu heiraten, dann rate ich dir: Heirate dich doch selbst!«

Aufgelegt.

Martin starrt auf sein Handy.

Plötzlich bricht er in schallendes Lachen aus und läuft zurück in den Meetingraum.

Noch mit der Türklinke in der Hand schreit er, alle Gespräche unterbrechend, laut in den Raum hinein: »Ich habs! Ich weiß, wie wir es machen!«

Die Männer in den grauen und blauen Anzügen sehen ihn verwundert an.

Anton Roser ist nicht nur der Älteste am Tisch, sondern auch der Erste, der den Mund aufmacht. »Verrätst du uns auch, *wie*?«

Grinsend wirft sich Martin in seinen Sessel am Kopfende des Besprechungstisches.

»Ja, Anton. Ich heirate mich selbst. Haben die Herren Juristen irgendetwas dagegen einzuwenden?«

Triumphierend sieht er einen nach dem anderen an.

»Aber das ist doch keine Hochzeit, Martin«, wirft Gregor Spater ein, der Rot-schwarz-getupfte-Krawatten-Anwalt.

Martin beugt sich nach vorn in seine Richtung.

»Wodurch genau ist denn eine Hochzeit nach dem Testament meines Vaters definiert, Gregor?«

Alle blättern wie besessen herum. Selbst Gregor. Sie lesen, streichen sich Passagen im Text an und runzeln die Stirn.

»Okay, also im Grunde gar nicht. Denn dein Vater hat lediglich von einer Hochzeitsfeier geschrieben«, meint Martins Freund Thomas.

Martin schickt ihm einen dankbaren Blick. Wenigstens versteht hier einer, wie genial diese Idee ist.

»Aber unter einer Hochzeitsfeier versteht man doch üblicherweise im Minimalfall zwei Brautleute, zwei Trauzeugen sowie einen Formalakt am Standesamt«, wirft Othmas Keres ein.

Martin ist nicht überrascht, dass dieser Einwand gerade vom nicht abbestellbaren Geschäftsführer seiner Firma gekommen ist. Dieser Othmar kassiert eine ordentliche Gage dafür, seine Gewinne quasi im Auftrag seines Vaters für ihn zu verwalten. Und zehn Jahre auf oder ab machen ein wundervolles Einfamilienhaus samt einiger exklusiver Urlaube mit der Familie.

»Folgendes Szenario: Wir gehen davon aus, dass wir eine Einladung zu einer Hochzeitsfeier bekommen. Dann findet eine Segnung statt. Es gibt Champagner, Essen und so weiter. Natürlich auch eine Hochzeitstorte für die Gäste. Und dann folgt auch noch eine Hochzeitsreise.« Martin sieht gespannt in ihre Gesichter. »Ist das eine Hochzeitsfeier oder nicht?«

Die meisten haben bereits bei der Segnung zu nicken begonnen.

Selbst Othmar schüttelt nicht den Kopf.

»Wer sagt Ja? Bitte Hand hoch«, ersucht Martin die vier Männer, um zu sehen, wer innerlich noch nicht überzeugt ist.

Alle vier heben die Hand.

»Na dann. Gibt es also irgendwelche anderen Einwände, Othmar, warum man die Bedingung der Hochzeitsfeier als nicht erfüllt erklären könnte, wenn ich genau das alles tue? Nur eben allein, weil ich mich selbst heirate?«

Othmar räuspert sich laut.

»Nun ja. Ich nehme an, selbst der Notar wird nichts dagegen einzuwenden haben, da es ja in der Tat außer dir keine anderen

Erben gibt und es deine Mutter in dem Fall nicht betrifft. Der einzige Begünstigte der verbleibenden Firmenanteile bist du, du würdest also niemandem schaden und in modernen Zeiten wie diesen könnte man es für zulässig erachten, sich selbst zu heiraten. Das ist zwar gewagt, aber andererseits ist im Testament wirklich nur von einer Feier die Rede. Hätte dein Vater stattdessen von einer *Hochzeit* geschrieben, wäre die Sache meines Erachtens nach weit strikter zu sehen. Aber ich muss das dem Notar natürlich zur Prüfung vorlegen.«

Martin erhebt sich lachend.

»Einverstanden, Othmar. So, ich danke euch allen für die heutige Sitzung und wir sehen uns bei meiner Hochzeit. Ich werde umgehend alles veranlassen und ihr seid natürlich jetzt schon herzlich eingeladen.«

Martin schüttelt einem nach dem anderen die Hand und lässt sich für seine grandiose Idee, dem alten Herrn auf diese Art und Weise ein Schnippchen geschlagen zu haben, auf die Schultern klopfen.

Bester Laune verlässt nun auch er den Besprechungsraum.

Dieser kleine Teufel hat doch die beste Idee von allen auf den Tisch gezaubert, denkt er grinsend. Heute findet er sie beinahe noch anziehender als am Wochenende. Vielleicht, weil sie sein Angebot glatt abgelehnt hat? Weil sie möglicherweise nicht so einfach zu kriegen ist? Weil sie so völlig anders ist als alle Frauen, mit denen er sich sonst vergnügt? Schon die ganze Zeit spukt sie durch seine Gedanken, auch wenn er sich nicht genau erklären kann, wieso eigentlich. Sie ist hübsch. Ja. Ihr dunkles langes Haar betont ihr markantes Gesicht. Sie ist wie ein Rohdiamant und unterhaltsam noch dazu.

Ich werde sie als Dankeschön auf ein Abendessen einladen, denkt Martin am Weg nach unten zur Tiefgarage. Verdient hätte sie sich für diese Idee ja sogar eine Eigentumswohnung. Mag sein, aber so weit will Martin nun doch nicht gehen.

Aber es gefällt ihm sehr, dass sie seinen Vorschlag rüde abgelehnt hat. Keine andere hätte das getan. Aber Marisa ist so schwer einschätzbar. Ob sie wirklich kein Interesse an seinem Geld hat? Sie muss doch wissen, dass er mit seinem Onlineshop reich geworden ist. Die kleine Softwarefirma seines Vaters war der Grundstein seines Erfolges, aber erst seine Idee, dieses Online-Portal für günstige Designermode hochzuziehen, hat ihn zu dem gemacht, was er heute ist: ein Investor und Business-Angel, der mittlerweile auch auf erneuerbare Energien, Immobilien und vieles mehr setzen kann, weil er bereits über eine Milliarde Euro verdient hat. Und trotzdem ärgert ihn die sinnlos geparkte Kohle. Noch dazu zu diesem lächerlichen Zinssatz. Die reinste Geldverbrennungsmaschine!

Aber heute Nachmittag steht noch ein Geschäftstermin für ein Projekt mitten in Wien an. Etwas geradezu Klassisches. Martin hat vor, eine Baulücke zu kaufen und ein Bürogebäude mit Geschäftslokalen zu errichten. Immobilien sind ja nie verkehrt.

Vielleicht morgen, nimmt sich Martin vor. Ja. Morgen werde ich Marisa einladen.

Unmut macht sich innerlich in ihm breit.

Oder ich halte den Termin jetzt kurz und rufe sie doch noch heute an, denkt er plötzlich.

Ein Lächeln huscht über Martins Gesicht. Ja, er ist sich sicher, dass diese eigenwillige Frau etwas Besonderes ist. Auch ihre schmalen langen Finger haben ihn fasziniert. Und ihre Augen.

Martin Engel kennt viele Augen. Blaue, braune, ja sogar graue und grüne. Manche klar, manche stumpf, viele einfach dumm. Aber Marisas Augen? Sie hat einen tiefgründigen Blick. Klare, intelligente, immerzu beobachtende, beinahe schwarze Augen. Marisa ist eine Jackpotfrau. Davon ist er überzeugt. Sie hat etwas Aufmüpfiges und gleichzeitig Edles an sich, das ihm seit Samstagnacht nicht mehr aus dem Kopf gehen will. Auch wenn sie diesen Tick mit den Engeln hat. Aber gerade der lässt sich zu seinem Vorteil nützen.

Pfeifend steigt Martin in sein Auto und verlässt die Tiefgarage. Es ist doch immer gut, einen Plan zu haben, denkt er fröhlich.

Der Antrag

Am selben Nachmittag, nur etwas später …

Marisa

Endlich ist sie da!

Ich springe auf und umarme Mimi stürmisch.

»Ja aber hallo! Was ist denn mit dir los?«, fragt sie und schiebt eine neue Brille ein Stück nach oben.

»Du zuerst! Wo hast du denn diese Brille her?«, frage ich meinen Lieblingszwerg erstaunt.

Und noch dazu *so* eine! Dunkelgrüner Rahmen mit Flügeln rechts und links. Also quasi Flügeln. Zumindest sieht es so aus.

»Ach, da sind wie immer nur normale Gläser drinnen, keine optischen. Aber ich hab gedacht, die hier macht mich seriöser. Du weißt schon, sieht mehr nach Geschäftsfrau aus und so.«

Ich muss laut lachen. Mimi ist mein Sonnenschein. Was ich zu ernst bin, ist sie zu schrill für diese Welt. Ein weißes Kleid mit schwarzen Tupfen und Rüschen am Kragen zu gelben High Heels und der grünen Brille nennt sie Businesslook? Zum Schreien.

»Verstehe.«

»Könnte dir auch nicht schaden, es mal mit Farbe zu versuchen«, sagt sie und sieht tadelnd auf mein graues Kleid. Ich strecke ihr wortlos meine Füße entgegen, damit sie die coolen Schuhe sieht. Ich kaufe nämlich lieber ausgefallene Schuhe und Handtaschen im Ausverkauf als Kleidung. Schließlich hoffe ich noch immer auf meine Traumfigur.

»Okay. Diese silbernen Sandalen sind cool. Ich gebs zu. Aber jetzt sag endlich, was los ist, Marisa!«

Oh. Den Anruf hab ich jetzt glatt für einen Moment vergessen gehabt.

»Engel, also dieser Martin Engel, hat angerufen«, beginne ich und weiß nicht genau, wie ich es ihr sagen soll.

»Ist ja super! Haben wir einen neuen Auftrag? Können wir gut brauchen.«

Mimi gibt vermutlich schon geistig das Geld aus, das wir nicht verdienen werden. Ich muss sie schnell einbremsen.

»Äh, ich denke, der wird sich nie mehr wieder melden. Tut mir leid, Mimi. Aber ich wollte, dass du es weißt.«

Ufh. Jetzt ist es raus und ich werfe mich in meinen Schreibtischsessel.

»Raus mit der Sprache! Was hast du mit ihm gemacht?«, ruft Mimi aufgeregt. »Marisa, der heißt Engel. *Eeengel!* Das ist ein Zeichen. So jemanden vergraulen wir nicht.«

»Nicht alles ist ein Zeichen, Mimi. Oder willst du jetzt behaupten, dass ich Luzifer bin, bloß weil ich Teufel heiße?«

»Okay, okay! Sag einfach, was passiert ist.«

Sie fächelt sich mit der flachen Hand Luft zu. Meine Dramaqueen.

»Du willst es also wirklich wissen?«

»Nein! Erzähl mir den Börsenbericht! Ja klar will ich es wissen, was glaubst du denn?«

Mimi verzieht ihren Mund.

»Ist ja gut! Martin Engel hat mich mehr oder weniger gefragt, ob wir seine Hochzeit ausrichten wollen.«

Mimi lässt sich mit einem lauten Seufzer in einen der Sofasessel in meinem winzigen Büro plumpsen. »Und du hast abgelehnt? Warum denn, um Himmels willen? Willst du uns ruinieren? Oder nein, das ist ein Scherz! Sag, dass das ein Scherz ist, Marisa!«

Warum so laut? Und der theatralische Schlag auf die Stirn hätte echt nicht sein müssen. Ich fühl mich auch so schon idiotisch genug.

»Nein. Kein Scherz. Nun ja, irgendwie doch.«

»Spucks aus, oder ich kollabiere!«, sagt sie ziemlich laut.

»Jaja. Also es war ein Scherz, denn dieser Engel hat mich gefragt, ob ich ihn *heiraten* will. Und *das* habe ich abgelehnt. Aus nachvollziehbaren Gründen, wie ich meine.«

Jetzt fehlen aber endlich auch einmal Mimi die Worte. So ein Idiot aber auch. Was wollte er mit diesem Blödsinn? Mich testen, ob ich käuflich bin? Und dann gleich auflegen?

Oh! Ich war es ja, die aufgelegt hat.

»Okay, okay. Nur damit ich das auch verstehe: Martin Engel ruft dich an und fragt, ob du ihn *heiraten* willst? Er hat dir echt einen Antrag gemacht? Aus dem Blauen heraus?«

Mimi kaut an ihren Nägeln und ihre Brille sitzt schief. Ich muss ihr so einen von den supergrauslich schmeckenden Lacken kaufen.

»Wie kann man denn so etwas ernst meinen, Mimi? Ich bitte dich, schalt dein Hirn ein. Nein, er wollte mich ... testen oder was weiß ich was. Er hat auch gesagt, er würde mich dafür bezahlen und nach zwei Wochen könnten wir uns wieder scheiden lassen.«

»Spinnt der?«, quiekt Mimi und ist aufgesprungen. »Stimmt. Nein. Das kann er nicht ernst gemeint haben. Wie denn auch? Ich hab ihn gegoogelt. Der Typ ist schwerreich. Das kann nur ein blöder Scherz gewesen sein.«

Nichts anderes versuche ich hier seit gefühlten Stunden zu vermitteln. Und auch ich habe ihn gegoogelt. Der Typ ist einer der reichsten Österreicher und gibt nur alle Heiligenzeiten mal ein Interview. Kein Wunder, dass ich ihn nicht gekannt habe. Woher auch, denn diese Business-Storys interessieren mich überhaupt nicht.

»Siehst du. Aber vergessen wir den Schwachsinn. Ich habe genug für heute und außerdem ist ohnehin nichts los. Daher verzieh ich mich und geh mit den Hunden aus dem Tierheim eine Runde spazieren. Passt das?«

»Du brauchst mich doch nicht zu fragen«, grinst sie gequält.

Man kanns aber auch übertreiben.

»Du bist die Chefin!«, erwidere ich.

»Ja, weil du immer noch von einer Anstellung in irgendeinem Museum träumst, statt endlich auch offiziell meine Partnerin zu werden«, grummelt Mimi.

»Hör auf! Zwei Anträge an einem Tag kann ich nicht verkraften!«, sage ich verkniffen.

Ich hasse diese sinnlosen Bewerbungen. Am Freitag habe ich schon wieder eine Absage erhalten, die ich nur wegen diesem idiotischen Engel ganz vergessen hatte. Vielleicht hat Mimi ja recht und ich sollte meinen Traum, endlich selbst einmal eine Ausstellung kuratieren zu können, aufgeben? Initiativ-Bewerbungen sind für die Unternehmen anscheinend gleichbedeutend mit ›Mach uns keine Arbeit, um die wir nicht gebeten haben, und streich uns aus deinen Outlook-Adressen. Besser gestern als heute.‹

»Schon gut. Dann geh nur. Wir sehen uns morgen.«

Mimi bleibt allerdings exakt da sitzen, wo sie ist, und ich packe meine Handtasche. Ebenfalls silbern. Ein kleiner Rucksack mit einem Flamingo-Anhänger drauf.

Ich sehe sie an und stell mich vor sie.

»Also, dann geh ich jetzt.«

Ich drücke sie kurz, da erwacht sie aus der Schockstarre: »Stell dir mal vor, Marisa: Ein Mann wie Martin Engel macht dir einen echten Antrag. Und du sagst *Ja*. Paff! Auf einen Schlag könntest du dir alles leisten. Tun, was du willst …«, murmelt sie vor sich hin. »Sogar einige deiner Lieblingsgemälde könntest du dir kaufen. Also die Originale, nicht die Poster, die bei dir in der Wohnung hängen.«

Mein Picasso! Ich liebe das Poster von ›Femme accroupie. Jacqueline‹ in meinem Wohnzimmer. Das Gemälde der hockenden Frau im Original zu besitzen? Wow. Das wärs. Aber es ist in Privatbesitz. Also keine Gefahr, dass es irgendjemand kaufen könnte.

Wie es aussieht, träumt sich nicht nur Mimi gerade weg. Schluss jetzt.

»Hör auf, zu träumen, Süße. Männer wie Martin heiraten keine Frauen wie mich oder dich«, erkläre ich ihr.

Das ist alles nur ein Hirngespinst. Weil ich vermutlich zu wenig zu denken habe. Wir brauchen dringend noch einen größeren Auftrag, nicht bloß dieses kleine Firmenjubiläum.

»Was ist denn deiner Meinung nach so verkehrt an uns, Marisa? Ich hab ja das Gefühl gehabt, Martin hat wirkliches Interesse an dir. Was mich betrifft, ist die Sache ohnehin nur theoretisch, denn ich liebe meinen Paul ja.«

Was ich für sie hoffe, denn so ganz habe ich die Blicke zwischen ihr und diesem Flavio noch nicht vergessen. Wie ein eitler Gockel hat er sie in seinem fliederfarbenen Hemd umgarnt. Er sieht auch ganz gut aus. Natürlich nicht so atemberaubend wie Martin, aber doch gut.

Könnt ihr da oben dann bitte dafür sorgen, dass ich ihn ein für alle Mal vergesse? Ihr habt doch gesehen, wohin das führt, wenn ich intensiv an ihn denke! Patsch. Und schon handle ich mir die nächste Abfuhr ein. Darauf kann ich echt verzichten. Habt ihr das gehört?

»Mimi, ich weiß, wo das Problem bei mir liegt. Ich habe studiert, kann arbeiten, ja sogar zusammenräumen und kochen, rede nicht ausschließlich Schwachsinn, der dir den Unterleib verkrampft, und ich bin nicht abwechselnd hysterisch und dann wieder schwer unzufrieden und depressiv. Frag mich nicht, warum, aber zusammengenommen ist das die Erfolgsformel, um allein zu bleiben. Sei also froh, dass du Paul bekommen hast. Denn wie immer bestätigen Ausnahmen die Regel«, sage ich und drücke ihr einen Schmatz auf die Wange.

»Ich weiß nicht, denn wenn das stimmt, wäre das eine himmelschreiende Ungerechtigkeit, meinst du nicht?«

Mimi sieht zerknautscht aus.

»Ja, das sehe ich auch so, Mimi. Aber die Zeiten, wo ich damit gehadert habe, allein zu sein, sind vorbei. Mir gehts gut. Ich kann tun und lassen, was ich will. Was will ich mehr?«

Sie sieht mich verdutzt an. Ich ergreife meine Chance, drück ihr noch zwei Busserln auf die Wangen und husche zur Tür hinaus, denn sonst muss ich ihr die Wahrheit gestehen. Und die lautet, dass ich seit Samstagnacht von Martin besessen bin. Keine fünf Minuten vergehen, ohne dass ich an ihn denke. Und dafür geniere ich mich.

Ich muss mit den Hunden vom Tierheim in den Wald! Das wird eindeutig der beste Teil dieses lausigen Tages, denn ich fühl mich echt mies. Wie von einem Mann versetzt. Was natürlich nicht stimmt. Aber nach dem Telefonat mit Martin war alles noch schlimmer als zuvor. Zuerst habe ich mich so gefreut, dass er dran ist. Und dann das!

Ich muss mich auf kleine Schritte konzentrieren. Erst die Hunde, dann werde ich mir einen Eistee machen, mich ein wenig auf die Couch legen und meditieren. Vielleicht sollte ich die Engelskarten legen.

Nein. Lieber nicht.

Ich trete vor die Haustür unseres Bürogebäudes und die Hitze des Asphalts schlägt mir entgegen. Mein Handy läutet.

Unbekannte Nummer?

Na ja, könnte ein neuer Auftrag sein. Das ist schließlich mein Privat- und Firmenhandy in einem.

Neugier ist eine Plage!

Ich hebe ab.

»Teufel.«

»Hallo, hier ist dein Engel.«

Er schon wieder? Sehr witzig. Der Typ entwickelt sich zur Landplage.

»Ähm, hallo! Woher hast du meine Handynummer?«, frag ich unwirsch.

Oh. So schroff wollte ich gar nicht klingen.

»Von deiner Partnerin Mimi. Also Miriam Steiner. Ich hoffe, du verzeihst ihr.«

Ich würge Mimi, wenn ich morgen ins Büro komme. Sie weiß doch jetzt, dass dieser Martin nicht ganz richtig tickt.

»Niemals. Dafür muss sie büßen«, sage ich, so ernst ich kann.

»Das wäre aber unfair.«

Dummerweise freu ich mich, seine Stimme zu hören. Aber ein Martin Engel ruft nicht einfach an, um nach dem werten Befinden zu fragen. Also, was will er denn jetzt wieder von mir?

»Sehe ich anders. Aber warum rufst du an? Willst du mich vielleicht noch schnell fragen, ob wir auch ein Baby haben könnten?«

Das war jetzt aber echt schlagfertig. Unwillkürlich muss ich kichern.

»Gott bewahre! Nein, ich bin dir für den Überfall heute eine Erklärung schuldig. Darf ich dich heute zum Abendessen einladen? Als Entschuldigung?«

Nicht wahr jetzt! Das Letzte, das ich will, ist, mit ihm zusammenzutreffen.

Mein Herz pocht und schreit: Blödsinn! Wann und wo können wir ihn treffen? Mein Hirn jammert: Welche Unterhose trage ich? Sitzt der BH und riechen eventuell meine Füße in den Sandalen nach Schweiß?

Auweia! Ich hab heute vergessen, meine Beine zu rasieren. Blöder Fehler.

»Ist gut. Wann?«, hör ich mich sagen.

Bin ich übergeschnappt?

Ich bin ein Weichei. Ein Opfer. Aber Mimi macht mich sicher einen Kopf kürzer, wenn ich sein Angebot ausschlage. Ich weiß genau, dass sie exakt diese Art von Kontakten und Kunden haben will. Ich tu es für Mimi.

Zumindest kann ich mir das einreden.

»Sehr gut. Nur eine Frage: Gehst du gerade die Mariahilfer Straße entlang? Auf Höhe der U-Bahn-Station Neubaugasse?«

Stalkt er mich? Ich sehe mich um und klemme meinen kleinen silbernen Rucksack unter die Achsel, als müsste ich ihn vor dem, was jetzt unweigerlich kommt, beschützen.

»Nein.«

»Okay. Dann sag deiner Doppelgängerin, sie soll bitte stehen bleiben. Ich bin nur ein paar Meter hinter ihr. Schwarzer Sportwagen.«

So ein Scheibenkleister aber auch!

Ich dreh mich um und sehe seinen Wagen. Glänzt frisch poliert. Oh Gott! Das ist ein Ferrari! Na klar. Was sonst? Warum habe ich dieses einfallslose graue Sackkleid angezogen? Aber wo soll ich mich jetzt hinbeamen?

»Mein Double sieht dich«, sage ich und lege auf.

Schnell ruf ich Mimi an. »Du, pass auf. Dieser Martin Engel hat mich in der Mariahilfer Straße abgefangen. Danke übrigens fürs Weitergeben meiner Nummer. Die Rache überleg ich mir morgen.« Mimi will etwas sagen, aber ohne große Pause rede ich weiter: »Pass auf, ich werde mit ihm essen gehen. Wegen des Geschäfts. Aber normal ist der nicht. Falls ich mich in zwei Stunden nicht melde, ruf die Polizei!«

Man kann auch zu viele Serien schauen.

»Öh? Sollen sie dir Handschellen für ein paar Sadomaso-Spiele nachbringen?«, lacht sie ins Handy.

»Mimi!«, fauch ich.

Hätte ich mir denken können, dass Mimi sich darüber freut, dass er hier aufkreuzt.

»Komm mit einem Auftrag heim, Marisa. Egal was, wir richten ihm auch eine weitere Poolparty aus. Oder red ihm ein Bürofest ein.«

»Du hast Nerven«, sage ich und da steigt er auch schon aus seinem frisch polierten Angeberauto und winkt mir zu. »Er ist da«, flüstere ich ins Handy.

»Okay, texte, wo du bist, wenn es dich beruhigt«, kichert Mimi.

»Mach ich.«

Martin hält mir die Beifahrertür auf.

»Kein Fahrer?«, frage ich aufmüpfig.

»Doch. Immer. Bloß nicht bei diesem Auto.«

Verstehe. Das ist ein Zweisitzer und da macht sich ein Fahrer schlecht, wenn man eine Tussi abschleppen will.

»Aha«, sage ich und steige ein.

Wow. Das ist ein Auto. In so einem Sitz bin ich noch nie gesessen, aber es fühlt sich gut an. Definitiv besser, als ich es je erwartet hätte. Ich verfolge ihn, wie er um das Auto herumgeht. Ob ich schnell ein Selfie machen soll?

Wozu? Flodo und Schnuffi, meine beiden Lieblingshunde, würde die Karre nur imponieren, wenn er Knackwurst darin versteckt hätte. Und alle anderen würden zu viele Frage stellen.

»Freut mich, dass du mir noch eine Chance gibst«, lächelt er im Einsteigen.

»Nur zur Klarstellung: Ich komme mit zum Essen und wir sprechen übers Geschäft. Solltest du einen weiteren Heiratsantrag in Erwägung ziehen: Vergiss es.«

Er grinst übers ganze Gesicht.

Ich gebs zu. Lachen steht ihm.

Überhaupt steht ihm alles: vom Anzug, seiner Figur bis hin zu den weißen Zähnen. Er ist zu perfekt. Aalglatt geradezu. Das muss ich mir suggerieren, denn aus irgendeinem Grund schlägt mein Herz schon wieder höher, bloß weil er mir die Tür zu seinem Auto aufgehalten hat. Ich sollte mein Faible für gute Manieren hinterfragen.

Oder überhaupt an meinem Leben arbeiten! Vielleicht endlich eines leben, von dem ich später freiwillig erzählen möchte?

Martin holt mich in die Realität zurück: »Keine Sorge. Wenn ich dir erzählt habe, warum du mich gerettet hast, wirst du mir hoffentlich vergeben.«

»Das müsste schon eine richtig gute Geschichte sein.«

Er startet den Ferrari, sieht mich an und meint: »Das ist sie. Du wirst sehen.«

Na dann. Lass ich mich mal überraschen.

Oh Gott! Vor uns fährt ein Auto mit dem Kennzeichen ›111 ME‹.

Einhundertundelf bedeutet, die Gedanken kreisen um das, was den Beginn eines neuen Zyklus im Leben darstellt. Sie läuten eine wichtige neue Phase ein.

Und dann noch ›ME‹?

Meine Engel, ihr irrt euch.

Ich schließe lieber die Augen. Martin Engel hat doch ebenfalls die Initialen ME.

»Alles okay?«, fragt Martin.

Nein. Ganz und gar nicht.

»Klar. Ich habe nur dem Motor zugehört.«

Er zwinkert mich an.

»Wenn das so ist, habe ich bloß darauf gewartet, dass der Flamingo auf deiner Handtasche losfliegt.«

Schon wieder haben sich meine Augen geweitet und ich bin so baff, dass ich nichts Sinnvolles erwidern kann. Was ist das mit ihm?

Das Gespräch

Ich liebe dieses kleine Lokal. Kleine moderne Holztische. Die Wände sind kräftig in einem Taupe-Ton angemalt und moderne Lampen zaubern eine richtig gemütliche Atmosphäre. Und auch diese Pölster in einem gedämpften Türkis sehen echt toll aus. Sehr edle Farbkombination. Arg, dass ich noch nie hier war, denn dieses Restaurant ist nur drei Quergassen von unserem Büro entfernt. Liegt vielleicht auch daran, dass es ziemlich teuer ist.

Martin hat Wein, Steak und Salat bestellt, ich nur eine Gemüsevariation. Das war das billigste Hauptgericht, aber es war wirklich ausgesprochen gut und hat völlig ausgereicht. Ich muss sowieso dringend abnehmen. Zum Glück macht ein großer Busen die Taille schlanker, als sie in Wirklichkeit ist.

Wir haben einen Tisch in einem Eck. Sehr lauschig. So charmant wie Martin ist, fühle ich mich glatt ein wenig geschmeichelt, dass er mich in so ein exklusives Lokal eingeladen hat. Manchmal bin selbst ich eine Tussi oder er schafft es, eine Frau in eine zu verwandeln. Ich schenk ihm den Punkt. Es muss an ihm liegen.

Dumm ist nur, dass man echt gut mit ihm reden kann. Er scheint ziemlich viel zu wissen und sich für alles Mögliche zu interessieren. Sogar über die Frage, ob Katzen oder Hunde die besseren Haustiere sind, haben wir gesprochen. Für mich klarerweise Hunde, er ist sich nicht sicher, weil er überhaupt noch nie ein Haustier hatte. Und wir waren uns einig, dass Sommer unsere Lieblingsjahreszeit ist und wir eindeutig das Meer den Bergen vorziehen.

Mit Martin zu plaudern, ist, als würden wir uns ewig kennen, und doch ist alles neu und spannend. Wie auch seine Geschichte jetzt: die über sein Erbe und seine Firma.

»Also, was sagst du nun zu meinem Dilemma?«, will er wissen und schon wieder habe ich eine Serviette in der Hand. Aber heute hab ich mich im Griff und leg sie – ohne sie zu falten – wieder neben den Teller.

»Hm, arg irgendwie. Na ja, wenn das in Wahrheit Geld ist, das du verdient hast, dann verstehe ich deinen Frust über diese komische Klausel mit der Hochzeit im Testament.«

Dreihundert Millionen habe ich nicht herausgebracht. Die Zahl ist mir zu groß. Wenigstens ist es eine rote Zahl. Und rote Zahlen sind bei mir gute Zahlen. Siebenhundert wäre eine grüne. Und grüne mag ich nicht.

»Siehst du, und deshalb war ich so froh, als du gesagt hast, ich solle mich selbst heiraten. Auf die Idee sind vier Berater nicht gekommen.«

Er strahlt übers ganze Gesicht. Was ich nachvollziehen kann. Und im Nachhinein bin ich sogar stolz darauf.

Mimi fällt mir ein. Ihre Jammerei wegen des Geschäfts.

»Dann darf ich davon ausgehen, dass wir die Feier für dich ausrichten dürfen?«

War ja schließlich auch meine Idee!

»Na und ob! Wo und wie sollen wir die Feier veranstalten?«

Er schält sich aus seinem Sakko. Verstehe. Jetzt beginnt für ihn der gemütliche Teil unseres Abendessens. Für mich ist es umgekehrt. Ich sollte aufpassen, was ich sage, und weniger Wein trinken.

»Hast du einen Ort, an dem du gern heiraten würdest?«, stelle ich die Gegenfrage.

Er kommt mir quer über den Tisch näher. Ich zieh unwillkürlich schon wieder den Bauch ein. Was sinnlos bei dem blöden

Sackkleid ist. Er denkt sicher, er sitzt mit einer Tonne hier am Tisch.

»Marisa. Du kannst dir gar nicht vorstellen, wie egal mir das ist. Mach ein schönes Fest. Buch ein Palais oder ein Schloss. Eine Liste mit meinen Freunden und Geschäftspartnern, die dabei sein sollten, bekommst du in den nächsten Tagen. Beim Rest hast du freie Hand. Du kannst auch gern zusätzliche Gäste einladen.«

Freie Hand? Mimis Traum wird gerade Wirklichkeit. Mich stört es aber, dass ihm das alles so egal ist.

»Okay. Was brauchen wir denn genau, um deine Klausel zu erfüllen?«

Er hebt die Augenbraue.

»Kluges Mädchen. Also: Eine Segnung, eine Torte, eine anständige Feier, und weil es so lustig ist und ich ohnehin urlaubsreif bin, flieg ich gleich anschließend auf Hochzeitsreise.«

Ein Stich durchbohrt meinen Brustkorb. Klar. Vermutlich mit Olga auf die Malediven. Oder Mauritius. Seychellen? Mein Gott, immer sehe ich mir Bilder von diesen Inseln an, aber ich bezweifle, sie jemals selbst zu Gesicht zu bekommen. Dabei wäre das mein ganz großer Traum. Wenigstens ein Mal in meinem Leben möchte ich meine Zehen in den weißen Sand stecken und in einem kitschig türkisen Meer schwimmen gehen. Wird sich nie erfüllen, aber eine wie Olga sagt, ich brauch Meer und Seeluft für meine Haut, und schwupps, schon bucht er einen Urlaub. Wenn das nicht gemein vom Leben ist?

Olga säuft gerade mitten im türkisen Wasser ab. Schöner Gedanke. Vor allem, weil ihre Schlauchbootlippen als Boje nichts getaugt haben. Ein Lächeln, gefolgt von heißen roten Wangen, huscht über mein Gesicht.

Wieso bin ich so böse, wenn ich nur an sie denke?

Die Feier ... wir waren bei seiner Hochzeit.

»Okay. Dann richten wir nur das Fest aus. Nur eine Frage noch: Du willst dich allen Ernstes vor Gott und der Welt selbst heiraten? Auch auf die Gefahr hin, dass du zum Gespött der Presse wirst?«

Und das wird er. Darauf kann er Gift nehmen.

»Natürlich! Genau darum geht es ja. Je öfter die Headline ›Martin Engel heiratet sich selbst‹ zu lesen ist, desto eher ist die Klausel auch für den Notar erfüllt.«

Wenn er sich da mal nicht täuscht. Ich bin ja nur Kunsthistorikerin und keine Juristin, aber mir kommt das komisch vor. Wie kann eine solche Farce als Hochzeitsfeier durchgehen? Aber bitte. Mimi wird jubeln und für uns klingt das nach dem besten Auftrag, den wir jemals an Land ziehen konnten.

»Nun, dann werden wir dir ein unvergessliches Hochzeitsfest bereiten«, lächle ich ihn an. »Danke für den Auftrag. Wir brauchen ihn aber auch noch schriftlich.«

»Klar. Das erledigt mein Büro. Aber das bedeutet auch, dass ich ab sofort meine persönliche Hochzeitsplanerin habe, nicht wahr?«

Ich nicke.

»Ja, das hast du«, antworte ich so zuckersüß, wie ich kann.

Er hält mir sein Glas hin und wir stoßen darauf an.

Was bin ich doch für eine Heuchlerin! Alles in mir sperrt sich dagegen, ihm diese blöde Feier auszurichten. Ich werde buckeln und dann düst er mit Olga in den Urlaub. Ich glaub, mir ist schlecht.

Martin sieht zur Tür, durch die gerade ein Blumenverkäufer mit dem Arm voller rosaroter Rosen kommt. Er winkt dem Araber zu, der umgehend zu uns an den Tisch kommt.

»Eine Rose für die schöne Frau?«, lächelt der Rosenmann.

»Nein danke«, sage ich schnell.

Doch Martin sagt: »Ja. Alle.«

Ich sehe von ihm zu dem Mann, der in der Sekunde übers ganze Gesicht strahlt. Martin drückt ihm einige Geldscheine in die Hand und übernimmt den riesigen Strauß an langstieligen Rosen. Das müssen ja mindestens vierzig oder fünfzig sein. Mein Herz jubelt. Blöd, aber Rosen geschenkt zu bekommen, ist immer irgendwie schön. Außerdem habe ich schon ewig keine mehr bekommen. Und noch gar nie einen so riesigen Strauß.

»Hier, Marisa, für dich. Ich danke dir für deine Hilfe und bin heilfroh, dass wir nicht heiraten müssen.«

Mein Herz rutscht unter den Tisch, die Luft entweicht leise aus meinem Mund und mein Bauch sieht wieder wie im vierten Monat aus. Martin erdrückt mich beinahe mit den Blumen, weil er sie mir quer über den Tisch überreicht, aber ich muss schlucken, weil mir dieser Satz gerade einen weiteren furchtbaren Stich versetzt hat. Das ist wie bei Ben. Der war auch *heilfroh*. Damals. Vor vier Jahren. Als wir das erste und einzige Mal übers Heiraten gesprochen haben. An meinem zweiunddreißigsten Geburtstag. Ich Dummkopf habe gesagt, es müsse nicht gleich sein. Und was hat Ben darauf geantwortet? Er sei heilfroh! Zwei Monate später haben wir uns getrennt. Ich weiß nicht einmal mehr, warum eigentlich. Und das alles nach fünf gemeinsamen Jahren. Vergeudung von Zeit war das! Von meinem Leben! Nicht einmal gut im Bett war Ben, wie ich mir das in meiner Verblendung damals eingebildet habe. Es war immer so, als sei er abwesend oder mit seinen Gedanken ganz woanders.

»Entschuldige, das habe ich jetzt nicht so gemeint, wie es geklungen hat. Du weißt schon, wie ich es meine«, sagt Martin, aber das hätte er sich sparen können.

Ich habe genau verstanden, wie er es gemeint hat. Mein Herz klopft im Hals und ich habe das Gefühl, gleich steigen mir Tränen in die Augen. Ja, Martin Engel. Das kann ich mir vorstellen: Eine wie mich zu heiraten, das wäre in deiner Vorstellung sicher das Allerletzte! Ähnlich unvorstellbar wie in meiner Wohnung leben zu müssen oder sich am Ende des Monats zu überlegen, was genau man einkauft.

Mit einem Ruck stehe ich auf und schiebe dabei den Tisch unabsichtlich in seine Richtung. Die Gläser wackeln leicht, fallen aber nicht um.

Hölzern sage ich: »Danke für die Blumen und auch für den Auftrag und das Abendessen. Ich werde jetzt … Also ich muss nach Hause fahren.«

Je schneller ich von ihm wegkomme, desto besser. Ich weiß nicht, was er an sich hat. Aber er hat einen direkten Draht zu meinen Gefühlen und die Gabe, sie ständig durcheinanderzuwirbeln. Das brauch ich gar nicht. Ich nehme meine Handtasche und er meint: »Ja, ähm … klar. Ich bringe dich selbstverständlich nach Hause!«

Das wäre schön.

Spinn ich komplett?

»Nein danke. Ich bin schon ein großes Mädchen und die U-Bahn-Station ist ohnehin ums Eck.«

Sein Handy piepst und er liest die Nachricht.

Olga?

»Sorry. Klar, wenn du unbedingt mit der U-Bahn fahren willst? Aber ich komme mit dir nach draußen, ich habe ohnehin noch ein … einen Termin«, sagt Martin und wirkt mit einem Mal nervös.

Du hast ein Date gemeint! Lügner! Wirklich toll.

Ich lieg bereits am Boden, nachzutreten wäre also nicht nötig gewesen.

Jetzt fühl ich mich erst recht wie eine Frau zweiter Klasse. Dates hat man mit Olgas. Bei Marisas genügt es, sofort nachzugeben, statt sich wie ein Gentleman zu verhalten und mich nach Hause zu bringen. Die Lorbeeren für die guten Manieren nehme ich ihm wieder weg. Er verdient sie nicht.

Da stehe ich, den riesigen Strauß in der Hand, und lächle artig den Kellner an, bei dem Martin die Rechnung begleicht. Wie bestellt und nicht abgeholt komme ich mir vor.

Nein, Martin. Nicht mit mir.

Und ihr Engel! Ich sag euch was: Das war das letzte Mal! Noch einmal falle ich auf eure Zeichen nicht herein. ›111 ME‹ … Sehr lustig. Vermutlich heißt es: Liebe Marisa, es gibt außer dir noch zwei andere Frauen, also ›mächtig eingefahren‹.

Zeit, aus dem Fettnäpfchen zu treten, das Öl abzuschütteln und einen stilvollen Abgang hinzulegen.

Mit einem lauten »Danke und auf Wiedersehen!« drehe ich mich spontan um und gehe in Richtung Ausgang.

Auf dem Gehsteig beginne ich zu laufen.

Doch ich höre seine Schritte.

»Marisa!« Martin holt mich ein. »Wieso hast du es denn auf einmal so eilig?«, will er neben mir her trabend wissen.

»Sorry, aber sonst versäume ich die nächste U-Bahn!«

So ein Blödsinn. Die fahren ohnehin alle zwei Minuten. Aber das hat er bestimmt über seinen ganzen Luxus längst vergessen.

»Ich dachte, die fahren im Minutentakt?«

Ich bleib stehen. Er weiß das?

»Wir haben doch alles besprochen, oder?«, frag ich ihn.

»Ja, haben wir. Aber …«

Ich falle ihm ins Wort: »Martin, ich danke dir noch einmal sehr herzlich für den Auftrag und wünsche dir einen schönen Abend. Aber ich muss jetzt echt los und du zu deinem … *Termin.*«

Mit deiner Tussi, setze ich gedanklich nach.

Fragend sieht er mich an. Sein Problem.

Wenigstens ist er jetzt stehen geblieben und ich kann unbehelligt nach unten in die U-Bahn-Station verschwinden. Was ist überhaupt mit mir los? Das war ein Geschäftstermin. Kein Grund, die beleidigte Leberwurst zu geben. Wären die Rosen nicht so wunderschön, ich würde damit alles kurz und klein schlagen.

»Ohhh!«, schreie ich auf.

So ein Schmarrn! Ich bin ausgerutscht und unsanft mit dem Hintern auf den Stufen gelandet. Ein älterer Mann hält mir die Hand hin und eine junge Frau sammelt die Rosen ein.

Gott, ist mir das unangenehm. Mir tut mein Popo weh, aber ich muss mir das verkneifen.

»Danke! Vielen Dank, das ist nett«, sage ich zu den beiden und die Frau drückt mir die Blumen in die Hand.

»Aber gern doch! Ich hoffe, Sie haben sich nicht wehgetan«, sagt sie.

»Nein, nein. Zum Glück nicht. Danke!«

Ohne die beiden noch einmal anzusehen, husche ich nach unten. Wie peinlich war das denn wieder? So ein Mist, jetzt muss ich die ganze Fahrt über stehen, denn mein Steißbein schmerzt höllisch. Aber es wird wieder vergehen. Gut gepolstert zu sein, hat auch seine Vorteile.

Die Vorbereitungen

Zwei Tage später …

»Gut. Wenn es nicht anders geht, dann eben bis Montag. Auf Wiederhören!«, sag ich und lege auf.

Ich krieg noch die Krise mit dieser Druckerei. Ich brauch doch nur ein paar Roll-ups für das Firmenjubiläum nächsten Dienstag. Was kann denn daran so ewig dauern?

»Juchhu!« Mimi stürmt mit einem Zettel in der Hand in mein kleines helles Büro, fällt mir um den Hals und schmatzt mich ab.

»Was ist denn passiert?«

»Martin Engels Assistentin hat uns endlich die schriftliche Bestellung geschickt. Die Hochzeit soll am Elften stattfinden. In zehn Tagen. Und er hat eine Anzahlung von fünfzigtausend Euro angeboten. Kannst du dir das vorstellen? Fünfzigtausend Euro!«

Elf und danach die Zehn. Ich finde das wirklich nicht mehr lustig, denn wieder lachen sie mir ins Gesicht, die drei Einsen!

»Oh!«

Zerplatzt! Wie eine Seifenblase. Ich habe gebetet, dass er es nicht tut. Dass er die Idee mit seiner Singlehochzeit fallen lässt oder eine andere Lösung für sein Problem findet. Aber nein. Er bleibt anscheinend bei seiner Philosophie, die er mir erklärt hat: »You've got to walk your talk.« Er tut also tatsächlich, was er versprochen hat.

Leider. Denn mit jedem Tag finde ich sein Verhalten nämlich unverzeihlicher. Dümmer. Arroganter. Einfach schlicht und ergreifend großkotzig. Beleidigend. Herabsetzend … Leider kommt mir da auch gleich mein Ex-Freund wieder in den Sinn.

Mimi unterbricht mich: »Mehr sagst du nicht dazu? Nur *Oh*?«

Sie sieht mich leicht säuerlich an.

»Nein, nein. Ich freu mich eh. Für dich. Aber ich bin aus dem Auftrag raus.«

Denn der ist wie ein Stich ins Herz. Ganz sicher werde nicht ich diejenige sein, die ihm ein rauschendes Fest organisiert und zur Krönung schleppt er Olga vielleicht noch in eine von uns gebuchte Hochzeitssuite! Vielleicht mit Champagner, Austern und Rosenblättern, die ich noch vorher am Bett verstreue? Never ever, Martin Engel!

»Raus? Willst du uns ruinieren?«, schreit mich Mimi an.

Meine Wangen glühen.

»Nein. Natürlich nicht. Aber ich kann das nicht«.

Denn gedanklich bin ich es, die gerade rechtzeitig für seine Hochzeitsnacht auch noch die Kerzen anzündet.

»Jetzt krieg dich aber sofort wieder ein, Marisa. Du machst die Planung, das Thema, die Deko. Wie immer. Und du bekommst fünfzig Prozent vom Reinerlös. Auch wie immer. Und überhaupt! Wir haben nur zehn Tage Zeit! Hast du das mitbekommen?«

Wie könnte ich nicht? Aber Scheibenkleister. Sie ködert mich mit … Geld! Und ich brauch es. Mehr als Mimi, denn sie hat ja auch noch Paul, der supergut verdient.

»Mimi! Ich will ihn schlicht und ergreifend nicht mehr sehen!«, jammere ich, meine letzte Kontoabfrage vor Augen.

»Und ich will schlicht und ergreifend meine alte Marisa zurück. Herrgott! Du benimmst dich wie ein Mauerblümchen, das den Glauben an sich selbst verloren hat, seit du mit ihm essen warst. Und jeglichen Geschmack! Das Sackkleid vorgestern war ja ein Traum verglichen mit dieser Jeans und dem Schlabber-T-Shirt. Willst du mit aller Gewalt beschissen ausschauen? Ich sag dir was: Das bist aber nicht du, Süße!«

Hilfe! Sie hat recht. Wenn einer uns beide sieht, denkt er, ich bin die, die hier in den nächsten Minuten unter die Abwasch in der Teeküche schlurft und eine Verstopfung repariert, während Mimi mit einer Limousine in die Innenstadt fährt, um sich in einem der noblen alten Wiener Caféhäuser mit einem Kunden zu treffen.

»Ach! Was bin ich denn deiner Meinung nach üblicherweise?«

Abgesehen von Personal und der Frau fürs Grobe?

Mein Lieblingszwerg steht vor mir, stemmt sich die Fäuste in die Hüften und schneidet eine ihrer lustigen Grimassen. Soll wohl gefährlich aussehen.

Sie tippt sich an die Stirn.

»Lass mich nachdenken. Hm. Was du bist? Ich sag dir, was du bist: Vernünftig! Jemand, auf den man sich verlassen kann. Eine Frau zum ... für alles eben! Hübsch, klug, ja, manchmal sogar verdammt weise. Aber genau diese Marisa muss jemand ausgetauscht haben, denn dieser Zombie hier, das kann sie nicht sein.«

»Ist es so schlimm?«

»Schlimmer.«

»Super. Und warum musst du so hart mit mir sein?«

»Weil wahre Liebe nichts für Weicheier ist.«

Jetzt hat sie mich und sie weiß es, denn Mimi grinst übers ganze Gesicht.

Sie nimmt mich in die Arme. »Schickst du den Zombie wieder fort?«

»Okay, okay. Aber ich muss ihn nicht sehen. Ausgemacht? Die Termine mit Martin Engel übernimmst du.«

»Wusste ich es doch«, strahlt Mimi und drückt mir einen Schmatz auf die Wange. »Irgendwo unter diesen Fetzen, die sich Kleidung schimpfen, steckt meine Marisa.«

Ich muss lachen. Das sind meine Uralt-gute-Laune-Jeans. Und das verwaschene Flamingo-T-Shirt liebe ich. Aber Mimi hat recht. Wir sind hier nicht auf der Hundewiese, sondern im Büro.

»Okay, aber was ist mit den Terminen?«

»Jaja, die mach ich. Kein Problem. Ich lass mich von ihm auch in ein Nobellokal zum Essen ausführen, wenn es sein muss. Stell dir vor: Fürs Geschäft würde ich glatt so weit gehen. Tough, was? Und selbstlos.«

»Hör auf! Das war zynisch!«

»Aber die Wahrheit. Als ob das so schwierig wäre. Ich weiß bis heute nicht, wie man davonlaufen kann, bloß weil er dir Rosen geschenkt hat. Aber lassen wir das. Sag, wie will er seine Hochzeit denn?«, geht Mimi direkt in medias res.

Vermutlich, damit ich es mir nicht noch mal anders überlege.

»Kitschig. Rosarot. Aber mit nur einem Bräutigam auf der Torte«, antworte ich wie aus der Pistole geschossen.

Mimis Augen werden groß.

»Echt jetzt? Ich hätte gedacht, eher cool. So alles in Gold, vielleicht ein paar Tupfer Lachsfarben und natürlich Weiß. Aber rosarot?«

»Tja, ich kann auch nichts dafür. Er ist eben ein exaltierter reicher Schnösel.«

Irgendwie habe ich ein schlechtes Gewissen. Mimi gegenüber. Soll ich ihr die Wahrheit sagen? Nein. Du bekommst eine Kitschhochzeit, Martin Engel! Der Teufel höchstpersönlich wird sich darum kümmern. Und für deine Hochzeitsnacht überlege ich mir auch noch etwas Besonderes. Gratis. Das ist dann mein persönliches Geschenk.

»Wenn du meinst? Du hast schließlich mit ihm gesprochen.«

»Genau. Lass den Ablauf, die Deko und die Torte meine Sorge sein. Den Rest erledigst dann du, ja?«

Ich lächle Mimi zuckersüß an.

Plötzlich tritt sie einen Schritt zurück. Fuchtelt abwehrend mit dem Zettel in der Luft herum.

»Oh nein, Marisa! Ich habe dich durchschaut. Irgendetwas ist da falsch. Du willst dich an ihm rächen. Wofür, weiß ich allerdings nicht so genau.«

»Ja. Du hast mich durchschaut, Mimi. Aber ich sag dir was: Ich mache es stilvoll. Genau so, wie ich mir meine Traumhochzeit vorstellen würde. Mit ein paar kleinen Abänderungen vielleicht. Aber nachdem er keine Wünsche geäußert hat, wird das ja wohl drinnen sein, oder?«

Mimi lässt sich wieder einmal in meinen Sessel plumpsen.

»Bist du sicher?«

»Sehr sicher«, grinse ich hämisch.

Martin Engel, pass auf, was dir dein Teufelchen alles hinzaubern wird!

»Ich krieg es mit der Angst zu tun, wenn du so schaust«, seufzt sie.

»Hey, wenn ich eines kann, dann ist es doch, Feste wie Bilder zu komponieren, oder etwa nicht? Das sagst du doch immer.«

»Stimmt. Das kannst du.«

Mimi fächelt sich mit seinem blöden Auftrag Luft zu. In letzter Zeit leidet sie aber wirklich oft an Frischluftmangel. Ob das nur an mir liegt?

»Na bitte. Geht ja. Ich schwöre dir, Mimi, es wird eine Traumhochzeit.«

Nur vielleicht nicht ganz so, wie er sich das vorgestellt hat. Und ich hetze ihm alle Tussis dieser Welt an den Hals. Auch das wird eine kleine Überraschung für dich, lieber Martin.

Ich muss Mimi aus dem Büro bekommen, denn am liebsten würde ich in der Sekunde mit der Planung beginnen.

»Ich nehm dich beim Wort«, seufzt Mimi. »Aber bitte mach keine Kitschhochzeit. Von mir aus ... mach sie wie eine Playboy-Party. Aber nicht rosarot, ja?«

Ihr Blick hat etwas Flehendes.

»Okay, okay. Weil du es bist, werde ich es mir noch einmal durch den Kopf gehen lassen, Mimi. So, husch und raus, denn jetzt muss ich mich ans Telefon klemmen. Und du auch. Vergiss nicht, wir haben nicht viel Zeit. Fang mit den Einladungen an und such zuerst eine passende Location.«

Ich schwör es: Zumindest die Torte wird rosarot.

»Jaja, klar. Die Liste mit den Gästen bekommen wir noch von ihm, oder?«

»Ja. Und wir dürfen auch Gäste einladen. Das war das Einzige, was er sich gewünscht hat.«

Mimis Gesichtszüge entspannen sich wieder. Offensichtlich denkt sie, dass ich weiß, was ich tue.

Womit sie recht hat. Was ich tue, weiß ich. Aber nicht genau, warum. Und trotzdem fühlt es sich verdammt gut und richtig an. Denn Bilder füllen meinen Kopf: Spalier stehende halb nackte Mädels. Lauter Olgas in nuttigen Kostümen. Er in der Mitte: grinsend. Bis die echte Olga auftaucht und ihm die Hölle heiß macht.

Oh Gott! Das ist sexistisch! So was darf ich als Frau nicht einmal denken.

Mimi trollt sich aus meinem Büro. Sehr gut.

Dann starte ich mal. Vielleicht schreibe ich mir zuerst wie immer ein paar Ideen zusammen? Sollte ich, sonst wird das tatsächlich ein Desaster. Vielleicht weiß ich doch nicht, was ich tue? Aber das hätte er sich selbst zuzuschreiben.

Mein Handy meldet sich kurz. Eine Nachricht.

›Die Bestellung ist bei euch eingelangt. Sollte dann meine Hochzeitsplanerin nicht ab sofort für mich erreichbar sein? Grüße, Martin‹

Das ist die dritte WhatsApp in drei Tagen. Oh. Mein Handy war auf lautlos. Sein Pech. Aber ich stelle den Ton wieder an.

›Aber natürlich! Danke für den Auftrag! Was kann ich für dich tun? Grüße, Marisa‹

Mimi erscheint wieder in der Tür. »Was hältst du von Schloss Blumenburg? Das hat alles. Einen traumhaften Schlossgarten, eine große Terrasse und es ist nur zwanzig Minuten von Wien entfernt.«

»Gute Idee! Frag doch mal an.«

Oh, oh. Statt eine weitere Nachricht zu schicken, ruft Martin gerade an.

»Mimi, dein Typ ist gefragt! Nimm du mal mein Handy, ich beginne mit der Bestellliste.«

Sie hält das Handy und sieht mich fragend an. »Und was bitte soll ich ihm sagen? Der will doch dich sprechen«, motzt sie, nachdem sie aufs Display geschaut hat.

»Lass dir was einfallen! Oder nein: Sag ihm, ich bin unabkömmlich, weil ich gerade seine wunderschönen Rosen maniküre.«

»Wir sprechen uns noch«, faucht sie, aber sie nimmt brav ab und trottet mit meinem Handy am Ohr zur Tür hinaus. Ich höre noch ihr Säuseln: »Miriam Steiner von *Celebrate*.«

Sehr gut. Dann werde ich mal deine Hochzeit planen, mein Lieblingsengel!

Die Planung nimmt Fahrt auf

Am nächsten Morgen …

Meine Tür schwingt auf und Mimi platzt händeringend in mein Büro. »Du hast gestern tatsächlich noch halb nackte Playboy-Bunnys für seine Hochzeit bestellt?«

Jaaa! Und was für welche. Mein Gott, ist das schön. Ich sollte das öfter machen. Meinen Ideen einfach freien Lauf lassen. Nach dem Motto: Jeden Tag eine schlechte Tat. Außerdem sollte ich langsam akzeptieren, dass das hier mein Job ist und ich niemals eine eigene Ausstellung kuratieren werde. Und so schnell habe ich noch nie ein Konzept fertiggestellt. Es flutscht sozusagen.

»Nein! Wo denkst du hin, Mimi. Komm, setz dich erst einmal hin.«

»Hinsetzen? Wie soll ich im Sitzen aus dem Fenster springen? Hä?«

Auweia. Mimi ist so geladen, dass sie gleichzeitig an ihren Nägeln kaut und mit einem Zeigefinger Kringel in die Luft malt. In meine Richtung natürlich. Wie ein kleiner Giftzwerg sieht sie aus.

»Ich bitte dich, Mimi. Ich müsste dir sowieso die Räuberleiter machen, was ich natürlich nie tun würde, und es ist völlig übertrieben, so zu tun, als würde ich deine Firma ruinieren.«

»Das ist *nicht* lustig, Marisa! Und außerdem ist das *unsere* Firma, falls ich Madame Schöngeist daran erinnern darf! Außerdem weiß ich genau, was du planst! Nur noch immer nicht, warum!«

Ups.

»Willst du was essen? Als Entschuldigung für die Räuberleiter? Das war echt gemein von mir.«

Schnell öffne ich die oberste Lade meines Schreibtischs. Ah. Da sind sie ja. Ich halte ihr die angebrochene Packung mit den kleinen Schokokugeln hin.

»Ich will jetzt nichts essen«, sagt Mimi und steckt sich gleich mehrere davon in den Mund.

»Siehst du, damit gehts gleich besser. Und jetzt setz dich hin.«

»Oookay«, antwortet sie mit vollem Mund.

»Also. Es klingt alles schlimmer, als es ist. Ich habe Mädels von der Schauspielschule bestellt, die bei der Segnung, und wenn die Torte kommt, Spalier stehen werden. Das ist alles.«

In knappen Outfits und hoffentlich mit großen Brüsten. Zugegeben. Das war nicht ganz okay von mir. Aber was solls? Er wollte doch ein rauschendes Fest für einen schwerreichen Schnösel. Eine echte Singlehochzeit eben.

»Das ist sexistisch! Frauenverachtend. Um nicht zu sagen: Stillos!«

»Mimi! Stillos sind eventuell die schwarzen Maschen, die ich neben den weißen und goldenen für die Deko bestellt habe, aber ganz sicher nicht diese Mädels. Das haben sie mir versichert.«

Sie verschluckt sich an ihrem Atemzug und hustet.

»Du hast ... du hast *schwarze* Schleifen bestellt?«, krächzt sie.

Jap. Hab ich. Und es fühlt sich echt gut an. Aber ich habe auch eine Burlesque-Tänzerin angeheuert. Als besondere Überraschung direkt nach dem Feuerwerk. Der krönende Abschluss sozusagen. Oh, mein Engel, da wirst du staunen.

Die Frau wird ihm im Stil von Dita von Teese in einem riesigen Cocktailglas serviert werden, dann strippen, ihn in die Hochzeitssuite der Blumenburg geleiten und ihn dort vor der Tür stehen lassen. Quasi als Teil ihrer Performance.

Ich krieg Gänsehaut. Das wird ein Hammer.

»Du wirst sehen, das wird die perfekte Hochzeit«, strahle ich sie an. »Ach. Und für dieses Firmejubiläum habe ich auch schon alles fertig. Hier, schau mal.«

Gut, dass ich die Burlesque-Tänzerin nicht ins offizielle Excel-Sheet eingetragen habe, zu dem wir beide Zugriff haben. Seit gestern habe ich geradezu einen überirdischen Energieschub. So schnell war ich noch nie bei der Planung. Ich halte ihr den Ausdruck mit der Bestellliste für Martin vor die Nase und auch die Checkliste für die Firmenparty. Das sollte sie doch ablenken.

Denkste!

Unwirsch reißt sie mir die Blätter aus der Hand und schenkt ihnen nicht einmal einen einzigen Blick. Kann sie auch nicht, denn sie schaut zum Fenster raus und rückt sich die Brille zurecht. Muss sie sich erst sammeln, bevor sie zur Attacke bläst? Also ich bin mir keiner Schuld bewusst.

Na ja, vielleicht bis auf …

Mein Telefon meldet sich. Ich starre mein Handy an. Sicher wieder er. Es läutet weiter. Ich halte ihr mein Handy hin. Sie liest seinen Namen.

»Sicher nicht. Jetzt gehst du schön mal selbst dran!«, schnappt sie in meine Richtung und verlässt einfach mein Büro.

Mist!

»Marisa Teufel von *Celebrate*.«

Dann lass uns mal die Spiele beginnen, mein lieber Herr Engel!

»Martin hier! Warum so förmlich, du hast doch sicher meinen Namen gesehen!«

Vorwürfe? Da bist du aber falsch gewickelt, mein Freund. Und klar habe ich ihn eingespeichert. Direkt nach Oskar Emmerich und vor Max Ernst. Beide Reinfälle. Oskar liebt seine Ex-Frau noch immer und eine Affäre hätte ich ohnehin nicht in Betracht gezogen. Bei Max war es das Aussehen, das mich gestört hat. Er hatte etwas Feistes an sich. Das mag ich einfach nicht. Mittlerweile weiß ich, Internetdating ist eindeutig nicht meines. Ich sollte die Nummern schnellstens wieder löschen. Diese Phase ist immerhin schon zwei Jahre her.

»Entschuldige, ich hab deine Nummer noch nicht abgespeichert. Aber ich werde es sofort nachholen, nur leider war so viel zu tun. Womit kann ich dienen?«

»Sollten wir nicht so bald wie möglich eine offizielle Vorbesprechung machen? Vielleicht heute Abend bei einem Essen?«

Eine romantische Bar bei Kerzenlicht, ein Kübel mit einem Champagner und ich in einem roten, männermordenden Minikleid erscheinen vor meinem geistigen Auge. Und natürlich Martin, wie er seine Hand auf meinen Oberschenkel legt und ...

Was denke ich mir da eigentlich?

»Ach, du hast doch genug um die Ohren, Martin, und ich bin auf Diät. Ich hätte gedacht, ich plane dir einfach eine Traumhochzeit, dann sparst du dir einiges an Zeit und Terminen. Passt dir das?«

Niemals lasse ich mir von ihm in diese Hochzeit hineinpfuschen und schon gar nicht will ich mir die nächste Abfuhr von ihm holen. Davon habe ich in meinem Leben wahrlich genügend erhalten.

Die Bilder, wie diese Hochzeit werden sollte, nehmen immer klarere Formen an und zaubern ein Permanentgrinsen auf mein Gesicht. Außerdem war ihm doch alles egal, was die Hochzeit betrifft.

»Ja, also ... das ist gut. Ich habe ohnehin gerade richtig Stress. Aber melde dich, wenn du dir bei irgendetwas unsicher bist.«

»Danke für das Angebot. Das mache ich natürlich.«

Vorher sterbe ich.

Stille am anderen Ende.

»Marisa? Ich vertraue dir. Und Geld ist kein Thema. Es soll ein richtig bombastisches Fest werden. Schließlich werde ich mich nur einmal selbst heiraten.«

Die Bedeutungsschwere, welche dieser Satz und sein Tonfall an sich hatten, kriecht unter mein T-Shirt und von dort direkt in meinen Solarplexus.

Ich weiß nicht, welche falschen Knöpfe er bei mir drückt. Aber allein seine Stimme zu hören, regt mich maßlos auf. Und dieses Lachen ist der Gipfel!

»Sehr gut, das ist doch eine tolle Grundlage. Wir sehen uns am Elften, du musst also nur noch deinen Hochzeitsanzug besorgen, aber dafür hast du sicher auch jemanden. Wie gesagt, um den Rest kümmern wir uns. Die Uhrzeit wird Mimi dir noch rechtzeitig mailen.«

Schade. Der Dreizehnte ist leider ein Montag und den Termin wollte er vermutlich nicht.

Beinahe hätte ich schon die ›Beenden‹-Taste gedrückt, als er ins Telefon ruft: »Moment noch. Wo heirate ich denn?«

Gute Frage. In einem schwarzen Kellerverlies?

»Mimi konnte trotz der Kurzfristigkeit sogar das Kaiserschloss, also Schloss Blumenburg in Niederösterreich, für dich ergattern.«

Er atmet laut aus.

»Ja. Das ist gut. Ich denke, das passt wirklich perfekt. Ich hol dich heute um sechs Uhr vom Büro ab.«

Jetzt hab ich Schnappatmung. Nicht schon wieder, und sicher nicht in diesem Outfit.

Shit. Mimi hat recht. Ich schau beschissen aus.

»Kennst du eigentlich das Wörtchen *nein*?«

»Ja«, lacht er laut ins Telefon. »Aber ich akzeptiere es äußerst ungern. Und schon gar nicht von dir. Also: Sechs Uhr. Ich warte unten vor der Tür im Auto.«

Aus. Aufgelegt.

Ja gehts noch? Glaubt er, jetzt kann er mich herumkommandieren?

Von mir aus kann er unten auf der Straße in seinem Ferrari versauern.

Ich laufe hinaus.

»Mimi!«, brülle ich durch den Gang.

Sie schießt aus ihrem Büro heraus.

»Was ist?«

Gute Frage. Was ist? Mein Herz klopft und dummerweise freu ich mich, ihn wiederzusehen. Ich bin ein Waschlappen, wenn es um diesen Engel geht.

Mimi baut sich vor mir auf und stemmt die Hände in die Hüften.

»Ich schätze, es geht um Engel«, sagt sie grinsend und schiebt sich die neue Brille ein Stück höher.

»Nein. Also nur indirekt. Fakt ist, ich brauch dringend etwas anderes zum Anziehen! Hast du noch eines von deinen Stretch-Schlauchkleidern bei dir im Bürokasten hängen?«

Mimi lacht jetzt bis über beide Ohren.

»Sorry, die hab ich alle erst unlängst wieder nach Hause verfrachtet, aber sie wären dir sowieso zu kurz und zu eng, wie wir wissen. So wie du ausschaust, setzen wir jedoch in ein paar Minuten ein neues Kleid auf die Spesenrechnung. Ich hole nur schnell meine Handtasche.«

»Du bist ein Engel!«

Sie dreht sich um und lächelt verschmitzt.

»Seit Samstag geht es bei dir doch nur noch darum, oder?«

Mein Magen knurrt, als würde er sie warnen wollen. Ich folge ihr ins Büro, sie holt die Handtasche und wir machen uns auf den Weg.

»Stimmt nicht. Martin hat rein gar nichts damit zu tun, es geht um den Ruf unserer Firma.«

»Ach auf einmal? Also mir wäre es ausnahmsweise ja egal. Bleib in deiner Jeans«, meint sie völlig überraschend und bleibt direkt vor unserer Eingangstür stehen.

Sie hat leicht lachen. Wenn ich diesen Chanel-artigen Zweiteiler in Blassrosa mit der ärmellosen weißen Bluse mit gestickten Rosen drauf und den passenden Pumps dazu anhätte, hätt ich auch kein Problem mit mir und der Welt. Sogar die Brille ist in einem Roségold-Ton.

»Willst du, dass ich einen Herzinfarkt bekomme, weil ich mich so geniere? Los, komm jetzt!«

»Schau einer einmal an! Einsicht ist der beste Weg zur modischen Erleuchtung. Also, dann ab die Post. Wir stürmen die Mariahilfer Straße.«

Hysterisch kichernd wie Teenager laufen wir hintereinander zur Tür hinaus. Ich freu mich richtiggehend, endlich wieder einmal so richtig shoppen zu gehen. Ich mag diese alten Gebäude mit den schönen Fassaden und den modernen Boutiquen in der Mariahilfer Straße total gern. Und mit der Striptease-Tänzerin habe ich auch alles geklärt. Sie kommt in die Blumenburg, kurz nach Mitternacht, und tritt dann sofort nach dem Steigenlassen der chinesischen Lampions auf. Sehr coole Sache. Zu blöd, dass ich Mimi nicht einweihen kann, sie würde mir diesen Programmpunkt sicher wieder streichen. Aber das will ich nicht. Dafür ist er zu gut.

Das Kleid

So ein Schmarrn. Jetzt steh ich pünktlich um sechs Uhr vor der Tür und von Martin ist weit und breit keine Spur. Wenigstens ist das neue gelbe Kleid ein Traum. Es ist schlicht, gerade geschnitten und hat trotzdem Pep. Und es gibt verdammt wenig Kleider, die mir an der Oberweite passen und, wenn sie das tun, nicht an der Taille und Hüfte schlottern. Ob eigentlich irgendein Mann nur den Funken einer Idee hat, was es heißt, ein D-Körbchen zu haben? Während der Regel nicht nackt herumlaufen zu können, weil diese Dinger, wenn sie nicht gestützt werden, schlicht und ergreifend sauwehtun? Nein. Wohl kaum. Ich habe noch nie von einem Mann gehört, der eine Brustverkleinerung vorgeschlagen hätte. Aber ich habe schon viele gesehen, die bei meinem Busen ins Sabbern kommen. Dann muss ich sie daran erinnern, dass mein Körper über dem Schlüsselbein weitergeht und sie mir gefälligst in die Augen sehen sollen.

Keine Spur von einem schwarzen Ferrari. Geh ich eben wieder ins Büro. Da sieht man wieder einmal, wie weit ich komme, wenn ich diesem Macho einen Gefallen tun will. Nett sein will. Mich in angemessene Schale werfe.

Im Grunde sollte *ich* mich selbst heiraten. Das würde Sinn machen. Mit Männern bin ich durch. Danke, Ben! Du hast das Fundament dafür gelegt! Bis heute weiß ich nicht, mit wem er mich betrogen hat. Nur, dass er es hat.

Jemand hupt. Automatisch schnelle ich herum.

Die Fensterscheibe fährt nach unten und er ruft mir »Entschuldige, ich bin noch aufgehalten worden« aus dem Zweisitzer zu.

Ins Haus laufen kommt jetzt auch nicht gut. Martin ist schon aus dem Auto gesprungen und hält mir die Tür auf. Folgsam wie ein Robotermännchen steige ich ein und warte, bis auch er im Auto sitzt.

»Was hast du vor?«, frage ich ihn so unaufgeregt wie möglich.

»Dich entführen.«

Und natürlich sieht er mir aufs Dekolleté.

Ich klopfe an seine Schulter und deute ihm mit zwei Fingern, wo meine Augen sind.

»Hier bin ich«, sage ich.

»Du vergönnst mir anscheinend gar nichts«, grinst er und rollt los.

»Doch. Absolut alles. Gerade deshalb habe ich dir doch gesagt, dass ich noch ziemlich viel organisieren muss, damit du deine Traumhochzeit bekommst, und daher eigentlich keine Zeit für einen Ausflug habe.«

Er sieht kurz von der Straße weg in meine Richtung und für einen Moment zieht sich alles in mir zusammen.

»Du hast doch Kunstgeschichte studiert, oder?«

Hab ich ihm das erzählt? Ich kann mich nicht mehr erinnern.

Natürlich! Beim Abendessen. Da habe ich es kurz erwähnt, nachdem er mir erzählt hat, dass er wie Mimi ein Betriebswirtschaftsstudium abgeschlossen hat.

»Ja. Hab ich. Wieso?«

»Weil ich mir ein Hochzeitsgeschenk machen möchte und dafür deinen Rat brauche.«

Bin ich jetzt sein Kindermädchen? Die, die für alles zuständig ist, und gleichzeitig eine, deren Namen man in vier Wochen wieder vergessen hat? Wie das in solchen Kreisen eben üblich ist? Wozu hab ich Idiot ein neues Kleid erstanden?

Ah ja! Ich wollte mir etwas Gutes tun, nicht ihm gefallen. Das hab ich auch Mimi immer wieder in den Läden versichert. Geglaubt hat sie es mir nicht, aber ich sollte es. Zumindest jetzt.

»Du lässt aber nichts aus, oder?«, seufze ich.

Jetzt mit ihm in eine Galerie zu karren und mir irgendwelche Gemälde anzusehen, ist so ziemlich das Letzte, das mich interessiert. Eine Fiakerfahrt durch die Innenstadt oder ein Drink in einer netten Bar, vielleicht auch Hand in Hand im Stephansdom andächtig auf den Altar sehen ... das würde ich mir einreden lassen.

In schwachen Momenten.

Ich lese eindeutig zu viele Kitschromane.

Wie oft darf man *Pretty Woman* maximal ansehen, ohne Gefahr zu laufen, zu glauben, dass solche Märchen auch im wirklichen Leben wahr werden könnten? Sicher nicht über fünfzehn Mal.

Martin mustert mich aus den Augenwinkeln.

»Spucks aus. Was habe ich falsch gemacht?«

Erschrocken sehe ich ihm direkt in seine dunkelbraunen Augen. Wo sind wir denn jetzt gelandet?

»Gar nichts.«

Er schickt mir einen ernsten Blick.

»Marisa. Waren es die Blumen? War das unpassend?«

Oh nein! Ganz im Gegenteil. Ohne seine Folgesätze wären sie das Highlight dieses Jahres für mich gewesen.

»Ich weiß es, es waren zu wenige.«

Typisch Mann. Guter Anfang, aber das Ende der Logikkette ist völlig falsch.

Sein Blick bohrt sich durch meine Augen hindurch. Gerade so, als ob er in meinem Inneren nach etwas suchen würde.

»Oder nein, Blumen waren grundsätzlich unpassend und als Dankeschön für deine grandiose Idee viel zu wenig.«

Mach weiter. Stich verbal auf mein Herz ein.

In emotionalen Notfällen wie diesem gibt es zwei Möglichkeiten. Voller Wut auf sein sicher sündhaft teures Armaturenbrett einzuschlagen oder mich auf das Gute zu besinnen. Und im Grunde können die Rosen ja nichts dafür.

»Herrgott! Das war ein Riesenstrauß und er war toll, Martin. Selbst meine Nachbarinnen haben sich sehr darüber gefreut«, sage ich so lieblich wie nur möglich.

»Du … hast sie … verschenkt?«, fragt er und die Fassungslosigkeit spiegelt sich auch in seiner Mimik wider.

Das hat also gesessen und kommt auf meinen innerlichen Merkzettel: Martin Engel mag es nicht, wenn man seine Geschenke weiterschenkt. Er wird mir zwar sicher nie wieder etwas schenken, aber gemerkt ist gemerkt.

»Ja, es wäre doch schade gewesen, wenn nur ich Freude an so einem großen Strauß Rosen haben kann«, erwidere ich schnell.

Plötzlich bereitet es mir Unbehagen, dass ich wirklich alle weggegeben habe. Sogar Mimi und Astrid, unsere Assistentin und Grafikerin, haben welche bekommen. Er könnte es glatt als unsensiblen und bösartigen Akt der Rosen-Weglegung verstehen.

»So habe ich es noch nie betrachtet. Aber wahrscheinlich hast du irgendwie recht.«

Warum quält er mich so? Spürt er nicht, dass wir uns weder etwas zu sagen haben noch aus denselben Welten kommen? Meine Intuition ganz zu Beginn, am Samstag, war genau richtig. Ich bin bloß Personal. Alles andere war reines Wunschdenken.

»Martin, ich bin quasi eine Angestellte für dich. Du musst das alles nicht tun.«

Kann ich noch tiefer vor mir selbst sinken?

»Wie meinst du das?«

Er überholt einen Kleinwagen und scheint irgendwie ungeduldig zu werden.

»Na, nett sein. Mir Blumen schenken, aus lauter Freude, dass du mich nicht heiraten musst.«

Ups. Das hat falsch geklungen. Gerade so, als hätte es jemals wirklich zur Debatte gestanden.

»Du weißt schon, wir haben eine rein geschäftliche Beziehung. So habe ich es gemeint.«

Ich beobachte ihn. Er sagt nichts, aber er malmt mit seinem Unterkiefer.

»Wir haben also irgendeine noch näher zu definierende Art von Beziehung. Das ist doch schon einmal ein wunderbarer Beginn.«

Wieso ist das wichtig? Ich antworte lieber nichts darauf.

Plötzlich biegt er in eine Einfahrt ein.

»Das ist ja deine Villa! Was wollen wir denn hier?«, rufe ich aus, in einer Mischung aus freudig erregt und neugierig.

Wenn ich mich auf mein Höschen so toll verlassen kann wie auf meine Gefühle, dann sollte ich beim nächsten Drogeriemarkt Binden kaufen, bevor ich irgendetwas anderes mit ihm unternehme.

Und mit einem Mal erscheinen er und ich Champagner trinkend auf seiner Terrasse in meinem Kopf. Martin nur in Shorts … oh, ich in einem Sackkleid.

Vorbei ist das Prickeln.

Martin parkt das Auto und im Aussteigen sagt er: »Da hängt nun einmal das Gemälde, das ich dir zeigen möchte.«

»Verstehe.«

Klar. Ich bin ja nur die Pseudo-Angestellte, die er um einen Rat fragen möchte.

»Schickes Kleid. Steht dir wirklich toll.«

Mir oder meinem Busen?

»Danke, dein Anzug steht dir ebenfalls ganz toll.«

Martin zwinkert mir zu.

»Hör mal, Marisa. Wir hatten vielleicht nicht den besten Abschluss bei unserem Essen, aber ich bin kein Schnösel.« Aus seinen dunklen Augen sieht er mich prüfend an. Grotesk, dass er gerade diesen Satz, einen Designeranzug tragend, selbst formuliert hat. »Hey, ich bügle und koche hin und wieder sogar selbst.«

Weltklasse! So kann er mit links die ansonsten tief schlummernde Feministin in mir wecken.

»Stell dir vor: Ich auch«, erwidere ich bissig. »Aber nicht, weil ich ab und zu in die Niederungen des einfachen Lebens hinabsteigen möchte, um mich daran zu ergötzen oder zu erinnern, dass ich auch nur ein Mensch bin, sondern weil ich muss.«

Pfuh! Das musste raus, auch wenn es dumm war.

Er bleibt direkt vor seiner Eingangstür stehen und fährt sich nervös durchs Haar.

»Was ist plötzlich los, Marisa? Wir haben uns doch auf Anhieb wirklich gut verstanden … Sehr gut sogar.«

Nichts ist los. Abgesehen davon, dass ich ihn nicht kriegen kann und ich das irgendwie nicht akzeptieren will, und ganz abgesehen davon, dass er der erste Gedanke in der Früh und der letzte vor dem Einschlafen ist, und überhaupt abgesehen davon, dass ich mich nach jedem großen Dunkelhaarigen in der Stadt umdrehe, weil ich der Meinung bin, er ist es. Und selbstverständlich über all seine falschen Sätze hinwegsehend, ist doch alles paletti.

»Gar nichts, denn wir kennen einander ja kaum.«

Martin öffnet mir formvollendet die Eingangstür. Eine moderne Komposition aus Glas, dickem dunklen Holz und Sicherheitstechnik bis hin zu Kameras, die überall zu sein scheinen.

Er lächelt mich an.

»Das lässt sich ändern«, erklärt er mir verschmitzt.

Ja genau! Versprich mir einen Nachthimmel voller Sternschnuppen und schick mir dann am Ende per Post eine Wunderkerze.

Was ist mit mir los? Ich hasse ihn gerade ebenso inbrünstig, wie ich sein Lächeln anziehend finde.

Hände weg, er ist ein oberflächlicher und reicher Playboy! Und es gibt diese Olga.

So sollte mein Mantra lauten. Nicht: Ich mag sein Lächeln. Oder die feinen Fältchen um seine dunklen Augen! Und schon gar nicht: Ich mag seine schmale Nase, die einen kaum zu sehenden Höcker hat.

»Vermutlich nicht, denn wie du weißt, haben wir weder denselben Freundeskreis noch verbindet uns irgendein anderes Hobby.«

»Waren wir uns beim Abendessen nicht bereits einig, dass wir einen Hund nehmen?«, sagt er zwinkernd.

»Da musst du etwas verwechseln, du warst doch eher der Katzentyp.« Ich trau ihm auch einen Jaguar in der Garage zu.

Er sieht mich kurz schräg an. Kneift ein Auge zusammen, geht aber los. Ihm folgend, trotte ich quer durch die Eingangshalle. Ich kenne diese Villa ja schon ziemlich gut von Flavios Fest. Alles erscheint mir vertraut. So unfassbar edel dieses riesige Haus auch ist, so sehr alles glänzt und aufeinander abgestimmt ist, es wirkt dennoch etwas unterkühlt. Als fehlte etwas: Leben.

Der cremefarbene gegossene Terrazzoboden im nach oben offenen Eingangsbereich passt zum dunkelbraunen Lederhocker, der hier steht. Dazu die ebenfalls leicht cremefarbenen Wände. Zwei moderne Skulpturen stehen in der Eingangshalle. Eigentlich ein Wunder, diese Farbkombination. Sonst sind solche Villen immer weiß angestrichen.

»Nach dir«, sagt Martin und deutet ins Wohnzimmer.

Mein Blick fällt nach draußen zu den Palmen in den großen Töpfen, den modernen Liegen und dem Infinity Pool.

»Danke«, murmle ich und gehe in die Mitte des weitläufigen Raumes, der heute gänzlich anders aussieht. Als wir mit dem Dekorieren für Flavios Geburtstagsfeier begonnen haben, war alles leer. Jetzt thront hier eine überdimensionale Sofalandschaft. Ebenfalls in Creme. Überhaupt ist alles in dieser Farbe. Bis auf ein paar Tupfer in Dunkelbraun, wie den Pölstern, oder in Edelstahl, wie die Lampen.

Oh! Und den bunten Bildern an den Wänden. Ich sehe sie zum ersten Mal und mein Herz setzt aus.

Nein. Das kann gar nicht sein. Ist das das echte?

Mit vermutlich schon wieder einmal offenem Mund betrachte ich ehrfürchtig das große Gemälde an der Stirnseite des Wohnzimmers, das auf einer sonst leeren Wand hängt. Eine am Boden hockende Frau, die ihre Arme um die Unterschenkel schlingt.

Mein Bild!

»Wir haben also doch etwas gemeinsam«, haucht Martin in mein Ohr und mir steigt Gänsehaut auf.

»Ja, sieht so aus«, antworte ich leise, ohne meinen Blick von dem wundervollen Gemälde zu nehmen.

Es kann nicht sein. Hier hängt es. Mein Poster der ›Femme accroupie‹ in echt. Das Gemälde von Jacqueline. Kann das sein …? Ist das noch Zufall?

Alles rund um mich wird ein wenig langsamer. Verschwimmt aus meinem Fokus. Ich tauche ein in diese andere Art von Realität. Eine Wirklichkeit, in der alles möglich und nichts verboten ist. In der es weder arm noch reich, weder wichtig noch unwesentlich gibt. Jede Wertung, jede Art von Gefühl darf sein und ist gut. Jeder Strich, jede Farbe, jede Nuance hat seine Berechtigung und ich habe wie immer das Gefühl, das Wunderbare ist, dass dieses Gemälde nur so und nicht anders aussehen kann, weil es einfach so sein muss.

»Du weißt, von wem es ist?«, fragt er mich und ich zucke zusammen.

Will er mich beleidigen?

»Pablo Picasso natürlich«, antworte ich tonlos und verdrehe die Augen. »Mit vollem Namen hieß er ja Pablo Ruiz Picasso. Geboren 1881 in Spanien und 1973 in Frankreich verstorben. Gemeinsam mit Georges Braque gilt er als Begründer des Kubismus. Und das hier …« Ich trau mich kaum, es auszusprechen. »… ist seine *Femme accroupi*. Die hockende *Jacqueline*. Er hat es in den frühen Fünfzigerjahren gemalt. 1954 in Südfrankreich, um genau zu sein, und nur an einem einzigen Tag. Es stellt seine spätere Frau Jacqueline Roque dar.«

Martin strahlt mich an, als wäre ich das Christkind.

»Du bist die erste Frau, die dieses Gemälde wirklich zuordnen kann.«

Weiß ich doch. Mein Herz springt demnächst aus meinem Brustkorb.

»Woher hast du es und warum?«, frage ich tonlos.

»*Christie's*. New York.«

Okay. Okay. Ich muss mich sammeln. Das Gemälde hat zwischen zwanzig und vierzig Millionen gekostet.

»Und gekauft habe ich es aus zwei Gründen: Erstens, weil es eine Wertanlage ist, und zweitens, weil es … nun ja, mich irgendwie berührt hat.«

Tief ausatmen.

Das ist alles normal.

Nicht für mich, aber für ihn.

Wahnsinn! Das erste Mal in meinem Leben könnte ich ein Originalgemälde von Picasso einfach so angreifen. Ohne von Sicherheitskräften abgeführt zu werden. Sogar mit den Fingerkuppen ganz zart über die Linien streichen. So nah rangehen, dass meine Nasenspitze die Nasenspitze der dargestellten Frau berührt. Die Farbe riechen.

Ich bin überwältigt.

»Marisa?«

Äh. Was will die Welt von mir?

»Ja?«

»Schon gut, war nur ein Test. Also, ich würde mir gern zwei Franz-West-Stühle und eine seiner Skulpturen, vielleicht auch eine Stehlampe, dazu schenken und rechts und links daneben stellen. Würdest du für mich welche aussuchen? Es gibt ein paar in Wien zur Auswahl.«

Nur ungern löse ich meinen Blick vom Gemälde. Mit einem Mal ist die Stimmung im Raum völlig anders. Magisch. Wie verzaubert. Und so ... still.

Langsam drehe ich mich im Kreis.

»Also wenn ich mir all deine Gemälde hier so ansehe, hast du doch selbst einen ganz unglaublichen Geschmack. Wieso soll ich das tun?«, frage ich ganz leise, nur um nichts zu zerstören.

Martin runzelt die Stirn und stellt sich ganz nah vor mich.

»Vielleicht, weil es mir wichtig wäre, dass sie dir gefallen?«

Ich starre in seine Augen. Sie strahlen mich an.

»Natürlich. Gern«, antworte ich wieder im Flüsterton, denn was immer das hier ist, es soll nie wieder aufhören.

Martin streicht mir eine Strähne aus dem Gesicht. So sanft wie eine Feder. Ist er ... verrückt? Mit einem Mal zieht er mich ganz nah an sich und hält mich umarmt. Mein Herz beginnt zu rasen und ich spüre es: Ich finde diesen Mann umwerfend. Anziehend. Magnetisch.

Wir sehen einander tief in die Augen. Seine funkeln. Haben Tiefe. Klarheit. Und doch sind seine Lider ein wenig nach unten gezogen. Schlafzimmerblick? Seine Augen lächeln und betrachten mich zugleich ganz genau.

Rings um mich löst sich alles auf. Der Raum löst sich in kleine Lichtpunkte auf. Martin streicht mir über den Oberarm. Ich bekomme Gänsehaut. Schon wieder.

»Versteh das bitte nicht falsch, aber ich ... ich finde dich umwerfend, Marisa.«

Mir bleibt der Atem weg. Vielleicht weil er richtig sexy aussieht, wenn seine Augen ein wenig träumerisch wirken?

Ich bekomme keinen Ton heraus und muss mich räuspern. Laut. Den Augenblick zerstörend. Unwillkürlich entwinde ich mich seinen Armen.

Im nächsten Moment lässt er mich wieder los.

»Entschuldige, das wollte ich gar nicht. Du musst das ja für sexuelle Belästigung halten.«

In meinem Kopf surrt es.

Was war das jetzt? Und was faselt er von sexueller Belästigung?

»Es ist ... äh, passt schon«, höre ich mich sagen.

Ich Idiot! Gar nichts passt!

Weitermachen würde passen. Mich in den ersten Stock hinaufzubringen, würde passen. Wenn es diesen Moment nicht gegeben hätte, selbst das würde passen. Aber das jetzt passt ganz und gar nicht! Ich hab mir doch sogar im Klo bei uns im Büro noch die Beine und die Achseln rasiert.

»Danke«, murmelt er.

Er stellt sich mit etwas Abstand neben mich, als sei nichts gewesen.

Bitte! Wie er glaubt. Wenn eine wie Olga schreit, saust er los, und wenn er dafür nach Austern tauchen müsste. Aber bei einer wie mir kommt er in der nächsten Sekunde drauf, dass er es gar nicht wollte! Klar. Mein Make-up ist nicht von einem Profi, meine Wimpern nicht künstlich verlängert, meine Zähne normal weiß und nicht gebleacht, mein Bauch und Po ganz eindeutig zu dick. Das Einzige, was ihn an mir faszinieren kann, ist mein echter und großer Busen.

Das neue Kleid ist schuld!

Eindeutig.

Vermutlich ist ihm eingefallen, wie ich das letzte Mal ausgesehen habe. Mein heutiges Outfit ist eine Mogelpackung und Martin weiß das.

Ich muss nachdenken, deshalb starre ich wieder auf die Wand mit dem Gemälde. Und mit euch, meine Engel, rede ich nicht mehr. Warum ist mein Bild hier? Hm? Netter Scherz. Ich lach dann darüber, wenn ich allein im Altersheim sitze. Und wisst ihr was? Wenn ich mit Mimi damals nicht während des Studiums auf diesem Engelsseminar gelandet wäre, eigentlich weil ich mehr über Numerologie und Engelsmystik lernen wollte, würde ich gar nicht mit euch sprechen. Wer kann schon ahnen, dass da eine fünfzigjährige Frau sitzt, die völlig normal ist und einem das alles so logisch erklären kann, dass man gar nicht anders kann, als nach drei Tagen nach Hause zu kommen und an Zeichen und Engel zu glauben? Nicht einmal irgendetwas an Christina war esoterisch. Sogar ihre Fingernägel waren lang und gepflegt. Ja, damit hat die Misere mit euch begonnen, und wo stehe ich jetzt?

Meine Beine fühlen sich an, als würde ich inmitten warmer Zugluft stehen. Langsam krabbelt die Hitze meinen Körper hoch.

Kurz schiele ich zu Martin. Er würdigt mich keines Blickes und sieht stur auf das über einen Meter mal einen Meter große Ölgemälde. Mit so viel Abstand, dass er meine Hand nicht in seine nehmen könnte, selbst wenn er nach ihr greifen würde.

Ich muss etwas sagen, bevor ich an dieser beklemmenden Sprachlosigkeit ersticke. Denn nun ist diese Stille befremdlich. Geradezu bizarr.

»Die Beleuchtung ist nicht gut«, sage ich laut.

Er sieht mich verwundert an.

»Stimmt. Die Beleuchtung ist nicht gut ... gar nicht gut.«

Prüfend bleibt sein Blick an mir haften.

»Nein, denn sie spiegelt sich in der Farbe. Das sollte nicht sein. Und außerdem: Man stellt nichts zu einem Picasso. Du müsstest die Stühle ins Eck da drüben stellen. Nicht direkt unter oder neben das Gemälde, denn damit zerstörst du dessen Wirkung und auch jene der Stühle.«

»Stimmt. Das habe ich auch schon befürchtet.«

Jetzt hab ich genug. Von mir selbst und auch von ihm. Martin Engel tut mir nicht gut. Jedes Treffen mit ihm bestätigt das aufs Neue. Ich bin ihm zu wenig. Ja, vielleicht findet er mich hübsch. Auf jeden Fall sicher einen Tick zu füllig. Möglicherweise schätzt er mein Kunstverständnis, auch wenn er keine Ahnung haben kann, ob es in der Tiefe grottenschlecht oder hervorragend ist. Aber ich gehöre nicht in seine Kreise. Maximal verwirble ich sie. So lange, bis es ihm auffällt und er alles wieder in den Urzustand versetzt.

Martin sieht mir in die Augen.

»Tut mir leid, Marisa. Ich weiß auch nicht, was eben in mich gefahren ist. Dieser Moment, also wir beide hier, das ... also das war dumm von mir«, sagt er und geht einfach in Richtung Terrasse.

›Du bist dumm, dumm, dumm‹, hallen seine Worte in meinem Kopf nach.

Er schiebt eine der Glastüren zur Seite und tritt hinaus in die Sonne.

Jetzt ist es aber genug.

Ich gehe ihm nach.

»Hör mal, wir vergessen das, okay? Ich richte dir dein Fest aus, doch danach will ich dich nie mehr wiedersehen. Verstanden?«, fauche ich ihn an.

»Das habe ich deiner Meinung nach wohl verdient, nicht?«, meint er und legt seinen Kopf schief.

»Ja! Und Hunderte Olgas noch dazu! Vergiss die Sessel, sieh lieber zu, dass du in ausreichend Kaviar investierst!«

»Autsch!«, grinst er mir selbstbewusst und spitzbübisch ins Gesicht. »Aber das klingt ja ... beinahe eifersüchtig?«

Ich stampfe auf dem Boden auf, mache kehrt und laufe durchs Haus dem Eingang entgegen. In der Vorhalle bleibe ich stehen, denn ich spüre, dass er mir hinterhergelaufen ist.

Ja. Ist er. Und soeben bremst er sich ein.

»Ich bin überhaupt nicht eifersüchtig! Verstanden? Bilde dir das ja nicht ein! Aber auf die Idee, dass du zu deiner Fake-Hochzeit etwas für Bedürftige machst, statt dir selbst etwas zu schenken, kommst du ja ohnehin nicht!«, schreie ich ihn an, weil ich so sauer bin. Schnell drehe ich mich aber wieder um und ziehe die Eingangstür auf.

Er hält mich an der Hand zurück.

»Du verstehst das nicht, Marisa.«

Falsch. Ich verstehe alles. Dass das Leben ungerecht ist. Manche wirklich alles haben und andere viel zu wenig, um überhaupt zu leben. Dass ein Typ wie er eine Frau wie mich zwar vielleicht wirklich interessant findet, aber am Ende bei einer Tussi landet, die ihn terrorisiert. Einen größeren Pool will, ein anderes Auto oder Haushaltshilfen, die einfach mehr arbeiten für weniger Geld. Eine, die auf den Malediven sitzt und von den Seychellen träumt oder in St. Moritz beim Skifahren bemängelt, dass sie es zuhause doch besser hätte. So eine bekommt einer wie er. Und zu Recht!

Ich reiße mich von ihm los und laufe den Gehsteig vor seinem Haus entlang.

Keuchend erreiche ich die Haltestelle der Straßenbahn. Hoffentlich kommt bald eine, damit ich von hier wegkomme!

Oh Martin Engel, du bist echt Gift für mich.

Sein schwarzer Ferrari taucht neben mir auf.

Martin springt aus dem Wagen und fasst mich an der Hand.

»Hör zu! Normalerweise bin ich der, der wegläuft oder sich in Schweigen hüllt. Jetzt machst du das und das gefällt mir nicht.«

Mein Herz zerspringt gleich.

»Ach. Dir gefällt das nicht? Dann erklär mir doch bitte, worüber wir zwei reden sollten! Vielleicht ob dich das Auto beim Kauf auch so berührt hat?«, frage ich rhetorisch, sehe aber nach rechts und links, weil ich hoffe, dass die Straßenbahn endlich auftaucht und mich rettet.

»Das Letzte ignoriere ich, aber wie wärs mit *uns*?«, sagt er und zieht mein Gesicht am Kinn vorsichtig in seine Richtung.

Mir fallen tausend idiotische Sätze ein, aber was sag ich? Über uns beide gibts nichts zu sagen, außer dass mir spontan mindestens zehn Wortpaare einfallen, wo wir das glatte Gegenteil voneinander sind. Reich und perfekt aussehend sind zwei davon.

»Bitte, lass dich nicht aufhalten. Du kannst ja gern damit beginnen.«

Hab ichs doch geahnt! Er schweigt. Starrt mir in die Augen.

Und … küsst mich …

Himmel!

So küsst … niemand!

So gut schmeckt … niemand!

So toll riecht … niemand.

Ups. Er hat sich wieder von mir gelöst. Was sollen diese zauberhaften kleinen weißen Punkte und warum dreht sich alles? Wobei? Wir sind mitten in Wien, da würden mich ein paar Geigenspieler auch nicht verwundern.

»Steigst du bitte in mein Auto ein, Marisa?«

Sogar auf einen Traktor, wenn es sein müsste.

»O…kay.«

Wie benommen setze ich mich in den Schalensitz.

Was mache ich denn nun schon wieder? Wo bleibt mein Selbstschutz? Mein Anstand? Er hat doch eine Freundin! Und überhaupt, warum hat er mich geküsst? Nach ›Könnten wir Freunde sein?‹ hat sich das nicht angefühlt.

Martin startet und der Motor heult auf.

»Verrätst du mir, wo du wohnst?«

Ich nenne ihm meine Adresse: »Tandelmarktgasse im zweiten Bezirk.«

»Tolle Gegend. Ich bin immer wieder mal auf dem Karmelitermarkt.«

Wundert mich nicht. Das ist der Geheimtipp in Wien.

Martin fährt los und in dem Moment kommt uns die Straßenbahn entgegen. Fünf Minuten früher und ich wäre bloß auf ihn sauer. So aber weiß ich überhaupt nicht, was ich fühle oder fühlen sollte.

Mein schlechtes Gewissen drängt danach, sich Luft zu verschaffen. Jeder einzelne Gedanke wegen Martin war falsch und ich weiß es. Und der Kuss ein Desaster.

»Martin! Ich kann das nicht. Du hast eine Freundin und ich bin die Letzte, die sich in eine Beziehung mischen will.«

Das hatte ich schon einmal. Unabsichtlich. Und ich habe dazugelernt. Männer ab vierzig sind für Affären schnell zu haben, aber meistens für nicht mehr als das. Eine wirkliche Beziehung will keiner. Zumindest keiner, den ich in den letzten zwei Jahren interessant gefunden hätte. Und auf Affären lasse ich mich nicht ein.

»Du zerbrichst dir also deinen hübschen Kopf wegen *Olga*?«

»Nein. Wegen Donalds Frisur! Natürlich wegen Olga«, blaffe ich ihn an, womit ich mir wieder einmal sein zugegebenermaßen verdammt heißes Grinsen einhamstere.

»Marisa! Olga ist nicht meine Freundin, wie auch keine andere.«

Echt jetzt? Dann waren meine Eifersucht und meine Gewissensbisse völlig umsonst?

»Und weshalb benimmt sie sich dann so, als wäre sie es?«

Aha. Jetzt malmt er mit seinem Kiefer. Irgendetwas ist sicher mit dieser Olga. Als seine Sandkastenfreundin kann er mir sie jetzt nicht verkaufen.

»Okay. Sagen wir einmal so, sie gehört zu meinem Vorleben. Also meinem Vor-dir-Leben. Aber ich denke, auch du hast so eine Vor-mir-Vergangenheit, nicht wahr?« Er mustert mich von der Seite. »Wichtig ist doch nur, was seit uns passiert, Marisa.«

Süßer gehts ja kaum! Er denkt in einer Vor-uns- und der Seit-uns-Kategorie. Wenn ich alles erwartet hätte, das bestimmt nicht.

In meinem Kopf rattert es. Mir will kein Argument mehr einfallen, das mich davon abhält, mich noch ernsthafter in ihn zu verlieben, als ich es bereits getan habe.

Doch. Eines gibt es noch.

»Und du hast kein Problem damit, dass ich bin, wer ich bin, und noch dazu für dich arbeite?«

»Die Hochzeit ist in knapp einer Woche, das werden wir doch durchstehen, denke ich. Und daran, dass du bist, wer du bist, kann ich nichts Verkehrtes entdecken. Ganz im Gegenteil, denn genau das finde ich so anziehend an dir.«

»Danke. Dann bohr mal lieber nicht tiefer«, lächle ich ihn an.

Ich könnte ihm nämlich einige Minuspunkte an mir aufzählen. Aber für den Moment bin ich ausnahmsweise einfach entspannt und glücklich und habe nicht vor, sie ihm unter die Nase zu reiben. Da schwebe ich doch lieber auf einer rosaroten Wolke und fühle mich unheimlich leicht.

Mein Gott! Ich werde in einem Ferrari nach Hause gefahren und der mit Abstand fescheste Mann, dem ich jemals begegnet bin, hat mich vor ein paar Minuten geküsst! Was will ich denn mehr vom Leben?

Mimi hat recht. Ich sollte nicht gleich immer über die Zukunft nachdenken, sondern lernen, den Moment zu genießen.

Okay, okay, liebe Engel. Ich muss mich entschuldigen. Ihr habt wie immer recht gehabt. Auch mit all euren Zeichen. Aber wohin führt mich das jetzt? Zumindest in die Tandelmarktgasse. In meine Wohnung. Wir werden ja sehen, ob er noch Lust auf einen Kaffee oder was auch immer bei mir haben wird.

Die Offenbarung

Am nächsten Tag in der Früh …

»Mimi! Hier, ich hab dir einen Cappuccino mitgebracht.«

Ich stelle beide Tassen auf ihrem Couchtisch im Büro ab und setze mich auf ihr Ledersofa. Beine überkreuzt auf den kleinen Hocker. Perfekt. Ich wippe mit meinen hohen Sandalen in der Luft.

Mimi sieht mich über den Brillenrand hinweg an und steht auf.

»Du? Um halb neun Uhr so gut gelaunt? In einem Blümchenkleid, mit rot lackierten Nägeln und Lippenstift? Was hat er gemacht, Marisa? Erzähl mir alles!«

»Wir haben uns … geküsst«, gestehe ich meiner besten Freundin und es macht mir nicht einmal etwas aus, dass ich spüre, wie sich meine Wangen feuerrot färben.

»Na endlich!«, jubelt Mimi und fällt mir um den Hals. »Und? Wie ist er? Wart ihr im Bett? Und was ist jetzt?«

»Alles nacheinander, Mimi! Keine Ahnung, was das ist. Gestern waren wir bei ihm, dann hat er mich auf der Straße geküsst und nach Hause gebracht.«

»Herrgott, Marisa! Das war jetzt so romantisch wie eine Bilanzbesprechung. Lass dir doch nicht alles aus der Nase ziehen!«

Ich muss lachen.

»Hast du so viel Zeit?«

»Ja, und wenn es sein muss, noch viel mehr«, erwidert sie, obwohl ihr Handy gerade Sturm läutet. Ich schiebe mir eines der Zierkissen hinter den Rücken, doch sie stellt ihr Telefon ab.

Na dann. Erzähle ich mal, dass er ein unglaublicher Gentleman ist. Mich bis vor die Wohnungstür gebracht hat, sich aber dort nach ein paar weiteren heißen Küssen verabschiedet hat, da er heute sehr früh am Morgen nach Berlin fliegen musste. Aber Martin hat gemeint, das nächste Mal müsse ich ihn unbedingt zu mir einladen, denn er würde sehr gern meine Wohnung sehen.

Daraufhin habe ich bis Mitternacht zusammengeräumt und wie eine Wilde geputzt. Bei Martin Engel weiß man ja nie! Vielleicht steht er plötzlich vor der Tür und bei mir sieht es aus, als hätte die Bombe eingeschlagen. Nein. Dem wollte ich vorbeugen. Sogar mein Bett habe ich frisch überzogen.

»Schießt du jetzt endlich los oder muss ich noch zwei Kaffee trinken, bis du was sagst?«

Mimi stellt die leere Tasse ab.

»Nein, nein. Also …«

***

»Bombe! Ich würde sagen, das Kleid gestern war anscheinend ein Goldkauf!«

»Okay, okay. Morgen gehe ich freiwillig mit dir einkaufen. Ein paar neue Sachen kann ich mir jetzt ja vielleicht leisten.«

Dank Flavio und Martins Anzahlung.

»Aber keine Säcke mehr. Versprochen?«

»Was hast du nur immer gegen meine bequemen Sachen?«, erwidere ich trotzig, obwohl ich es nicht so meine.

»Bequem ist der Beginn von sich gehen lassen, meine Süße! Oh schau. Du hast gerade eine neue Nachricht bekommen.«

Ich lass das mal unkommentiert und nicke nur schmunzelnd, da mir tatsächlich Martin geschrieben hat.

›Bin in Downtown Berlin und habe diesen hier gerade entdeckt. Musste an dich denken.‹ Dazu hat er ein Bild von einem süßen dicken kleinen Engel mit einem rosaroten Herz in der Hand gesendet.

›Danke! Der ist total herzig. Denk auch an dich‹

Ich fühle mich im Moment selbst wie ein Engel, der fliegen kann. Was immer da zwischen uns ist, ich habe mir gestern Abend vorgenommen, es einfach mal laufen zu lassen. Nur ja kein Druck. Den könnte er sicherlich schlecht nehmen. Ich ja auch normalerweise. Es reicht ja schon, dass ich an nichts mehr anderes als an ihn denken kann. Da gibt es noch so viele Dinge, die ich von ihm erfahren will.

Martin ist unglaublich fesch. Öffnet mir die Türen, ist charmant. Er mag Kunst, Jazz und Prince. Doch irgendwie kann ich ihn in seiner Gesamtheit noch nicht fassen. Wir brauchen dafür ganz eindeutig noch viel, viel mehr Zeit allein.

Trotzdem sollte ich jetzt meinen Plausch mit Mimi beenden, schließlich muss ich eine Hochzeit hinbekommen. Seine. Mir stößt das schon wieder sauer auf, auch wenn es nur eine Formsache ist. Wenigstens steht diese kleine Firmenfeier am kommenden Dienstag.

Also. Dann wird mal gearbeitet!

Mimi schaut mir über die Schulter.

»Also ich würde sagen, gnädige Frau haben einen Milliardär an der Angel.«

Ich boxe sie in die Hüfte.

»Hör auf! Genau das ist es, warum ich mich so unsicher fühle. Ich bin doch nicht auf sein Geld aus.«

»Weiß ich, und ich schätze, er auch. Aber genau das macht dich doch so interessant für ihn.«

»Meinst du?«

Die Idee gefällt mir überhaupt nicht. Soll er sich in mich verliebt haben – falls er das hat –, weil ich nicht rassistisch, nicht dumm oder nicht fordernd wie diese Olga bin? Dann wäre ich doch die Nicht-Frau, oder?

»Wieso schaust du jetzt so schief?«

»Willst du für etwas begehrt werden, was du *nicht* bist? Lieber als für etwas, das du bist?«

»Weißt du was, wir arbeiten jetzt. Das läuft nämlich in die falsche Richtung. Und glaub mir, er schickt dir sicherlich kein Engelsfoto, weil er nur daran denkt, was du nicht bist!«

Mit einem Seufzen erhebe ich mich.

»Deine Worte in Gottes Ohr. Dann fangen wir mal an zu telefonieren.«

Mimi umarmt mich.

»Machen wir, aber glaub dir doch endlich selbst, dass du absolut liebenswert bist. Denn ich finde das und Martin Engel ja anscheinend auch.«

Wenn das so einfach wäre ...

Der Heurige

Samstag ...

Wir sitzen gemütlich unter einem Apfelbaum im Schatten und relaxen. Einfach herrlich. So ist diese Hitze gut auszuhalten. Mimi und ich haben die wichtigsten Bestellungen und Vorbereitungen für Martins Hochzeitsfeier auf Schiene gebracht. Gestern hat er mir am Telefon gesagt, dass er unbedingt verschiedene Gin- und Tonicsorten will und auf jedem Tisch kleine Humidore mit ausgewählten Zigarren. Selbst das habe ich alles organisiert. Wenn er damit eine Freude hat? Und ich habe ein paar neue Teile im Kasten. Echt schicke Sachen, und es war Ausverkauf, was auch kein Fehler war. Vor allem ein hellrosa Kleid hat es Mimi sehr angetan. Dazu habe ich jetzt noch eine neue Tasche und passende Schuhe.

»Das war echt eine gute Idee von dir«, lobe ich Mimi und meine nicht nur unseren Shoppingausflug heute Vormittag, sondern auch, dass sie mich gemeinsam mit ihrem Mann Paul zu diesem Heurigenausflug überredet hat. Martin ist heute in Paris, da tut jede Ablenkung gut, sonst komme ich bloß wieder ins Grübeln und Zweifeln.

Er fehlt mir. Tag und Nacht denke ich an ihn. Und schon wieder schaue ich auf WhatsApp nach. Er ist echt süß. Andauernd schickt er mir Fotos. Von Engeln. Selfies vor einem Bürogebäude. Essensfotos von Lokalen.

Stalke ich ihn? Nein. Das ist noch kein Stalking. Ich schau ja bloß nach, wann er zuletzt online war. Und immer ist er es kurz vor mir gewesen. Schon seltsam irgendwie.

Wer sagt es denn. Jetzt auch! Es ist 17:41 Uhr. Und er war das letzte Mal um 17:39 Uhr online. Das sind ganz eindeutig gute

Zeichen. Das spricht doch eindeutig dafür, dass wir eine Art von telepathischer Verbindung zueinander haben.

»Man muss sich auch mal eine Auszeit gönnen, sonst werden wir noch verrückt. Ich träum schon von dem Kerl«, lacht meine beste Freundin und trinkt einen Schluck Apfelsaft.

Paul sieht sie an. »Ich hoffe, ich muss mir keine Sorgen machen, Schatzi?«

Mimi lehnt sich an ihn. »Nein, keine Gefahr, ich steh ja auf Blonde. Aber ich sag dir was, ich bin richtig froh, wenn diese Farce ein Ende hat.«

»Dann bin ich beruhigt«, meint Paul. »Vor allem weil ich so blond bin.«

Die beiden lachen laut. Was geht denn da ab?

»Genau. Deshalb liebe ich dich ja auch so«, kichert Mimi.

Allerdings spüre ich heute eine seltsame Spannung zwischen den beiden. Sie sind nicht ganz so locker und gelöst wie sonst. Dabei haben sich Mimi und Paul echt gefunden. Er: groß, schlank und kahlköpfig. Sie: klein, rothaarig und wie eine Zuckerpuppe. Ein echter Hingucker, wenn sie, so wie hier, gemeinsam ein Lokal betreten. Aber warum redet sie über Blonde? Mimi hat noch nie einen blonden Freund gehabt und Paul war braunhaarig, bevor ihm die Haare ausgegangen sind und er den Rest immer abrasiert.

In ein paar Aspekten sind sie aber schon sehr verschieden. Paul ist Banker und eigentlich die Frau im Haus. Er macht alles: vom Putzen bis hin zum Kochen. Und er liebt Jazz. Da kann er sich mit Martin zusammentun. Mimi ist die kreative Chaotin, der Feger, der ständig unterwegs ist, und sie steht auf Robbie Williams und Coldplay. Wie ich. Paul mag Thriller und John Grisham, Mimi Notting Hill und Liebesromane. Er fährt einen hellblauen Mini, sie liebt ihren schwarzen A6 Kombi und hasst es, wenn Paul mit seinem alten klapprigen Fahrrad in der Stadt herumfährt. Paul will seit Langem ein Haus im Grünen samt

Hund, Mimi will um nichts in der Welt aus ihrer Stadtwohnung ausziehen und ist allergisch auf Hunde und Katzen. Und trotzdem lieben die beiden einander. Und das bereits seit über sechs Jahren. Beneidenswert und grenzt an ein Wunder. Ob ich mit Martin jemals so weit komme?

Vor Paul hat Mimi aber wirklich nichts anbrennen lassen. Doch sie hat sich nie darüber Gedanken gemacht, ob und wann der Richtige kommt. ›Ich werde es schon merken‹, war ihre Standardaussage dazu, wenn ich wieder einmal gemotzt habe, dass sie es mit ihren zahllosen und vor allem sinnlosen Dates gerade wieder richtig übertreibt. Ich kann nur hoffen, die Sache mit diesem Flavio war die pure Einbildung von mir. Jetzt frage ich mich aber, warum die beiden eigentlich keine Kinder haben, obwohl Paul immer welche wollte.

»Marisa? Träumst du?«, fragt mich Mimi und stupst mich an der Hand.

»Nein, nein … Oder ja. Von euch beiden!«, lächle ich.

»Ich bin leider schon vergeben, wie du weißt«, meint Paul und blinzelt mir zu. »Aber was ist denn nun mit dir und diesem Martin Engel?«

Ich schicke Mimi einen bösen Blick. Was hat sie Paul denn nun wieder erzählt? Und was gibts auch schon zu erzählen? Wir haben einander ein paarmal geküsst, doch Martin ist ja geschäftlich unterwegs. Außer seinen WhatsApp-Nachrichten gibt es nicht viel Neues.

»Was soll schon sein? Wir mögen uns. Das ist alles.«

Mimi tätschelt meinen Arm.

»Jetzt komm einmal runter, Marisa! Schon vergessen? Wir sind es. Ich hab Paul alles erzählt. Außerdem sehen wir beide, wie du immer wieder seinen Account öffnest. Also: Jetzt erzähl schon. Hat er dich in der Zwischenzeit wieder angerufen? Eingeladen?«

Mimi hat ihre grünen Augen weit aufgerissen und starrt mich erwartungsvoll an.

»Angerufen ja, aber eingeladen hat er mich nicht zu irgendetwas. Muss er aber auch nicht. Ich schätze, er hat einen vollen Terminplan.«

Was schade ist. Ich würde ihn so gern sehen. Aber morgen kommt er zurück. Da wird er sich sicher bei mir melden und mit mir etwas ausmachen. Vielleicht gehen wir an die Donau? Ja, das wäre nett.

»Terminplan hin oder her, er wird dich sicher sehen wollen, sobald er zurück ist. Wann kommt er denn?«, meint Mimi.

»Morgen am Abend.«

»Na bitte. Dann ist ja alles in Butter und am Montag wirst du strahlend im Büro erscheinen. Übrigens: Mir hat er ein ausführliches E-Mail geschickt«, sagt Mimi. »Nichts wirklich Wichtiges, aber zum Beispiel besteht er auf einer bestimmten Weinmarke. Der Winzer ist ein Freund von ihm. Und er kennt einen Pfarrer, der die Segnung machen wird. Meine haben ja alle abgesagt, weil die Ehe ein heiliges Sakrament sei, und sie daher nicht gewillt waren, bei diesem Unsinn mitzumachen. Aber Martin Engel hat natürlich einen Freund, der angeblich schon seine ganzen Bauprojekte vor Bezug gesegnet hat, und der macht es für ihn. Also lauter Detailkram.«

Ich esse gerade an meiner Brettljause und hab ein Gurkerl im Mund. Wie passend, denn mir stößt das alles ohnehin sauer auf. Wieso schickt er diese Infos an Mimi und nicht an mich? Ich bin ja beinahe ein wenig eifersüchtig.

»Gut zu wissen, dann muss ich nicht mehr nach einem Pfarrer suchen«, sage ich.

Mimi schaut mich an.

»Sag nicht, du bist eingeschnappt, weil er mir ein blödes E-Mail geschickt hat und dir nur diese total süßen Nachrichten?«

Ich rolle mit den Augen.

»Nein, nein. Das ist nur ... meine Unsicherheit, was ihn betrifft.«

Mein Handy piepst.

Plötzlich lacht Mimi hell.

»Und ich wette, jetzt schickt er dir wieder ein Engelsfoto, weil er Schluckauf bekommen hat.«

»Blödsinn«, sage ich und nehme das Handy in die Hand. »Ups. Du hast recht. Eine WhatsApp von Martin.«

Mimi und ihr sechster Sinn!

»Dann mach sie auf«, meint sie belustigt und nimmt sich auch ein Stück vom Schinkenbrot mit Kren.

›Komme morgen früher, muss auf ein Golfturnier. Kommst du mit? Geschäftlich sicher interessant für dich.‹

Ich muss schlucken. Kein Emoji, kein *›Liebe Grüße, Martin‹*, kein gar nichts. Was soll das nun wieder?

Ich halte Mimi mein Handy vor die Nase.

Sie liest die Nachricht laut vor.

»Das klingt doch gut. Da gehst du hin.«

Ich kneife meine Augenbrauen so fest zusammen, wie es nur irgendwie geht, und starre sie an.

»Ich weiß nicht, was ich auf einem Golfplatz verloren hätte.«

Ich will doch unbedingt Zeit mit ihm allein verbringen.

»Also langsam möchte ich diesen Martin Engel gern mal kennenlernen. Zu schade, dass ich so früh von der Party nach Hause gegangen bin. Aber der lässt euch ja gar keine Ruhe mehr. Nicht einmal jetzt, wo wir so nett beim Heurigen sitzen«, mault Paul. »Versteh mich nicht falsch, Marisa. Den privaten Teil verstehe ich ja noch, aber nicht den beruflichen, denn ich rede doch auch nicht andauernd von der Bank.«

Mimi boxt ihn in die Seite.

»Was willst du denn auch schon von der Bank erzählen? Wie viele Kredite ihr wegen eurer blöden Regelungen schon wieder nicht vergeben habt?«

»Mimi!«, tadeln Paul und ich sie gleichzeitig.

»Das ist echt nicht nett von dir. Paul macht doch einen super Job«, verteidige ich ihn schnell.

Denn eines weiß ich: Paul ist mehr als okay.

Er lehnt sich zurück, zieht seine Sonnenbrille von der Stirn und setzt sie auf.

»Was sag ich immer, Mimi? Hör auf Marisa. Und ein wenig mehr Respekt vor meinem öden Job, Schatzi. Immerhin hat er dir den Start eurer Firma finanziert, oder etwa nicht?«

»Okay, okay. Tut mir leid, Paul. Das war gemein. Aber denkst du nicht auch, dass so eine Einladung eine Chance für uns ist? Du gehst doch auch immer wieder mal zu einem Golfturnier.«

»Das stimmt. Und jedes Mal ist es richtig langweilig. Aber um ein paar neue Kontakte zu knüpfen, ganz brauchbar. Was, wenn ihr beide hingeht? Dann fühlt sich Marisa nicht so allein und du wirst sehen, wie die Aktien am Beziehungshimmel zwischen ihr und diesem Martin stehen.«

Wir sehen einander an. Also Mimi und ich. Gar keine so blöde Idee. Bis auf den Haken, dass ich mir für unser nächstes Treffen etwas ganz anderes vorgestellt habe. Sicherlich kein Golfturnier.

»Weißt du was, das machen wir, Marisa«, meint Mimi nicht überraschend. »Aber damit du dich besser fühlst, befragen wir zuerst meine Engelskarten. Wenn die Ja sagen, gehen wir. Bei Nein eben nicht. Dann kannst du ihm ja etwas anderes vorschlagen. Was hältst du davon?«

Sie liebt es, mit mir die Engelskarten zu befragen.

»Nicht schon wieder eure Engelskarten!«, beschwert sich Paul. »Außer, die sagen, dass ich mir noch ein Bier verdient habe.«

»Nur weil du nichts damit anfangen kannst und nur ans Geld glaubst?«, faucht Mimi gespielt streng in seine Richtung.

Aber ich weiß, auch wenn Paul uns in diesem Punkt für etwas abgedreht hält, steht er zu Mimi. Bei mir ist es ihm vermutlich ohnehin egal, woran ich glaube. Wenn es die heilige Waschmaschine wäre, würde Paul sich auch zurücklehnen und sagen, das sei mein Bier.

»Entschuldige, Schatz, aber mein Glaube an den schnöden Mammon bezahlt die meisten unserer Rechnungen. Aber bitte, macht, was ihr wollt, ich hole mir auf jeden Fall ein Bier.« Paul steht auf und fragt: »Soll ich noch was mitbringen? Einen weißen Spritzer für die Damen, vielleicht?«

Wir nicken.

»Ja, bitte«, sage ich.

»Für mich noch einen gespritzten Apfelsaft. Ich bin ja eure Chauffeuse!«, sagt Mimi.

Im Umdrehen sagt Paul: »Geht in Ordnung«, und marschiert quer über die Wiese hinein in das herzig zu einem Heurigen ausgebaute alte Steinhaus mit der Holzfassade.

»Du, wir könnten nachher noch bei dir die Karten legen, da wir dich ohnehin heimfahren«, schlägt Mimi vor.

»Ich kenn dich! Dir gehts sicher nicht um das blöde Golfturnier, sondern um Martin und mich, und das muss ich mir erst überlegen. Aber wir können auf jeden Fall noch bei mir was trinken.«

»Also auf die Idee wäre ich ja nie gekommen, aber jetzt, wo du es sagst? Zum Glück habe ich meine Karten in der Handtasche!« Mimi lächelt schelmisch. »Überleg dir halt bis dahin, was du von den Engeln wissen möchtest.«

»Leichter gesagt als getan. Ich weiß nicht, was ich wissen will.«

Es reicht ja schon, dass ich jeden Tag mein Bett frisch überziehe. Nur zur Sicherheit, falls er plötzlich vor der Tür steht, was natürlich nicht passieren wird. Oder dass ich es nicht mehr erwarten kann, ihn wiederzusehen. Der Oberhammer aber ist, dass ich selbst auf mir unbekannte Menschen, die er auf seiner Geschäftsreise trifft, eifersüchtig bin.

»Verstehe. Und was schreibst du ihm jetzt zurück?«

»Bis wir die Karten gelegt haben, stell ich mich auf jeden Fall tot.«

Mimi kichert.

»Okay. Einverstanden. Aber denk dran: Paul hat Flavio auch bei einem Golfturnier kennengelernt und ihn an uns vermittelt. So schlecht ist Martins Idee, dich zu einem mitzunehmen, also nicht. Aber wir wechseln jetzt besser das Thema. Wie gehts denn bei euch im Tierheim?«, lenkt Mimi ein und sieht mich fragend an.

Sie weiß, mit meinem ehrenamtlichen Job im Tierheim kann sie mich immer ködern und perfekt ablenken. Aber das ist das nächste Problem. Morgen ab dem späten Vormittag sollte ich dort wieder aushelfen. Das kann ich natürlich absagen, aber das will ich eigentlich nicht.

Oh? Soll ich ausblenden, dass Flavio gerade um die Ecke biegt? Just in dem Moment, als sie ihn erwähnt hat und ich gerade von den Hunden erzählen wollte? Das ist alles nur mehr seltsam.

»Flavio!«, ruft Mimi und winkt ihm zu.

Er sieht richtig erschrocken aus, kommt aber in unsere Richtung. Nach einer Küsschen-rechts-Küsschen-links-Runde sagt er: »Es ist ja sehr verlockend, euch Gesellschaft zu leisten, aber leider bin ich mit einer Runde hier verabredet.«

Meine Augen schnellen in Richtung Mimi. Sie zieht ein Schnoferl. »Das ist aber schade. Na ja, vielleicht beim nächsten Mal.«

Paul erscheint aus dem Nichts mit einem Tablett mit unseren Getränken in der Hand. Flavio springt auf und nimmt es ihm ab.

»Hallo, Paul! Ein Gentleman, wie immer.«

Die beiden umarmen einander, als wären sie alte Sandkistenfreunde, und plaudern. Bla, bla, bla.

Ich trink einen kräftigen Schluck. Wenn ich Flavio so betrachte, erscheint es mir irgendwie unwahrscheinlich, dass er etwas mit Mimi hat. Ich kann mir nicht helfen, aber heute wirkt er doch wieder eher nur wie ein Bekannter. Aber wer weiß. Ich behalte Mimi besser im Auge, doch Flavios Outfit, auch wenn es nur Jeans, ein rosa Hemd und sandfarbene Bootsschuhe sind, wirkt trotzdem verdächtig, vor allem weil er unruhig neben Paul herumtänzelt.

»Übrigens, Marisa. Du hast ja mächtig Eindruck auf Martin gemacht. Alle Achtung!«

»Ist mir noch nicht aufgefallen. Womit denn, Flavio?«, lüge ich und hänge an seinen Lippen.

»Ich schätze, und versteh das bitte nicht falsch, weil du echt wunderhübsch bist! Du bist belesen und kennst dich in der Kunst aus. Das hat ihm sehr imponiert.«

Hat er das echt zu Flavio gesagt? Wann denn?

»Danke, aber eigentlich scheint mir das nicht sein bisheriges Beuteschema zu sein, wenn ich mir Olga so ansehe«, lächle ich, obwohl ich das ganz und gar nicht lustig finde, nur um das, was zwischen Martin und mir ist, eher herunterzuspielen.

Flavio und Paul lachen gleichzeitig laut auf.

»Stimmt! Olga und Evelyn gehören nicht zu seinen Sternstunden, was Frauen betrifft«, grinst Flavio.

Mein Mund bleibt offen stehen. Wer zur Hölle ist Evelyn?

Danke, Flavio. Selbst der knorrige Apfelbaum sieht jetzt nur mehr unterdurchschnittlich aus. Jetzt kann ich dann auch heimgehen. Was hab ich mir nur dabei gedacht, ihn ausfragen zu wollen! Das hab ich jetzt davon.

Die Engelskarten

In Marisas Wohnung …

Wir sind endlich bei mir zuhause gelandet. Zum Glück ohne Flavio.

»Ich liebe deine Karten«, sage ich zu Mimi.

Wenigstens müssen wir nicht zum Golfturnier und ich kann ruhigen Gewissens ins Tierheim fahren. Das ist die gute Nachricht. Die schlechte ist, dass ich Martin morgen vermutlich nicht sehen werde.

»Wenn so Freude aussieht, dann merk ich mir dieses Gesicht für die nächste Beerdigung!«, sagt Mimi.

»Kannst du. Darf ich Martin jetzt endlich die Antwort schreiben?«, frage ich sie.

Aus meinem Wohnzimmer höre ich den Fernseher. Wie es klingt, sieht sich Paul irgendeinen Krimi an. Der Mann ist echt nicht in Gold aufzuwiegen. Kommt mit zu mir, setzt sich friedlich mit einem Bier in mein Wohnzimmer und wartet, bis wir mit unserer Session in meiner kleinen Küche fertig sind.

»Jaja, mach nur.«

»Danke!«, grinse ich sie an und tippe: ›*Danke für die Einladung, Martin, aber Golf ist echt nichts für mich! Viel Spaß noch … bei was auch immer du gerade machst.*‹

Und vor allem mit wem, schießt mir durch den Kopf. Meine Herren, ich habe zu viele Sommerspritzer getrunken! Mir ist ganz schwummrig und ich taumle zwischen schwer verliebt und zu Boden betrübt wegen dieser Olga-und-Evelyn-Sache.

Senden.

Oh! Ich sollte es ihm vielleicht kurz erklären.

›*PS: Ich spiele leider kein Golf und außerdem habe ich ein Date mit den …*‹

Noch ein paar Emoticons von Hunden und senden.

Ich hoffe, er kann sich einen Reim drauf machen.

Mimi starrt mich an. Sie hat mitgelesen, während ich Martin geschrieben habe.

»Woher soll er wissen, dass das heißt, dass du morgen im Tierheim aushilfst?«

»Das wird er schon rausfinden, wenn es ihn interessiert. Und können wir bitte das Thema wechseln? Was zum Beispiel war das heute schon wieder mit dir und Flavio? Warum war er überhaupt im selben Heurigen wie wir?«

Mimi reißt die Augen auf.

»Was kann ich dafür, dass er zufällig in denselben Heurigen kommt?«

Erscheint mir etwas unwahrscheinlich, wo wir doch in Wien an jedem Eck einen Heurigen haben.

»Okay, dann fragen wir doch mal die Karten, was da zwischen dir und diesem Playboy läuft«, erwidere ich.

»Lass das ja bleiben! Erwähne ihn auch nicht mehr. Paul ist bereits supereifersüchtig auf ihn.«

Das ist mir entgangen.

Ich mustere sie. Da sitzt sie in ihrem hellgrünen Sommerkleid, ihre Haare wuschelig hochgesteckt, ihre grüne Flügelbrille auf der Nase, und sieht mich wie ein unschuldiges Engelchen an.

Verdammt! Ich bin mir sicher, irgendetwas läuft zwischen Mimi und Flavio, aber sie würde sich im Moment eher die Zunge abbeißen, als mich einzuweihen. Gut. Für den Augenblick gebe ich auf. Das bespreche ich in Ruhe mit ihr im Büro, nicht wenn Paul gleich im Zimmer nebenan hockt.

Mimi nimmt abermals ihr Engelskartendeck in die Hände und mischt es.

»Passt schon, ich will dich damit auch nicht nerven, und wir lassen es für heute gut sein«, sage ich.

»Nicht ganz, nur was Flavio angeht. Wir sollten jetzt wirklich die Karten nach dir und Martin befragen, Marisa«, meint sie verschwörerisch. »Das ist doch die Frage, wegen der wir wirklich hier am Tisch sitzen.«

Mimi kann die Augenbrauen so extrem hochziehen und dazu die Augen rollen, dass einem nichts anderes übrig bleibt, als zu lachen.

»Stimmt! Also dann los.«

»Ich denke, das passt mit dem kleinen und großen Arkana gemeinsam, und ich lege ein keltisches Kreuz? Oder?«, murmelt sie mehr zu sich selbst als zu mir und mischt noch immer.

Wie sie will, denn ich habe volles Vertrauen zu ihren Karten. Also eigentlich zu den Engeln. Auch wenn es irrational ist und kaum einer wahrhaben will, die Karten stimmen immer. Und es wird einen Grund geben, warum Mimi das Gefühl hat, wir sollten jetzt die Frage stellen.

»Hätte ich auch so gemacht.«

»Konzentrier dich bitte auf die Frage, ja?«

Gut. Ich schließe die Augen.

Also, meine lieben Engel. Die Frage ist einfach: Kann aus dem, was ich zwischen Martin und mir spüre, Liebe werden? Ist er es? Also der Richtige?

»Und wenn wir jetzt erfahren, dass das nie etwas Ernsteres wird?«, wende ich aufgeregt ein, denn sie hat aufgehört, zu mischen, und legt die obersten zehn Karten bereits kreuzförmig und verdeckt auf.

»Es ist, was es ist. So oder so. Aber dann wissen wir wenigstens, woran du bei ihm bist.«

Sie deckt die erste Karte auf.

»Die erste Karte zeigt die Situation, also eigentlich die Frage: Es ist die Zwei des Wassers. Eine Beziehung wird immer inniger. Verzeihen. Ein Konflikt löst sich.«

Kurz bleibt mein Herz stehen. Das bedeutet, es geht tatsächlich um Martin und mich. Das halt ich nicht aus. Hach, ist das aufregend. Ich muss einen Schluck Wasser gegen meine trocken gewordene Kehle trinken.

»Kannst du bitte alle Karten aufdecken? Mir geht das zu langsam.«

»Bitte, wie du willst. So ist es aber nur halb so spannend«, motzt sie, macht es aber.

Mir wird heiß. Gleich werde ich es schwarz auf weiß sehen, dass Martin und mich vielleicht nur ein Strohfeuer miteinander verbindet.

Ich spüre, wie aufgeregt selbst Mimi ist.

Mit jeder weiteren Karte, die ich mir ansehe, rutscht mein Herz noch ein Stückchen nach unten.

»Ist das zu fassen?«, jubelt sie.

»Die Liebenden? Erzengel Raphael«, japse ich, als ich sehe, welche Karte sie als letzte aufdeckt.

Selbst Mimi ist blass geworden.

»Oh, wow. Die haben wir erst einmal gehabt.«

Ja. Als sie Paul kennengelernt hat. Mir ist echt mulmig zumute.

»Das kann nicht sein«, murmle ich.

Wahre Liebe! Die Karte steht für etwas Großes. Einzigartiges. Manchmal für eine so innige Liebe, dass sie viele Leben überdauert. Nicht für eine kurze romantische Beziehung. Aber mehr kann im Fall von Martin und mir doch gar nicht drinnen sein? Mehr würde ich niemals zu denken wagen.

»Bevor du was sagst, Marisa. Schau mal hier: Deine Hoffnungen und Ängste in der Situation: Was steht da? Ängste, die ums Geld kreisen. Unsicherheit in der beruflichen Selbstständigkeit. Oh Mann, ist das schon wieder einmal spooky!«

Wem sagt sie das! Sein Geld. Meine Bewerbungen. Mein Gott! Genau darum geht es. Und es stimmt: Uns trennt sein Reichtum.

»Doch schlimmer als diese Karte finde ich die hier, die besagt, wie Menschen in meiner Umgebung auf die Situation zwischen uns einwirken werden: Da steht, ich soll das Schlimmste erwarten und es wird sich selbst erfüllende Prophezeiungen geben.«

Was soll denn das bedeuten? Was wäre das Schlimmste? Nur, dass ihn mir diese Evelyn oder Olga vor der Nase wegschnappt. Das würde mich treffen, aber sonst?

»Ja, das ist wirklich sehr überraschend. Aber ich finde es positiv, dass deine Stärken laut Karten darin liegen, dass du spirituelle Informationen bekommst und einen Neuanfang wagst.« Mimi runzelt die Stirn. »Vielleicht interpretiere ich das ja falsch, aber möglicherweise bekommst du doch einen Job in einem Museum?«

»Also das kann es nicht sein. Ich habe bisher auf alle meine Bewerbungen eine Absage erhalten.«

Sie sieht mich zweifelnd an. Aber ich sehe es genau so, denn auf meine insgesamt sieben Initiativ-Bewerbungsschreiben habe ich bisher drei Absagen erhalten. Ich schätze, die anderen Museen werden gar nicht mehr antworten.

Mimi sieht sich die zehn Karten noch einmal genau an. »Alles in allem sieht es so aus, als wäre dir Martin bestimmt. Es dürfte am Beginn etwas holprig werden, du solltest, was ihn betrifft, selbstbewusster und aktiver werden, aber am Ende ist es ein neuer Anfang, du bekommst ein neues Zuhause und er ist die große Liebe. Jackpot, meine Liebe.«

Ich sehe es auch so, aber im Moment kann ich das nicht glauben. Vielleicht haben wir etwas falsch gemacht?

Ich lege meinen Kopf in meine Hände. Das klingt doch alles supertoll, oder? Doch ich fühle mich, als säße ich inmitten des Auges eines Hurrikans.

»Weißt du was, wir machen Schluss für heute, Mimi. Ich bin ziemlich müde«, murmle ich und sehe wieder zu ihr auf.

Mimi macht mit dem Handy ein Foto von den Karten, fotografiert anschließend sogar jede einzeln in der richtigen Reihenfolge und sammelt alle wieder ein.

»So. Ich hab dir das per WhatsApp geschickt. Also, ich werd mal nach Hause fahren. Aber du weißt, die Karten haben immer recht und bessere kannst du gar nicht bekommen. Schlaf gut, Süße, und sieh mal zu, dass du deinem Seelenpartner noch etwas Nettes schreibst«, kichert sie und drückt mir einen Schmatz auf die Stirn.

»Vergiss deinen Mann nicht«, murmle ich und fühle mich bleischwer, obwohl ich durch die Wohnung tanzen müsste.

»Nein, nein!«, sagt sie und wir gehen ins Wohnzimmer.

Paul erhebt sich und umarmt mich innig. Mimi ebenfalls.

Mit »Machts gut, ihr Süßen!« verabschiede ich die beiden.

Hm.

Ich sehe auf mein Handy. 22:21 Uhr. Nichts. Martin hat anscheinend noch keine Zeit gefunden, mir eine Antwort zu senden. Schade. Wenigstens ein ›*Okay*‹ hätte er schreiben können. Irgendetwas.

Könnte er wirklich mein Seelenpartner sein? Mein lieber Erzengel Raphael! Ich glaub ganz ehrlich, du hast da etwas durcheinandergebracht. Ja, ich finde ihn anziehend, sexy, attraktiv und vieles mehr, aber mein Seelenpartner? Ich weiß nicht. Wir sind doch wie Tag und Nacht.

›Wieso hast du dich sonst von Anfang an so magisch zu ihm hingezogen gefühlt?‹, höre ich eine leise Stimme in meinem Kopf.

Wenn ich nur wüsste, ob ich mich das gerade selbst frage oder ob es die Stimme des Erzengels ist! Hin und wieder bin ich da ganz und gar nicht sicher.

Ich geh ins Bett.

Okay. Ein einziges Mal schaue ich noch nach. Vielleicht hat Martin ja doch etwas geantwortet?

Nein.

Hm.

Dann hoffe ich, dass ich wenigstens etwas Schönes von ihm träume. Ich fühl mich wie besessen von ihm. Hey, meine Engel, schickt mir einen tollen Traum, ja? Bitte mit weißem Sandstrand, türkis-blauem Meer und ohne andere Frauen, ja? Nicht so wie gestern Nacht, wo wir genau da waren und dann Olga auftaucht, die ihn mir aus den Armen reißt und ich mich nicht mehr bewegen kann!

Der Besuch

Kurz nach Mitternacht …

Wer will denn um diese Uhrzeit etwas von mir?

Ich tappe mit nackten Füßen zur Tür. Muss wohl Mitternacht sein.

»Ja bitte?«, sage ich laut.

Spione hatten schon ihre Berechtigung! Zu blöd, stattdessen habe ich einen Spiegel an der Innenseite der Tür hängen. Bringt total viel!

Da stehe ich: Haare zerzaust, ein sommerliches Spitzennachthemd an, in dem mein Busen noch größer wirkt als sonst, und Augenringe. Göttlicher Anblick! So würde ich mich nicht einmal selbst heiraten wollen.

»Ich bins. Lässt du mich rein?«

Mimi?

Ich reiße die Tür auf.

Wahnsinn! Sie ist total verheult und wirft sich mir in die Arme.

»Um Gottes willen! Was ist denn passiert?«

Sie schluchzt und ist kaum zu beruhigen.

»Paul hat …«, schnieft sie.

»Was hat er, Mimi?«

Sanft ziehe ich sie ins Wohnzimmer und drücke sie auf die Couch.

Mimi vergräbt ihr Gesicht in den Händen und heult weiter. Ich hocke mich vor sie hin und halte sie.

Er wird doch nicht dahintergekommen sein, dass sie eine Affäre mit Flavio hat? So ein Mist. Paul hat sie sicher hinausgeworfen.

Ich streichle ihren Rücken.

»Jetzt beruhige dich, Mimilein. Wir können alles lösen. Das weißt du doch!«

»Aber das nicht!«, brüllt sie.

»Pst! Sonst stehen gleich irgendwelche Nachbarn vor der Tür, Mimi! Aber sag schon, was war denn?«

Soll ich oder soll ich nicht? Okay. Es muss sein.

»Hat Paul dein Handy durchsucht? Ist er hinter deine Affäre mit Flavio gekommen?«

Für einen Moment versinkt mein Wohnzimmer in absoluter Stille. Gespenstischer Stille.

Mit einem Mal fährt Mimi hoch und schreit: »Nein! Wir haben nur geredet. Eigentlich gestritten.«

Kurz setzt mein Hirn aus. Der eine Gedankenfaden schlenkert lose in meinem hohlen Gehirn herum. Der andere Gedankenfaden, der, mit dem er sich hätte verbinden sollen, ist nirgendwo zu sehen.

»Moment, Mimi. Ich versteh gar nichts.«

»Ich doch auch nicht!« Sie wirft sich wieder neben mich und umklammert mich wie ein Äffchen. »Paul hat ... Kannst du dir das vorstellen?«

Langsam kriecht ein völlig absurder, ja, noch nie gedachter Verdacht in mir hoch.

»Du meinst ... Paul hat eine Affäre?«, frage ich sie tonlos.

Nein. Das ist völliger Blödsinn. Schwachsinn. Weil ich nicht bei Sinnen bin. Nicht Paul. Paul ist der treueste Ehemann überhaupt.

Doch Mimi nickt.

»Ich bring ihn um!«

»Ganz ruhig, Mimi. Ja? Hör mal, das könnte doch auch ein Missverständnis sein, oder?«

Mimis Augen werden weit.

»Nein, Marisa. Er hat es ja schon fast zugegeben.«

Ich schüttle unwillkürlich den Kopf. *Fast* ist zu wenig.

»Mimi. Erzähl vielleicht mal in Ruhe, was passiert ist, nachdem ihr zuhause angekommen seid.«

Sie kramt in ihrer Handtasche nach einem Taschentuch und putzt sich geräuschvoll die Nase.

»Nicht viel. Ich wollte ... na ja, ich wollte mit ihm schlafen. Aber er nicht mit mir. Wie schon die letzten sechs oder sieben Monate.«

Moment mal. Mein Traumpaar schlechthin hatte seit einem halben Jahr keinen Sex mehr?

»Und dann bin ich ausgezuckt. Hab ihm vorgeworfen, dass er eine Freundin hat. Eigentlich einfach ins Blaue. Tja, und dann hat er mich angeschrien, dass das nicht stimme und ich ihn rein gar nicht verstehen würde.«

»Und dann?«

»Hat er mir erklärt, es täte ihm leid, denn er versteht sich seit geraumer Zeit selbst auch nicht, und ich müsse ihm Zeit geben, um über uns nachzudenken.«

In meinem innerlichen Film stürzt die weibliche Hauptfigur im Prinzessinnenkleid gerade die Treppe runter und statt vom Prinzen aufgefangen zu werden, reitet der am hohen Ross in den Sonnenuntergang davon.

»Mimi, vielleicht ist es ja gar nicht so schlimm, wie du denkst. Vielleicht ist Paul ja nur sauer, weil du abends immer unterwegs bist, oder er ist überarbeitet. Du solltest dir Urlaub nehmen und mit ihm irgendwo hinfahren.«

Schlimm! Jetzt habe ich diesen dummen Fehler begangen, den ich bei anderen so hasse. Kaum erzählt man von einem Problem, weiß jeder eine Lösung, anstatt die Klappe zu halten und einfach nur zuzuhören. Mimis Reaktion geschieht mir recht. Sie entwindet sich meiner Umarmung und schluchzt noch lauter als zuvor.

»Danke für den Tipp! Klar, ich kann auch so tun, als sei überhaupt nichts gewesen, und es einfach ignorieren, dass mein Mann kein Interesse mehr an mir hat«, schreit sie mich an. »Er klebt auch keine ›Guten Morgen! Ich hab dich lieb‹-Zettel mehr auf den Spiegel.«

»Entschuldige. Du hast völlig recht, Mimi. Was weiß ich schon über eine Ehe. Aber komm, wir trinken in der Küche ein kühles Wasser.«

Es ist sauschwül und vielleicht hilft das, Mimi auch innerlich ein wenig abzukühlen.

Sie drückt mich fest an sich.

»Hast du nicht was Stärkeres? Marisa! Ich spüre, dass er eine andere hat, und es treibt mich in den Wahnsinn!«

Arme Mimi! Es tut mir körperlich weh, wie verzweifelt sie ist. Und ich kann absolut gar nichts tun, um ihren Schmerz zu lindern.

»Das wissen wir nicht mit Bestimmtheit, Mimi. Und wir geben nicht einfach so auf. Ja? Vielleicht gibt es eine Erklärung, auf die wir beide noch gar nicht gekommen sind.«

Mimi atmet laut aus. Sie scheint sich ein wenig zu entspannen.

»Ja, vielleicht«, flüstert sie und ich ziehe sie an der Hand mit in die Küche.

In dem Moment läutet es an der Tür.

Paul! Gott sei Dank!

Ich lasse Mimi einfach stehen, laufe in den Vorraum und reiße meine Eingangstür ein zweites Mal auf. »Wird auch Zeit, dass du …!«

Oh mein Gott, nein!

Mein Hirn setzt aus.

»Entschuldige! Wenn ich gewusst hätte, dass du mich erwartest, wäre ich früher aus Paris zurückgeflogen. Eigentlich wollte ich dich überraschen.«

Martin umarmt mich und küsst mich mitten auf den Mund, als sei das die natürlichste Sache der Welt. Stocksteif stehe ich da und weiß nicht, wie ich den Anblick, den ich ihm gerade biete, jemals wieder aus seiner Erinnerung löschen kann.

Er schiebt mich sanft nach hinten und schließt die Tür hinter sich. In der einen Hand hält er eine Champagnerflasche, die er nun in die Höhe hält, und in der anderen eine Schachtel mit Schokopralinen.

»Ich dachte, wir könnten die gemeinsam trinken?«

»Wenn es Paul ist, schmeiß ihn raus!«, schreit Mimi aus der Küche.

»Es ist nicht Paul, Mimi! Ich bin gleich bei dir!«, rufe ich nach hinten.

»Oh, du hast Besuch?«, fragt Martin und sieht nicht sehr *amused* aus.

Langsam kommt Leben in meinen Körper zurück.

»Mimi ... also sie hat gerade ein Problem mit ihrem Ehemann Paul.« Martins Unterkiefer malmt. »Ich hoffe, das schreckt dich jetzt nicht ab«, schiebe ich kokett nach und meine eigentlich mehr mein Aussehen als die Krise von Mimi und Paul.

Bitte geh nicht, Martin! Auch wenn das alles gerade nicht so ist, wie ich es mir erträumt hätte, aber es wäre schön, wenn er bliebe.

»Nein, aber ich habe das Gefühl, zu stören, daher sollte ich doch besser wieder gehen. Hier ...« Er hält mir verschmitzt lächelnd den Champagner und die Schokotrüffel hin. »Das könnt ihr sicherlich gut gebrauchen.«

»Danke!«

Ich nehme beides und taxiere ihn. Er sieht so verdammt sexy aus. Seine graue, sicherlich maßgeschneiderte Anzughose betont seine schmalen Hüften, das Sakko hält er locker über die Schulter geschwungen. Das weiße Hemd ist offen, die Krawatte dürfte er im Auto abgelegt haben. Sein dunkles, leicht gewelltes Haar fällt ihm locker in die Stirn und seine sonnengebräunte Haut lässt seine weißen Zähne noch heller erscheinen. Was auch immer passiert: So sieht mein Traummann aus.

Blödsinn.

Er ist mein Traummann.

Für einen Wimpernschlag lang. Denn er mutiert gerade zum Fragezeichenmann, da mir soeben diese Evelyn einfällt. Vorbei ist es mit sich sexy fühlen.

»Also, ich geh dann mal wieder.«

»Danke. Ja, ist wohl besser so«, sage ich monoton.

In Martins Augen erscheint ein dunkler Funke von Enttäuschung. Aber das ist gerecht, denn mein Bauch ist gerade voll damit.

»Du bist ein Engel! Genau das, was ich jetzt brauche«, sagt Mimi auf einmal neben mir und reißt mir die Flasche samt der Schokis aus der Hand.

»Stets zu Diensten«, lächelt Martin. »Hallo, Mimi!«

Mimi greift nach seiner Hand.

»Dich schickt der Himmel, Martin Engel! Sei bitte so nett und erklär mir, wie Männer ticken. Ja?« Sie bezirzt ihn mit einem Augenaufschlag aus ihren verweinten und von der Wimperntusche verschmierten Augen.

Oh nein. Das kann sie doch nicht machen. So gut kennt sie Martin doch gar nicht.

Aber ich kenne ihn gut genug, um jede Nacht von ihm zu träumen, sagt irgendwo in meinem Hinterkopf eine leise Stimme. Und die Karten sagen ja auch, dass wir füreinander bestimmt sind.

Martin zwinkert mir zu.

»Ich kann es gern versuchen«, antwortet er Mimi.

»Perfekt!«, meint sie und geht ins Wohnzimmer vor. Ich trete einen Schritt zur Seite und Martin folgt ihr.

Wortlos bleibt er stehen und starrt auf das Poster hinter meiner Couch. Ja, ich weiß. Es ist das gleiche Bild. Sein Picasso.

»Jetzt bin ich sprachlos«, meint er und deutet auf mein gerahmtes Poster.

»Ich weiß«, antworte ich.

Es ist die gleiche hockende Frau von Picasso wie in seiner Villa. Was soll ich sonst dazu sagen? Dass es meiner Ansicht nach keine Zufälle in der Form gibt, wie alle glauben, sondern dass das alles Zeichen sind?

Martin dreht sich um und fragt: »Darf ich?«

Ich nicke nur und er stellt sich vor meine Regalwand und betrachtet den Inhalt.

»Was, wenn ich Nein gesagt hätte?«

»Das wäre schade gewesen, denn wo sonst bekommt man schon eine Sammlung an Engeln, Flamingos und bunten Porzellantassen zu sehen?«, zwinkert er mir zu.

Soll ich mich jetzt dafür genieren? Ich wollte doch selbstbewusster sein. Also nein.

»Zieh bloß keine voreiligen Schlüsse! Ich kann das alles erklären.«

Mein Regal quillt über vor Engelfiguren in allen Größen und Farben und in der Flamingo-Abteilung ist von rosa Strohhalmen mit Flamingos über Servietten, Gläser und sogar Büroklammern in Flamingoform alles dabei.

Martin fährt mit dem Zeigefinger über einige der Buchrücken. Es sind allesamt Nachschlagewerke zu verschiedenen Epochen. Von der Klassik über die Impressionisten bis zur Moderne.

»Darauf bin ich gespannt, aber ich denke, das müssen wir vertagen. Wo sind die Sektgläser, Marisa?«, sagt er und sieht mir tief in die Augen.

Mein Bauch kribbelt. Er legt sein Sakko über mein Sofa.

Ach ja, ich war dran!

»Ähm, Mimi zeigt sie dir. Die sind in der Küche. Ich komme gleich nach, denn ich glaub, ich muss mich dringend umziehen.«

»Also wegen mir muss das nicht sein«, grinst er und hält mich kurz an der Hand fest.

»Doch! Nur wegen dir«, versuche ich es nun auch mit einem Lächeln und husche mit meinem pochenden Herzen in mein Schlafzimmer.

Martin Engel ist hier.

Hier in meiner Wohnung.

Der Räuber meines unschuldigen Schlafes. Der Hauptdarsteller meines Kopfkinos. Der Mann, um den sich seit Tagen alles dreht. Mein Seelenpartner.

Und er ist freiwillig direkt vom Flughafen zu mir gekommen. Verfahren wird er sich ja nicht haben.

Mein Herz schlägt einen Salto, den ich nicht bestellt habe. Ich kann nicht anders: Ich freu mich wahnsinnig, dass er hier ist. Aber erst mal geht es um Mimi. Ich will nicht glauben, dass Paul eine andere hat. Vielleicht sollte ich ihn später anrufen?

Ich schlüpfe in ein bodenlanges weißes Sommerkleid mit Spaghetti-Trägern. Das hab ich mir mal in Griechenland auf Mykonos gekauft. Sieht gar nicht so übel aus. Das muss reichen.

***

Es ist kurz vor drei Uhr morgens und es wird Zeit, endlich ins Bett zu gehen. Morgen ist bekanntlich auch noch ein Tag. Der Champagner ist längst leer und wir sind aus Vernunftsgründen auf kaltes Leitungswasser umgestiegen. Zu gern würde ich mit ihm die ganze Nacht durchquatschen, denn Martin ist der perfekte Zuhörer. Seit zwei Stunden lacht Mimi wieder und ist sogar zur Meinung gelangt, dass sie irgendetwas falsch verstanden hat.

Martin hat ihr weisgemacht, dass Paul sicher Probleme in der Bank hat und unter großem Druck steht. Da kommt es schon mal vor, dass einem Mann jede Lust auf Sex vergeht, aber das hätte nichts mit ihr zu tun.

Hm. Ich glaub, da steckt mehr dahinter als das, aber zumindest hat es Mimi beruhigt.

Sie stupst mich am Oberarm.

»Weißt du was, ich schlafe doch nicht bei dir«, verkündet sie. »Ich fahr lieber heim zu Paul. Dann kann ich mit ihm gleich morgen früh in Ruhe darüber reden. Vielleicht habe ich ja wirklich überreagiert.«

Mich würde es wundern, wenn er schlafen könnte. Paul ist eine Mimose.

»Guter Plan. Reden ist immer gut«, nicke ich ihr zu. »Aber du fährst mit dem Taxi, mein Lieblingszwerg!«

Sie nickt und sagt: »Klar.«

Sehr vernünftig, aber was mach ich dann mit Martin? Allein? Um die Uhrzeit?

»Ganz meine Meinung. Mimi, ihr solltet euch aussprechen und ich sollte auch gehen«, sagt Martin und es klingt, als wolle er bleiben.

Jaaa! Bleib!

Kein Wort kommt aus meinem Mund, stattdessen nestle ich schon wieder an den Flamingoservietten herum, die immer auf einem Teller auf meinem Küchentisch stehen.

»Also dann!« Martin erhebt sich. »Vielen Dank für diesen unerwarteten Abend und euer Vertrauen. Und Mimi, ich bringe dich selbstverständlich nach Hause. Mein Fahrer wartet unten vor der Tür.«

Fahrer? Der arme Mann!

Mimi strahlt ihn an.

»Super. Danke, Martin. Mein Auto kann ich ja morgen gemeinsam mit Paul holen kommen.«

Mimi geht schon in Richtung Ausgang. Martin folgt ihr.

Kleine Stiche jagen durch meine Brust. Denn da geht sie hin ... meine Chance auf ...? Hm. War das eine Chance auf eine heiße Nacht mit ihm, wenn der Fahrer unten auf der Straße auf ihn wartet?

Unzählige Male hat er mich während unseres Gesprächs wie zufällig berührt. An der Hand. Am Oberarm. Einmal hat er sogar für eine kleine Ewigkeit seine Hand auf meinen Oberschenkel gelegt und mir ist ganz kribblig und heiß geworden. Und ein paar Mal hat er meine Hand geküsst, einmal ganz kurz meine Stirn. Aber wie geht das nun weiter?

An der Tür drückt mich Mimi fest an sich.

»Danke, Marisa! Du bist die beste *beste Freundin* der Welt!«

Ich küsse sie auf die Wangen.

»Schnapp ihn dir«, flüstert sie mir zu.

»Und du kämpfst um deine Ehe! Versprochen?«, antworte ich laut und übergehe ihre Anspielung.

Mimi nickt und geht voraus ins Treppenhaus.

Martin umschlingt meine Taille.

»Entschuldige den Überfall«, murmelt er in mein Ohr. »Aber auch wenn es nicht das war, was ich erwartet hatte, es war möglicherweise sogar besser.«

Er küsst mich mitten auf den Mund.

Endlich!

Für eine Sekunde bin ich willenlos. Klappe meine Augenlider zu und wünschte, er würde hierbleiben.

Doch er löst sich von mir und sagt: »Was machst du morgen eigentlich genau, statt mit mir Golf zu spielen?«

Die Hunde sind doch erklärungsbedürftig. Wie ich es mir gedacht habe.

»Ich muss mittags ins Tierheim und geh dann mit den Hunden spazieren.«

Er hebt eine Augenbraue. »Das, an das ich spenden sollte?«

»Ja. Genau das.«

»Verstehe. Dann, meine Lieblingsteufelin, rechne mit einer kleinen Überraschung eines Engels.«

Sprich weiter! Ich liebe seine tiefe Stimme, denn sie wühlt meine Bauchgegend so wunderbar auf.

»Wenn ich mit einer Überraschung rechne, ist es ja gar keine mehr«, necke ich ihn.

Am liebsten würde ich ihn an der Hand mit in mein Schlafzimmer ziehen und sagen: ›Hey, ich hab da auch eine Überraschung für dich! Mich!‹

»Stimmt! Ich vergesse immer wieder, dass du nicht nur bezaubernd, sondern auch verdammt klug bist. Und ich mag das … sehr sogar.«

Mein Herz jubelt auf. Er haucht mir einen weiteren Kuss auf den Mund, dreht sich um und verschwindet.

Ich schließe die Tür hinter den beiden.

»Ufhhh!«

Ich gleite auf den Boden.

Es ist eine unumstößliche Tatsache. Ich habe mich schwer in Engel verliebt und es wäre nichts schöner, als hegte er die gleichen Gefühle auch für mich. Was sehr wahrscheinlich ist, denn warum sonst ist er hier aufgetaucht?

Leider steht jedoch seit heute eine neue Bedrohung im Raum: Evelyn. Und was sagt einem das? Normalerweise Herz in Schutzfolie wickeln. Im Notfall auswandern. Den Jakobsweg gehen. Oder aber: In Schokoeis versenken, denn die Trüffel sind aus.

Überhaupt? Was war das für eine Nacht? Paul und Mimi? Was läuft da wirklich und warum genau war Martin hier? Er hat es mir nicht gesagt. Wie bitte soll ich jetzt schlafen können?

Ich öffne das Tiefkühlfach meines Kühlschranks. Wenigstens habe ich noch einen Rest an Schokoeis. Dunkle Schokolade. Das sollte helfen, denn manchmal muss man sich entscheiden. Entweder habe ich morgen schwarze Ringe um die Augen und eingefallene Wangen oder wieder einen Kilo mehr an den Hüften und ein halbwegs passables Gesicht.

Ich stecke einen Löffel ins hartgefrorene Eis. Eindeutig. Ich entscheide mich für mein Gesicht! Einen Hungerhaken, mit dem ich ohnehin niemals konkurrieren kann, hatte Martin ja schon, denn das ist Olga.

Der Tiersonntag

Am nächsten Tag …

»Marisa, gehst du jetzt eine Runde mit Flodo und mit Schnuffi?«, fragt mich Susi, die Chefin vom Tierheim.

Ich bin gerade damit fertig geworden, die Zwinger für die Hunde auf der linken Seite des großen Raums auszumisten und zu putzen. Heute bin ich verdammt langsam, denn ich muss andauernd an die Nacht und an Martin denken. Mimi ist auch nicht erreichbar, was mich wahnsinnig macht.

»Na klar, du kannst mir gern noch ein oder zwei unserer Süßen mitgeben. Flodo hat sich ja schon ans Spazieren gewöhnt. Also kein Problem, Susi.«

Flodo, ein süßer semmelfarbener Golden-Retriever-Mischling mit Knopfaugen, hat leider gebraucht, bis er sich an das alles hier gewöhnt hat. Er ist im April auf der Autobahn ausgesetzt worden, und Schnuffi, die kleine weiße Mischlingshündin, ist nach dem Tod ihres Frauchens bei uns gelandet. Niemand in der Familie wollte sie haben. Ein echtes Elend das Ganze hier. Dabei sind die beiden schon so was wie meine Hunde. Ich liebe sie.

»Nein, passt schon. Irma und Emely kommen nachher und wollen auch mit ein paar von den Hunden raus.«

Ich nicke Susi zu, die gerade erfolglos versucht, ihr zu kurz gewordenes T-Shirt über den Bauchnabel zu ziehen. Das muss sie eindeutig zu heiß gewaschen haben.

»Ist gut! Aber Susi, das T-Shirt wird nicht länger. Bemüh dich gar nicht, es passt doch auch so. Sieht gut aus«, lächle ich sie an.

»Sagst du! Ich muss noch komplett geschlafen haben. Dass ich das zu den Shorts angezogen habe? Ich schau wie eine Knackwurst aus«, lacht sie.

Dann bestell ich mal ihre Knackwurstfigur für mich. Würde mir schon reichen, um endlich einen neuen Bikini zu kaufen. Bloß keinen dieser Neckholder. Die sehen zwar gut aus, tun aber mit der Zeit weh, beim Gewicht meines Busens.

»Du doch nicht. Außerdem lieben dich unsere Tierchen so oder so, egal was du anhast!«

»Na hoffentlich!«, grinst sie. »Du, ich geh mal rüber zu unseren Kätzchen und Hasen. Wir sehen uns hoffentlich später noch auf einen Kaffee?«

»Unbedingt, Susi!«

Ich wasche mir die Hände in dem schmucklosen großen Edelstahlwaschbecken am Ende des Gangs, an dem die Zwinger sind.

Ich trag nur meine auf Shorts abgeschnittene Hunde-Jeans und ein T-Shirt. Das ist hier bei Weitem praktischer als ein Rock.

So. Nun darf Flodo aus dem Zwinger. Vor lauter Freude springt er mir mit seinen Pfoten auf die Beine und bellt. Genau deshalb habe ich die Hundejeans. Sonst hätte ich lauter Kratzer von meinem kleinen Frechdachs hier.

Ich tätschle seinen Rücken.

»Ist schon gut, mein Großer! Wir holen noch Schnuffi, und dann gehts ab in den Wald.«

Das wird mir guttun. Vielleicht gönnen sich meine Gedanken dann endlich mal eine Pause und ich frag nicht immer und immer wieder: Liebe Engel, bitte erklärt mir, was Martin von mir will.

Schnell, bevor mir Flodo entwischt, klipse ich die Leine an seinem Halsband fest. Er kriegt sich gar nicht mehr ein vor lauter Freude. Sein Schwanz wedelt hin und her und immer wieder hüpft er an mir hoch.

Wir holen Schnuffi. Und sie ist ähnlich aufgeregt wie Flodo.

»Ja hallo, meine kleine Prinzessin! Na komm, jetzt machen wir einen tollen Spaziergang durch den Wald. Da gibts sicher wieder ein paar spannende Sachen zu erschnüffeln.«

Schnuffi bellt mich vor lauter Freude ganz hoch an und tänzelt vor mir herum.

Wenn ich die Hunde hier nicht hätte, würde ich mich sicher nicht zum Spazierengehen aufraffen können. Das hat so etwas Altmodisches! Aber mit den beiden ist das was anderes und auf der Hundewiese kenne ich auch schon jede Menge Leute.

Hm. Ob Martin jetzt wohl bei dem Golfturnier ist? Ganz sicher sogar. Warum sollte er da auch nicht hingefahren sein?

Die beiden ziehen an den Leinen, ich drehe mich im Öffnen der Eingangstür zu ihnen hin.

»So. Und jetzt seid ihr einmal ganz brav! Ja?«

Im nächsten Moment schreie ich »Aua!«, weil mir jemand auf die Zehen gestiegen ist. Mit Schuhen! Und ich trag bloß Flip-Flops. Auf einem Bein hüpfend und meine Zehen massierend, sehe ich auf.

»Ben?«

»Marisa?«

Mir wird heiß. Was will denn mein Ex-Freund hier?

»Entschuldige, hab ich dir sehr wehgetan?«, fragt er und gleich hinter ihm steht eine schlanke blonde Frau mit einem kleinen, ebenfalls blonden Mädchen an der Hand.

Moment! Ist das … Laura?

»Nein, nein. Geht schon wieder«, sage ich schnell, denn weitaus unangenehmer als meine schon weniger stechenden Zehen spüre ich ihren Blick auf mir. »Bist du das, Laura?«, frage ich beinahe tonlos.

Natürlich ist sie es. Ich werde doch auch nach Jahren meine ehemals beste Freundin aus dem Gymnasium erkennen.

»Marisa! Also das ist ja eine Überraschung! Alles hätte ich erwartet, aber dich hier im Tierheim zu treffen, sicher nicht«, sagt sie in einem Tonfall, der mich in der Sekunde wütend macht.

Das klingt doch total abwertend! Als sei ich ein Mensch zweiter Klasse, bloß weil ich hier arbeite. Umsonst noch dazu, aber das weiß sie nicht.

»Überraschung!«, rufe ich aus, tue aber keinen Schritt in ihre Richtung.

Ben steht zwischen uns.

»Ihr kennt euch?«, fragt er verwundert.

Ja, ich kenne sie. Alle ihre Seiten. Die egoistische, die männerverschlingende und auch die lügnerische. Und es wundert mich nicht, dass sie keine Lust hatte, mich nach unserem letzten Streit jemals wiederzusehen. Meine Güte, das muss über zehn Jahre her sein. Der Grund, warum sich unsere Freundschaft damals während des Studiums erledigt hat, war einfach: Laura ist ein Miststück. Eine Egomanin, die mir den Freund ausgespannt hat. Nach nur drei Tagen! Da hat Ben ja einen Goldfang gemacht. Geschieht ihm recht.

»Ja, wir sind zusammen in die Schule gegangen«, sagt Laura schnell und wirft mir einen komischen Blick zu.

Das bleibt also übrig, wenn man als Freundinnen bis hin zu den Männern quasi alles geteilt hat. Wir haben zwölf Jahre gemeinsam die Schulbank gedrückt. Sehr traurig. Aber so ist es.

»Ist das ... also deine Tochter?«, frage ich, weil ich es nicht aushalten würde, es nicht zu wissen.

»Ja! Ist sie nicht goldig?«, antwortet Laura schneller als Ben.

Warum schaut der so betreten zu Boden?

Schnuffi, die Mutigere von den beiden Hunden, schnüffelt an Lauras Bein. Jetzt an der Kleinen. Ich zieh kurz an ihrer Leine. Aber sie schmiegt sich ans Bein des Mädchens und sieht aus ihren Knopfaugen zu ihr hoch.

»Den Hund will ich!«, sagt die Kleine wie aus heiterem Himmel.

Bitte?

»Lass das, Schnuffi«, tadle ich sie schnell, zieh sie zu mir und Flodo ebenfalls zurück.

Laura betrachtet die weiße Hündin.

»Schnuffi heißt sie? Ist das süß. Genau so eine wollten wir, nicht wahr, Elena?«

»Ja, Mama! Die hat doch keine Familie, oder?«

Elena heißt das Mädchen also. Muss ihre Tochter sein. Ben und ich haben uns ja erst vor vier Jahren und ein paar Tagen getrennt. Wenigstens zähle ich nicht mehr auf die Stunde exakt mit. Das muss an Martin liegen.

Laura erntet dennoch einen bösen Blick von mir.

Niemals bekommst du Schnuffi von mir, Laura! Vergiss das gleich wieder. Von mir aus kannst du eine Allergie oder Cellulite kriegen. Alles, aber nicht diesen süßen Hund!

Ich knie mich rasch hin und ziehe Schnuffi eng zu mir. Kraule sie am Rücken. In dem Moment erscheint Susi in der Tür.

»Marisa? Ist Schnuffi nun zu haben oder nicht?«, fragt Ben mit Nachdruck.

»Äh ... also ... ich glaube ...«, stottere ich kniend daher.

Doch Susi funkt dazwischen: »Na sicher! Kommen Sie doch herein!«

Dabei strahlt sie Ben, Laura und die kleine Elena an.

»Das ist doch wunderbar«, sagt Ben und folgt auch schon Susi ins Innere des Tierheims.

Der kleine Satansbraten nimmt mir einfach Schnuffis Leine aus der Hand und ich stehe untätig da. Handlungsunfähig. Warum gerade Schnuffi? Sie haben ja die anderen Hunde noch nicht gesehen.

Ich stürme ihnen mit Flodo nach, den ich ziehen muss, da er bockt. Er will ganz eindeutig nicht zurück in den Zwinger. Was ich auch nicht vorhabe, aber wie soll ich ihm das klarmachen? Schnuffi dagegen himmelt die kleine Elena an.

»Weißt du, ich bin bald vier«, erklärt mir Elena und strahlt mir mit ihren dunklen Augen ins Gesicht.

»Schon vier? Wow!«, antwortet Susi statt mir. »Und, haben Sie schon einmal einen Hund besessen?«, fragt sie Elenas Mutter.

»Ja. Ich bin mit Hunden aufgewachsen«, erklärt Laura ihr.

Wie gern hätte ich geschrien, dass sie lügt. Aber leider stimmt das. Dummerweise hat sie auch immer ein gutes Händchen mit den Hunden ihrer Familie gehabt. Laura hat nie herumschreien müssen, sie haben ihr immer auch so gefolgt und sie hat ihre Hunde geliebt.

»Mein letzter Hund ist kurz vor Elenas Geburt gestorben, wissen Sie«, redet Laura geschäftig weiter. »Ben, also mein Mann, hat damals gemeint, wir sollten warten, bis unser Baby alt genug ist, einen Hund auch wirklich zu genießen. Nun ja, und da nun Elenas vierter Geburtstag ansteht, haben wir gedacht, wir kommen hierher und suchen ...«

Mein Kopf surrt. Raucht. Ist kurz davor, zu explodieren. Ihre Worte hallen immer wieder nach. Ben ... mein Mann ... damals ... bei Elenas Geburt ... Jetzt schließen sich all die Fragezeichen seit damals zu Kreisen. Werden zu Punkten. Sie war es. Ich habe doch gewusst, dass er mich betrügt, aber ich konnte es ihm nie beweisen. Das erklärt alles. Vermutlich hat er nicht einmal gewusst, dass wir uns kennen, aber Laura wusste es!

Ich drehe mich um und laufe mit Flodo zur Tür.

»Marisa? Ist dir nicht gut?«, schreit mir Susi nach.

Hilfe! Ich brauch ein Sauerstoffzelt! Einen Liter Schokoladeneis! Martin!

Nein, nicht jetzt. Nicht in diesem Zustand. Und mein Anblick ist ihm im Moment auch nicht zuzumuten.

Ich drehe mich um. »Nein, äh ... ich brauch nur ... etwas frische Luft!«

Laura und Ben winken mir zu und er ruft: »War schön, dich mal wiederzusehen, Marisa!«

Ich winke vollautomatisch zurück und Flodo zieht mich einfach nach draußen. Zum Glück.

Ich packs nicht. Dieses Kind ist von Ben! Laura war also bereits schwanger, als wir noch zusammen waren. Als wir übers Heiraten gesprochen haben. Gibt es das? Eine Freundin, die einem gleich zwei Mal den Mann stiehlt?

Mein Gott!

Apropos. Kannst du da oben mir vielleicht erklären, was genau an mir falsch ist? Womit habe ich das verdient? Ich? Hm? Ich war immer treu. Und was ist der Dank? Jeder Einzelne von meinen Ex-Freunden hat mich betrogen. Und verlassen.

Flodo steht vor mir und bellt mich an.

»Jaja, wir gehen ja schon. Nur noch eine Sekunde.«

Ich krame in meiner Bauchtasche, in der auch die Leckerlis und Hundesackerln sind, nach einem Taschentuch. Na super. Keines da. Egal. Ich nehm mir eines der Sackerln und schnäuze mich rein.

Ist das eklig!

Und hilft überhaupt nicht gegen meine Tränen.

»Flodo, komm ... wir laufen ein Stück!«

Ich sprinte los. Er mit. Hoffentlich lande ich keinen Bauchfleck mit meinen Flip-Flops! Aber jetzt ist es zu spät, mir meine Turnschuhe aus Susis Büro zu holen.

Wäre ja das Allerletzte, wenn die zwei Betrüger mich auch noch heulen sehen. Sie nehmen mir Schnuffi weg! Reicht es nicht, dass sie ein Kind haben? Glücklich aussehen ...

Flodo stupst mich am Bein an.

Ich kraule ihn und zügle mein Tempo. Der Waldgeruch wird mich beruhigen. Zur Not umarme ich einen Baum. Das hilft auch.

***

Mitten im Wald läutet mein Handy. Ich krame es schnell aus der Bauchtasche, in der es zwischen den Hundesackerln, meinem Schlüsselbund und den Leckerlis steckt.

Es ist Susi.

»Haben sie Schnuffi tatsächlich mitgenommen?«, frage ich, bevor sie etwas sagen kann. Aber leider kenne ich die Antwort schon.

»Ja, haben sie! Und ich denke, sie hat einen wirklich guten Platz erwischt.«

Leider ja. Das denke ich auch. Ich muss mich damit abfinden, dass das für Schnuffi wohl das Beste ist.

»Das war mein Ex. Aber ich freue mich für Schnuffi«, erkläre ich kurz, um Susi zuvorzukommen.

Sie soll sich freuen können, dass wieder einer ihrer Schützlinge ein gutes Platzerl gefunden hat. Darum geht es doch im Tierheim.

»Sei nicht traurig, Marisa. Ich denke, Schnuffi wird es gut bei ihnen haben. Wann in etwa wirst du denn zurück sein?«

»In einer halben Stunde, circa.«

»Ist gut. Dann bis nachher. Ich mach dann eine Pause und warte mit einem Kaffee auf dich.«

»Du bist ein Schatz!«

Susi legt auf.

»Jetzt ist unsere Schnuffi weg, Flodo. Wenn ich nur etwas mehr Zeit hätte, würde ich dich ja zu mir nehmen.«

Und Geld. So ein Hund kostet ja auch ganz schön was. Aber ich kann ihm nicht zumuten, in einer kleinen Wohnung mit mir zu leben. Flodo braucht einen Garten. Bewegung. Es wäre egoistisch, ihn jeden Tag mit mir ins Büro zu schleppen.

Aber der Zwinger ist auch nicht besser.

Ich muss einen Weg finden! Echt traurig, das Ganze.

Pfeif drauf!

»Weißt du was, Flodo? Nach der Hochzeit hol ich dich zu mir. Und bis dahin komme ich fast jeden Tag vorbei, wenn ich kann? Ja?«

Er sieht mich treuherzig aus seinen dunklen Knopfaugen an. Es hilft nichts. Ich muss das tun. Schnuffi und er sind meine beiden absoluten Lieblinge. Und nun, da Schnuffi weg ist, kann ich es nicht zulassen, dass mir auch noch jemand Flodo wegschnappt. Wie ich das hasse, wenn einer meiner Schützlinge einfach von einer Sekunde auf die nächste fort ist. Noch dazu für immer.

Mit flatternden Ohren jagt er dem Ball nach, den ich quer über die kleine Waldlichtung geworfen habe.

Ob Martin vorhat, auch nur mit mir zu spielen?

Warum habe ich ihn gestern nicht einfach nach dieser Evelyn gefragt? Dann würde mein Kopf nicht vor lauter Fragen rauchen und ich könnte den Spaziergang und die angenehme Waldluft genießen. Ich liebe diesen Geruch hier. Das erdet mich. Bloß heute nicht.

Flodo steht schwanzwedelnd mit dem Ball im Maul vor mir.

»Du bist zwar auch ein Mann, aber das vergessen wir beide jetzt einmal kurz.« Ich nehme ihm den Ball ab und werfe ihn ein weiteres Mal. »Hast recht, Flodo! Lauf! Wir spielen jetzt und vergessen für den Moment alle Sorgen.«

Aber Flodo kümmern meine Sorgen im Moment ohnehin nicht, denn er ist schon hinüber zu den Bäumen gesaust. Ich lehne mich an einen Baumstamm.

***

Lachend und mit roten Wangen laufe ich die letzten Meter dem Tierheim entgegen und Flodo hüpft an der Leine herum. Er mag es, wenn ich renne. Dann ist er immer besonders lustig und seine Schlappohren tanzen so herzig hin und her.

Susi sitzt bereits unter einem Sonnenschirm an der Rückseite des Gebäudes beim Kaffee.

»Na, ihr zwei? Sieht aus, als hättet ihr richtig Spaß gehabt.«

Flodo saust auf sie zu und begrüßt sie schwanzwedelnd. Sie gibt ihm ein Leckerli.

»Es war herrlich! Ich habe ihn oben auf der Meiereiwiese von der Leine gelassen und du kannst dir nicht vorstellen, wie brav Flodo war.«

»Sehr gut! Setz dich, ich habe hier schon einen Kaffee für dich«, lacht Susi.

Ich schätze, dass Schnuffi heute ein neues Zuhause gefunden hat, ist der Grund, warum sie gar so fröhlich ist. Susi kramt in ihrem Bauchtäschchen, das sie immer umgeschnallt hat, und zieht einen kleinen Zettel heraus. Ich setze mich zu ihr und trinke einen Schluck vom Kaffee. Das tut echt gut nach dieser kurzen Nacht.

»Schau mal, was ich hier habe!«

»Keine Ahnung. Die Eintrittskarte zu einem Konzert?«

»Viel besser«, grinst sie.

»Hunderttausend Euro fürs Tierheim?«, scherze ich. »Und wir sind alle Sorgen los?«

Susi klatscht mir den Zettel auf den Tisch.

»Du hast es gewusst?«, sagt sie enttäuscht.

»Was hab ich gewusst?«

»Na das.«

Sie deutet auf das Stück Papier.

Es ist tatsächlich ein Scheck.

Meine Hände zittern.

Ausgestellt von Martin Engel. Zweihundertfünfzigtausend Euro.

Jetzt zittern auch meine Knie.

»Das … also … wow! Das wusste ich nicht, Susi.«

»Aber du hast ihn dazu bewogen, hat er gesagt. Und ich, also wir alle hier, sind dir unendlich dankbar dafür, Marisa«, strahlt sie mit Flodo, der mich gerade anstarrt, um die Wette.

»Er war hier? Heute?«

Sie beugt sich verschwörerisch zu mir.

»Dreh dich mal um.«

Gut, dass ich sitze!

Da steht er. In zerrissenen Jeans, Mokassins und einem simplen schwarzen T-Shirt mit einer Flieger-Ray-Ban im Gesicht. Hände in den Hosensäcken und lächelt mich an.

»Zufrieden mit mir?«

Ich springe auf und falle ihm, einfach meinem Impuls folgend, um den Hals. Flodo bellt und springt Martin an.

»Ja, sehr! Entschuldige, aber ich glaube, Flodo freut sich auch grad richtig!«

Martin kniet sich hin und streichelt Flodo.

»Na du, bist du nicht auch der Meinung, dein Frauchen schuldet mir jetzt einen ganz kleinen Gefallen?«

Flodo bellt laut.

»Sich mit ihm zu verbünden, zählt nicht«, lache ich. »Aber ja! Klar! Das ist ja ein Feiertag für unser Tierheim, Martin. Aber was ist mit deinem Golftunier?«

Er steht wieder auf.

»Du warst mir wichtiger. Und ich schlage vor, du kommst mit mir mit, denn ich hätte da eine Idee für einen kleinen Ausflug.«

Das ist der schönste Satz, den er sagen konnte. Ich war ihm wichtiger! Oh Gott, ich bin gleich noch mehr in ihn verliebt. Was ist das heute wieder für eine Gefühlsachterbahn?

»Aber ich muss doch noch …«

»Geh schon«, lächelt Susi und nimmt Flodos Leine. »Nicht, dass er einen Rückzieher macht!«

»Ich? Niemals. Das ist eher die Spezialität unserer Teufelin hier«, antwortet Martin, noch bevor ich etwas sagen kann.

»Da irrst du dich. Ich steh immer zu meinem Wort. Also? Wohin gehts?«

Schnell drücke ich Susi noch ein Küsschen auf die Wange und kraule Flodo am Ohr. Sie winkt und ich folge Martin hinüber zum Parkplatz.

»Steig ein. Ich entführe dich«, lacht er und schon heult der Motor seines Ferraris auf.

Ich will mal übersehen, dass wir da noch so einiges bezüglich Evelyn zu klären haben. Für den Moment bin ich einfach nur glücklich. Für Susi und vor allem für alle unsere Tierchen. Jetzt müssen wir nicht mehr bei jeder tierärztlichen Untersuchung nachdenken und aufs Geld sehen. Und wir können das bessere Futter kaufen.

Wenn das nicht einfach unglaublich ist? Und ich werde Flodo zu mir nehmen, egal was kommt.

»Dann lass ich mich mal überraschen!«

Ups. Mein Blick auf meine Jeans war gar nicht gut. Sie ist speckig und hat Pfotenabdrücke von Flodo drauf, weil er vor einem Haus ins nasse Gras und anschließend im Staub gelaufen ist. Tja, und dann ist er mit den Tatzen auf meine Hose gesprungen.

»Können wir bitte zuerst noch einen Sprung bei mir vorbeifahren, damit ich mich kurz duschen und umziehen kann?«

Er mustert mich aus den Augenwinkeln.

»Wenn du mir versprichst, dass das schnell geht?«

»Du hast keine Ahnung, wie schnell ich sein kann. Weißt du, das ist der Vorteil, wenn man keine Tussi ist.«

Ich konnte es mir nicht verkneifen, ernte aber ein zufriedenes Nicken samt Schmunzeln.

Die Überraschung

Mich hat ein Engel entführt! In seinem Privatflugzeug. Selbst geflogen ist er nicht, das haben ein Pilot und eine Co-Pilotin erledigt. Er besitzt eine Dassault Falcon 7X. Ich wusste nicht einmal, dass es diesen Flugzeughersteller gibt. Wieder was dazugelernt.

Hm. Das muss ich mir wieder und wieder auf der Zunge zergehen lassen, denn ich glaube mir selbst nicht, dass ich jetzt hier sitze. In Zadar. In einem Nobellokal mit weißen Hussen auf den Stühlen und Blick auf den kleinen alten Hafen der Stadt. Herchauffiert in einer schwarzen Limousine, der Fahrer steht uns bis zu unserem Abflug zur Verfügung.

»Das ist ein Ausblick, was?«, meint Martin gut gelaunt und stößt mit mir an.

Mein Blick folgt seinem und ich sehe blinzelnd aufs dunkelblaue Meer hinaus. Die Sonne steht bereits sehr tief und dennoch ist es ziemlich heiß. Wir trinken Weißwein, denn der passt am besten zum Hummer, den wir bereits gegessen haben.

»Schöner gehts nicht«, gebe ich ihm recht. »Und danke! Mich hat noch nie jemand an einen so traumhaften Platz entführt.«

So fühlt es sich also an, wenn finanzielle Mittel keinerlei Einschränkung für deine Möglichkeiten sind. Mit einer Ausnahme: Zeit. Egal welche Spielzeuge er besitzt, und sei es dieser Privatjet, die Zeit kann er nicht biegen. Deshalb ist es leider bereits früher Abend, auch wenn ich mir wünschen würde, es wäre erst später Vormittag und wir hätten noch den ganzen Tag hier zur Verfügung.

»Ist die Frau glücklich, ist der Mann es auch.«

Ich fixiere ihn. Das kann er doch nicht ernst meinen. Es klingt ja beinahe so, als seien wir ein altes Ehepaar. Was wir nicht sind.

Ich weiß nicht einmal, was wir sind. Geschäftspartner? Nein. Nicht nur. Am Beginn einer Affäre? Eher ja als nein. Aber die könnte mir das Herz brechen, denn einen Playboy wie ihn werde ich nicht zur Monogamie bewegen können. Auch wenn ich es, wider all meine eigenen Gegenargumente, nur zu gern versuchen würde.

Martin schafft es, dass ich mich sexy fühle. Zwar mit eingezogenem Bauch, aber trotzdem. Weiß der Himmel, warum das so ist.

Er beugt sich über den Tisch zu mir und legt seine Hand auf meine.

»Marisa! Hättest du Lust, bis morgen zu bleiben? Ich kenne hier ein sehr nettes Plätzchen, direkt in der Innenstadt.«

Martin streichelt meine Finger mit seinen. Mir wird immer heißer.

»Was ist nun genau mit Olga, und wer ist Evelyn?«, purzelt aus meinem Mund und ich erschrecke selbst.

Martin sieht mich völlig verdutzt an.

»Was soll mit ihnen sein? Nichts. Das habe ich dir doch schon erklärt.«

Sein kurzer Blick auf die Tischdecke sagt mir, dass er lügt.

So nicht.

Ich bin doch keine Dumpfbacke.

»Martin! Du bringst mich hierher. Lädst mich auf dieses traumhafte Essen an diesen unbeschreiblich schönen Ort ein. Dafür danke ich dir sehr und ich werde unseren Ausflug auch nie vergessen. Aber ich lasse mich nicht mit einem *Nichts* abspeisen. Ich habe Olgas Blicke bei Flavios Geburtstagsfeier gesehen. So benimmt sich niemand, der ein Nichts verdient hat. Nicht einmal Olga, auch wenn ich sie aufs Blut nicht ausstehen kann.«

Das hat gesessen. Sein Teint im Gesicht ist um mindestens zwei Nuancen blasser geworden. Verstehe. Pokerface. Denn er hat seine Sonnenbrille aus dem Haar genommen und aufgesetzt.

»Du hast recht. Aber es ist nicht so, wie du denkst. Weder Olga noch Evelyn sind oder waren jemals meine Freundinnen.«

Und? Wie gehts weiter? Ich weiß, dass da noch eine entscheidende Information fehlt. Also: Spucks aus.

»Definiere doch einmal dein Verständnis von *Freundin*.«

»Unter Freundin verstehe ich eine Frau, mit der ich mehr unternehme, als nur mit ihr zu schlafen. Die Teil meines Lebens ist und mit der es eine Zukunftsperspektive gibt. Du hast schon recht, ich gebe zu, dass ich mit Olga und Evelyn schlafe. Nein, falsch. Ich habe bis vor Kurzem mit ihnen geschlafen. Dann habe ich dich getroffen und seither bin ich mir nicht mehr sicher, ob der Lebenswandel, den ich führe, der ist, den ich führen will.«

Die Schwerkraft zieht mich in Richtung des Mittelpunkts der Erde. Der Kalksteinboden der Terrasse wird weich wie Pudding. Zum Glück sitze ich auf einem Sessel.

»Du … du … Also du meinst, du kannst gleich mit zwei Frauen ein Verhältnis haben und das ist normal? Und keine davon ist deine Freundin? Was sind sie dann?«

Und vor allem: Wissen die beiden auch, dass damit Schluss ist?

Martin schiebt seine Sonnenbrille ein wenig nach unten und sieht mir über den Brillenrand hinweg tief in die Augen.

»So wie du das sagst, klingt das nicht gut. Aber ich könnte auch zwanzig gleichzeitig haben, Marisa. Wenn wir schon die Wahrheit auf den Tisch legen, dann die ungeschminkte.«

Moment einmal. Dreht er den Spieß jetzt um? Was soll das?

»Willst du mir jetzt erklären, dass du Opfer deines Geldes bist? Oder deines Aussehens? Und dir die Frauen zufliegen wie Fruchtfliegen dem Obst und du Armer nichts dagegen unternehmen kannst, als die Hose runterzulassen? Ist das jetzt wirklich dein Ernst?«

Ich versaue mir grad alles mit ihm, aber es ist mir egal! Wer glaubt er, wer er ist?

»Marisa, ich bin nicht halb so hormongesteuert, wie du gerade denkst. Aber vielleicht kann ich mich nicht mehr daran erinnern, wie Beziehung funktioniert, und du könntest mir dabei helfen?«

Er nimmt meine Hand und streichelt sie.

Oh nein, mein Lieber! Ich falle nicht auf die Helfersyndrom-Masche herein. Ich kenne zu viele Frauen, die der Meinung waren, Männer würden sich nur für sie ändern. Und es hat in keinem einzigen Fall funktioniert. Beziehungskitt-Babys auch nicht. Auch das weiß ich aus Beobachtungen.

»Warum, Martin? Erklärs mir. Ich bin vermutlich dicker als all deine Betthäschen. Ich bin auch nicht unbedingt als Stil-Ikone in meinem Freundeskreis verschrien. Und du würdest mich nicht einmal getroffen haben, wenn nicht zufällig diese Party in deinem Haus stattgefunden hätte. Also bitte sags mir: Warum sitze ich heute hier? Warum hast du mich gestern Nacht besucht? Ich verstehs nämlich nicht ganz.«

Er scheint aus allen Wolken gefallen zu sein, denn er ist aufgesprungen und hockt sich neben mich hin. Steckt die Brille wieder ins Haar und umarmt mich.

»Bist du verrückt? Hast du keinen Spiegel? Marisa! Du bist hübscher als jede, die ich kenne. Du hast Ausstrahlung. Charisma. Wenn ich in deine Augen sehe, dann ist da etwas dahinter. Nicht nur der Gedanke, ob ich die nächste Busenvergrößerung oder Nasenverkleinerung sponsorn könnte. Verstehst du nicht, dass ich durch meine Kohle in den letzten Jahren nicht einmal annähernd eine so kluge, schöne und interessante Frau wie dich getroffen habe? Eine mit Herz?«

Da ist er wieder. Dieser Dackelblick, der sich in meinen Bauch bohrt und der Grund dafür ist, dass ich Tag und Nacht an ihn denke. Von ihm träume.

Shit. Und was mache ich jetzt? Aufstehen und ins Klo flüchten?

»Und es gab noch einen Grund für meine Idee, hierherzukommen«, schiebt er nach.

Ich sehe ihn an und kann noch immer nichts sagen außer: »Und der wäre?«

»Ich wollte sicherstellen, dass du nicht wieder flüchten kannst.«

Jetzt muss ich grinsen.

»Das ist dir ja perfekt gelungen. Ich geb auch zu, dass ich es hier wunderschön finde.«

»Siehst du, da sind wir schon zwei«, sagt er und sieht mich an, als wollte er mir auf der Stelle die Kleidung vom Leib reißen. »Vergiss Olga und Evelyn. Ich werde ihnen, sollte ich sie überhaupt treffen, gern sagen, dass es jetzt dich in meinem Leben gibt. Okay?«

Ich sehe ihm tief in die Augen.

»Das würdest du tun?«

»Ja, das würde ich tun. Allerdings nur, wenn wir jetzt langsam damit fortfahren, diesen Abend zu zweit zu genießen.«

Das klingt doch vernünftig, aber warum muss ich schon wieder nachdenken? Bin ich möglicherweise zu versessen darauf, den Mann fürs Leben zu finden, dass ich verlernt habe, einfach den Moment zu genießen und nicht über das Morgen nachzudenken? Ist es das, wofür er mir eine Gelegenheit bietet? Ja zu sagen? Zum Hier und Jetzt?

Hm. Kann ich das? Ich sollte doch lockerer werden, haben die Karten gesagt. Vielleicht ist das der Schlüssel?

»Was genau stellst du dir für heute denn noch vor, Martin?«, frage ich ihn sehr leise.

Er steht auf und zieht mich hoch.

»Komm mit.«

Ich folge ihm an die Mauerbrüstung, die direkt ins Meer abfällt. Martin stellt sich hinter mich und umschlingt mich mit seinen Armen.

»Sieh da hinaus. Spürst du die Leichtigkeit? Die geradezu fröhliche Ruhe? Genau das wollte ich mit diesem Ausflug: dir ein Stück davon zu schenken.«

Verdammt. Jetzt hat er mich. Ich bin eine Verbalerotikerin. Worte sind wie Gemälde und wenn jemand sie klug einsetzt, schmelze ich dahin.

Ich drehe mich um und küsse ihn.

Sanft. Zärtlich.

Er nimmt mein Gesicht in beide Hände und küsst mich wieder und wieder. Immer leidenschaftlicher. Das Lokal. Die Sonne am Horizont. Alles verschwimmt. Verliert sich in unserem Kuss.

Plötzlich lässt er mich los.

»Bleiben wir hier?«, fragt er.

Mein Herz pocht laut.

»Ja.«

»Du wirst es nicht bereuen, mein Engel«, sagt er.

Doch. Werde ich. Morgen eventuell. Aber das ist mir jetzt egal.

»Zeig mir diese Stadt, Martin. Behandle mich eine Nacht lang wie eine Prinzessin. Und morgen ist morgen. Darüber will ich nicht mehr nachdenken.«

»Du wirst es nicht bereuen, Marisa«, lächelt er. Und seine Augen strahlen, als hätte ich ihm weiß Gott was für ein Geschenk gemacht. »Ich will dich den ganzen Abend nämlich nur noch lächeln sehen.«

Ach ist das schön!

Ich muss es zugeben: Er, so wie er lacht, wie er sich bewegt und vor allem, wie er spricht, ist in Summe meine Achillesferse.

Martin gibt mir noch einen Kuss.

»Aber zuerst brauchen wir noch eine Nachspeise. Wäre doch zu schade, wenn ich das gesamte Lokal für uns miete und wir dann hungrig durch die Stadt bummeln müssen.«

Mein Mund braucht ein wenig, bis er wieder von selbst zuklappt.

Jetzt wird mir erst klar, dass hier niemand an den anderen Tischen sitzt. Und ich einfältige Kuh habe gedacht, das wäre eben nicht die typische Essenszeit und die Gäste kommen erst etwas später.

Da hat sich Martin aber ziemlich bemüht. Wieder durchflutet mich eine warme Welle. Schon schön, wenn ein Mann sich so etwas einfallen lässt.

Plötzlich durchströmt mich eine heiße Woge: Meine Figur! Habe ich ernsthaft vor, mich ihm nackt zu zeigen?

»Und?«, fragt er.

»Lieber doch nicht«, versuche ich zurückzurudern.

Ich bin mir gerade selbst scheißpeinlich! Warum muss ich auch abends immer diesen ganzen Schokomüll in mich hineinstopfen?

»Das akzeptiere ich aber nicht, Marisa. Hier gibt es ein wirklich ausgezeichnetes flaumiges Schokoladensoufflé mit Schlagobers und Vanilleeis oder auch eine Crème brûlée vom Feinsten. Dazu sagt man nicht Nein.«

Äh. Ich habe doch das Über-Nacht-Hierbleiben gemeint. Außerdem habe ich keinen Schimmer, wo er das alles hin isst, denn im Gegensatz zu mir ist er superschlank. Dabei steht er aber ganz eindeutig auf gutes Essen. Ich kann nur beten, dass er sich nachher auf meinen Busen konzentriert und nicht allzu sehr auf meinen Bauch oder die Hüften achtet.

»Aber davon hab ich im Anschluss gleich ein Kilo mehr.«

»Von einer intelligenten, hübschen Frau kann man doch nicht genug haben, oder?«

»Okay. Weil du es bist. Aber dafür schlendern wir dann ausgiebig durch die Stadt, damit ich dein Törtchen wieder abtrainieren kann. Und ich meine zu Fuß. Ohne Limousinenservice.«

Ähm. Das heißt wohl, ich bleibe wirklich?

Liebe Engel, steht mir bei. Ich hoffe, das ist nicht das Dümmste, das ich jemals gemacht habe!

»Einverstanden.«

Hand in Hand gehen wir die paar Schritte zurück an den Tisch. Er rückt mir den Stuhl zurecht, ich nehme Platz und Martin setzt sich mir gegenüber.

Ich strahle ihn an. Wenn er eines wirklich zustande bringt, dann, dass ich mich wie eine Prinzessin mit ihm fühle. Und das hat was.

Die Stadt

Ich drehe mich im Kreis und lache laut. So frei, so beschwingt und so leicht habe ich mich schon seit Ewigkeiten nicht mehr gefühlt. Diese Stadt ist herrlich. Kleine, enge Gassen. Alte Steinhäuser. Selbst der Boden ist aus glattem hellbeigen Kalkstein und sieht toll aus. Ich hab ja gar nicht gewusst, dass Kroatien so tolle Städte am Meer hat. Dieses Zadar ist auf jeden Fall richtig süß. Speziell, weil die Altstadt vom Meer umrandet ist, da sie auf einer Art Halbinsel liegt. Aber das Allerbeste daran ist *er!* Martin.

Wir lachen schon die ganze Zeit. Ich, weil er absolut jeden Hut in der Stadt probiert und immer lustige Gesichter dazu macht. Er, weil ich an keinem Geschäft vorbeigehen konnte, das Taschen hat, und ich alle angreifen muss. Das ist echt ein Tick von mir. Aber so bin ich. Andauernd wollte er mir etwas kaufen, aber das habe ich ihm verboten. Dafür weiß er jetzt alles über meine an sich langweilige Familie und ich über seine Mutter und ihn. Sie muss eine tolle Frau sein. Immerhin hat er sie freiwillig an der neuen Firma beteiligt und auch sonst hat er nur von ihr geschwärmt. Sie sogar als seine beste Freundin bezeichnet. Das ist echt schön. Welcher Mann spricht schon so von seiner Mutter?

Mit Martin zu reden, ist, als würden wir uns schon ewig kennen, und doch tauschen wir Geschichten aus, die ich Mimi oder Paul nicht erst erzählen müsste. Aber wir sind neugierig aufeinander. Und das ist echt schön.

Martin fängt mich ein und hält mich fest.

»Sag mir, dass *ich* das in dir auslöse und nicht nur die Stadt und der Blick aufs Meer.«

Ich sehe ihn verzaubert an. Ich bin doch tatsächlich mit diesem bildschönen Menschen am Meer. Männlichen Menschen. Einfach nur wow.

»Und wenn ich beides sage?«, kichere ich.

»Bin ich ein klein wenig enttäuscht.«

Ich küsse ihn auf den Mund.

»Glaub mir nicht alles, was ich sage! Natürlich bist das du. Das alles hier bist du!«

»Dann bin ich beruhigt! Aber Marisa, von dir nehme ich jedes Wort ernst.«

Ups. Dann muss ich aufpassen, denn es klang auch ernst.

Mein Blick fällt auf die unzähligen Lichter der Boote, die vor der Promenade auf und ab fahren. Kleine und große Fähren. Motorboote und Segelboote. Und dazu hüllt uns die Musik der unter den Steinen der Mole eingebauten Orgelpfeifen ein, die geradezu überirdische Klänge verbreiten. Schade, dass die Sonne schon untergegangen ist. Auch wenn der Himmel märchenhaft aussieht. Der Horizont ist in ein sattes Orange getunkt.

»Dann sag ich dir etwas, das ich ernst meine: Danke! Das ist der schönste und überraschendste Sonntagabend meines Lebens, Martin.«

Er zieht mich eng an sich.

»Ich sehe schon: Das nächste Mal brauchen wir ein Boot für dich.«

»Das wäre schön. Aber ich weiß ja nicht, ob ich nicht seekrank werde.«

»Glaube ich nicht. Bist du für noch eine Überraschung bereit?«

Kribbeln macht sich in mir breit.

»Ich schätze: Ja!«

»Dann komm.«

Er nimmt meine Hand in seine und wir gehen die Hafenpromenade an der Stadtmauer entlang.

Ich komme aus dem Schauen nicht mehr heraus. Was hier für Boote liegen. Wir passieren die Brücke, die über das enger werdende Hafenbecken auf die andere Seite der Stadt führt, gehen jedoch die Mole geradeaus weiter. Alte Rocksongs, die ein junger Mann auf der Brücke zu seiner Gitarre singt, begleiten uns. Wir quatschen über die Jachten und die Menschen, die wir sehen, und er will mir sogar noch ein Eis andrehen. Aber das muss jetzt nicht sein. Gegessen habe ich für heute genügend.

Vor einem schmalen Haus gleich nach der Brücke bleibt Martin stehen. Es erinnert mich an dieses berühmte spitz zulaufende Bügeleisen-Haus, das man von Bildern aus New York kennt. Natürlich ist dieses hier viel niedriger und hat eine bei Weitem weniger aufwendige Fassade. Aber es sieht toll aus. Ich bin gespannt, was er hier will.

»Komm«, sagt er und hält mir die Eingangstür auf.

»Jetzt bin ich aber neugierig, was wir hier drinnen finden werden.«

Vielleicht eine kleine geheimnisvolle Bar?

»Ich verrate nichts.«

Wir gehen das Stiegenhaus hinauf in den obersten Stock.

Martin öffnet die Tür, in der ein Schlüssel steckt.

»Da lässt einer so einfach den Schlüssel stecken?«

»Nicht wirklich. Ich habe darum gebeten.«

Er öffnet die Tür und lässt mir den Vortritt.

»Wow!«

Der Vorraum ist weiß und sehr modern dekoriert. Gleich dahinter ist ein Raum mit großen Glasfronten. Weiße Ledergarnitur. Ein Champagnerkübel mit einer Flasche auf Eis steht auf dem Couchtisch. Daneben gibt es eine weiße Essgarnitur mit vier Stühlen. Sogar eine moderne Küchenzeile, auf der kleine Häppchen und zwei Teller angerichtet worden sind. Und direkt dahinter ist eine riesengroße begrünte Terrasse.

Ich trete nach draußen. Da steht doch glatt ein Whirlpool!

»Das hier ist unglaublich! Nie und nimmer würde man dieses Penthouse auch nur vermuten, wenn man das Haus unten sieht.«

»Überraschung gelungen? Ich wollte etwas Intimeres als ein Hotelzimmer. Wobei, ich hätte natürlich auch eine Villa etwas außerhalb mieten können oder eine Jacht, aber ich habe gehofft, dass dir diese kleine Wohnung hier gefallen könnte.«

Klein? Das hier ist mindestens drei Mal so groß wie meine Wohnung.

Ich falle ihm um den Hals.

»Das ist ja der reine Wahnsinn! Und ob es mir gefällt! Danke, danke, danke!«

In so einem tollen Zimmer, wobei, das ist ja kein Zimmer, sondern ein ganzes Penthouse, habe ich noch nie gewohnt. So was kenne ich nur aus Zeitschriften oder dem Internet.

»Dann fühl dich wie zuhause, Liebling. Ich habe das ganze Haus gemietet und der Koch steht eine Etage tiefer auf Abruf bereit, sollten wir noch etwas brauchen.«

Ich sehe ihn an. Liebling? So hat er mich bis dato noch nie genannt. Doch es gefällt mir.

»Du hast aber auch für alles jemanden, oder?«

»Nicht für wirklich alles, Marisa«, lächelt er mich vielsagend an.

Okay. Okay. Ich weiß schon, wie er es meint, und es gefällt mir.

»Lass mich nur schnell ein Foto für Mimi schießen, ja? Dann schreibe ich ihr, wo ich bin und dass ich erst morgen Nachmittag ins Büro komme.«

»Klar. Ich bin mal kurz im Badezimmer.«

Bei einem Foto bleibts nicht. Wie besessen schieße ich in Sekunden mindestens zwanzig. Selbstverständlich auch von der Terrasse, dem Champagner und der Aussicht auf den Hafen. Ich sende Mimi alle Bilder, auch die von der Brücke und den Booten, auf die ich von hier aus sehen kann.

Seltsam. Sie hat mir auf meine vorherigen WhatsApp-Nachrichten noch keine Antworten geschickt. Aber sie hat sie gelesen. Ich schreib ihr schnell noch ein paar Zeilen.

›Ich hoffe, bei dir und Paul ist wirklich alles okay! Ich bin mit Martin noch immer in Zadar. :-) Stell dir vor, wir bleiben hier in diesem Penthouse! Nicht böse sein, aber ich komme erst morgen Nachmittag ins Büro. Ach, und ich befolge deinen Rat und genieße das Leben!‹

Ich hänge noch Smileys, eine Flasche und eine Sonne an. Da fällt mir noch etwas ein: *›Ich dreh jetzt mein Handy ab. Bis morgen! Bussi‹*

So, meine Engel! Nun seid ihr dran. Wenn es richtig ist, was ich hier tue, dann lasst es eine traumhafte Nacht werden. Ja?

Die Nacht

Ich bin eindeutig ein Genie im Zeitschinden. Und ich habe einen leichten Schwips vom Champagner. Mittlerweile ist es stockfinster und nur Lichtkugeln und der Schein von Kerzen in großen Glaszylindern beleuchten die Terrasse. Der Vorteil ist, in diesem sanften Licht fühle ich mich eindeutig sicherer und wohler. Seit über einer Stunde sitzen wir in den Loungemöbeln, eng aneinander gekuschelt, und reden und reden. Quasi über Gott und die Welt. Es ist schon erstaunlich, aber wir haben viele Gemeinsamkeiten gefunden. Wir beide lieben Skirennen und Formel-1-Rennen im Fernsehen. Okay. Er war schon bei unzähligen dieser Veranstaltungen live dabei, aber was solls. Martin hasst Fenchel und Brokkoli. Ich Fenchel und rote Rüben. Wir lieben beide Musik, wenn auch unterschiedliche. Er Jazz, die Rolling Stones und Prince. Ich eben wie Mimi Coldplay, dann noch Keith Urban und Ed Sheeran. Aber das macht nichts, denn was auch immer es ist, was er gerade über die Musikanlage spielt, ich mag es.

Blöd ist nur, dass er an nichts glaubt. Martin meint, man müsse das Leben genießen, man habe ja nur eines. Das seh ich anders und ich habe ihm ausführlich geschildert, wie ich das mit Gott, Liebe und Licht, den Engeln und der Wiedergeburt sehe. Unser Kartenlegen habe ich ihm allerdings verschwiegen. Ich muss ihn schrittweise an die Sache heranführen. Da er allerdings immer wieder nachgefragt hat und nicht händeringend und kopfschüttelnd davongelaufen ist, denke ich, er kann das mit den Engeln akzeptieren.

Im Moment lehnen wir aneinander gekuschelt im Sofa und blicken zu den Sternen hinauf. Hier sieht man die Milchstraße angeblich fantastisch. Heute Nacht nicht, denn die Lichter der

Stadt sind dann eben doch in Summe zu hell. Aber Sterne sind trotzdem zu sehen und es ist angenehm warm. Ich liebe Sommernächte. Am liebsten hätte ich das das ganze Jahr über. Eine Woche im Winter Skifahren, das wärs dann mit Schnee und kalten Temperaturen, wenns nach mir ginge.

»Eine Sache fällt mir da noch ein, Marisa, die ich dir unbedingt sagen möchte.«

Oh Gott! Detoniert jetzt gleich eine Bombe? Jetzt, wo ich mich so richtig wohl und geborgen bei ihm fühle?

Ich sehe ihn an.

»Fall ich vom Sofa, wenn du es gesagt hast?«

Er grinst. Das ist hoffentlich ein gutes Zeichen.

»Wir werden sehen.«

Ich knuffe ihn am Arm.

»Machs nicht so spannend! Sag schon.«

Martin zieht mich noch enger an sich und beginnt, mit einer meiner Locken zu spielen, indem er sie um seinen Finger wickelt.

»Ich, ähm, wie soll ich das sagen? Also ich denke schon die ganze Zeit an nichts anderes mehr, als mit dir zu schlafen.«

Nach einer Schrecksekunde ist mein Körper eindeutig der Ansicht, dass er das Gleiche denkt.

Ich schmuse mit ihm und es ist unbeschreiblich, wie zärtlich er küssen kann und wie warm und weich er sich dabei anfühlt.

»Heißt das, du hast nur an das eine gedacht und kannst dich an gar nichts mehr erinnern, was wir so alles besprochen haben?«, versuche ich, ihn zu necken.

»Nein, in dieser Hinsicht bin ich multitaskingfähig, Liebes. Ich kann also sprechen, mitdenken und ganz nebenbei mir auch noch Sex mit dir vorstellen«, lacht er.

»Du bist ja ein wahres Genie! Also, dann lass es uns doch tun«, hauche ich in sein Ohr und spüre, wie ihn das erregt.

»Würde ich sofort, aber da wäre noch eine Kleinigkeit.«

Martin sieht aus, als hätte er gerade in eine Zitrone gebissen.

»Was denn?«

»Es klingt jetzt dumm und vielleicht unangemessen, aber wir haben da so eine kleine App in der Firma geschrieben …«

Da ist er wieder. Ich hatte meinen Kuhaugen-Blick mit dem weit aufgerissenen Mund schon beinahe vergessen. Was zum Teufel will er jetzt mit einer App?

»Nur für nicht so Fortschrittliche: Willst du *Cyber*-Sex?«

Martin zieht sein Handy aus der Hosentasche und lächelt süß-säuerlich.

»Nein, nein! Es ist nur … Also würdest du, wenn ich dir eine Nachricht sende, einfach mit Ja antworten?«

Fort. Mein Kribbeln ist in der warmen Luft einfach verpufft. Was bitte will er von mir?

»Und was ist die Frage?«, sage ich, springe aber auf und nehme mir mein Handy vom Couchtisch.

Während ich ihn ansehe, schalte ich es ein.

Martin zieht mich wieder an sich heran.

»Die von vorhin: Möchtest du mit mir schlafen? Freiwillig?«

Oh. Für einen Moment schnürt es mir die Kehle zu. Bin ich hier Zeuge dessen, was die MeToo-Bewegung bei Männern wie ihm erreicht hat? Lässt er sich jetzt ernsthaft jeden Sex vorher *bestätigen*? Ich pack das gerade nicht.

»Äh. War es das? Du weißt schon, bei dir in der Villa, als wir die Gemälde angesehen haben? Hast du wirklich so viel Angst vor einer Anzeige?«

»Ja, Marisa. Wenn ich ehrlich bin, schon. Deshalb habe ich diese App bei uns programmieren lassen, die ganz nebenbei auch ein Verkaufsschlager geworden ist. Sie heißt *Love›n›Trust*.«

Verstehe. Es gibt mehr Männer wie ihn. Und er nennt das Ding *Liebe und Vertrauen*. Ein durchaus passender Name für die App, auch wenn ich das jetzt mehr als blöd finde.

»Dann schick mir deine Nachricht.«

Mein Handy macht ›Bling‹.

Ich starre die Nachricht an.

›Bitte sende ein ›JA‹ oder ›NEIN‹ in Großbuchstaben an die Nummer zurück. Mit einem ›JA‹ erklärst du dich zu freiwilligem, auf beiderseitigem Einverständnis basierenden Sex mit dem Absender dieser Nachricht bereit. Nach dem Senden deiner Zustimmung oder Ablehnung werden beide Nachrichten automatisch gelöscht und in einer App-Anwendung des Absenders abgelegt und gespeichert.‹

»Das ... das ist jetzt ein Scherz, oder?«

»Nein, Marisa. Kein Scherz. Ich muss mich schützen, bitte versteh das. Aber ich kann auch bei dir unsere App hochladen, dann hast auch du beide Nachrichten gespeichert.«

Für den Ernstfall. Das hat er nicht dazugesagt. Ist er wirklich der Meinung, ich komme irgendwann daher und verklage ihn auf was weiß ich was?

Ich tippe die beiden Buchstaben: *›JA‹*

So. Senden und erledigt.

Als wäre mein Handy mit irgendeiner hochinfektiösen Krankheit verseucht, schalte ich es schnell ab und lege es zurück auf den Tisch.

Martin atmet laut aus.

»Ich danke dir, Marisa. Und ich bitte dich, vergiss es auch gleich wieder.«

Moment einmal.

»Würde ich, wenn ich könnte, Martin. Aber ich bin eine Frau. So was nagt in unseren grauen Zellen leider doch geraume Zeit weiter, weißt du?«

Von den anderen Bildern in meinem Kopf ganz zu schweigen, denn da stehen sie Schlange: die Evelyns und Olgas dieser Welt, denen er diese Nachricht auch schon geschickt hat.

Ich nehm noch einen Schluck Champagner.

Sehr gut, aber so einfach lässt sich mein Hirn nicht austricksen. Und meine sarkastische Ader auch nicht. Besser, ich halte den Mund.

»Alles, was ich jetzt sagen könnte, würde es noch schlimmer für dich machen, schätze ich, oder?«, murmelt Martin neben mir.

Mit dem leeren Glas in der Hand sehe ich ihn direkt an.

»Jap. Könnte sein.« Da fällt mir was ein: »Nur eine Frage noch: Hat dich jemals eine Frau verklagt? Also ... wegen sexueller Belästigung?«

Er sieht mich lange an.

»Ja. Eine hat es probiert. Sie war vor drei Jahren für ein halbes Jahr meine Assistentin. Verklagt hat sie mich allerdings erst vor vier Monaten.«

Sachlich bleiben, Marisa! Keine voreiligen Schlüsse ziehen.

»Und? War etwas dran?«

»Nein. Mit ihr hatte ich nie etwas. Nicht das Geringste. Aber sie war der Grund, warum ich dann sofort diese App habe programmieren lassen. Versteh mich nicht falsch, Marisa. Diese ganze MeToo-Sache ist genau dort in Ordnung, wo es um Kriminelle geht. Um Vergewaltiger und so weiter. Aber diese Bewegung hat auch ihre Schattenseiten.«

»Verstehe. Danke, dass du so ehrlich bist.«

»Danke, dass du gefragt hast«, lächelt er mich verschmitzt an.

Blöd. Irgendwo in meinem Innersten verstehe ich ihn ja. Vielleicht würde ich ähnlich handeln, wenn ich in seinen Schuhen stecken würde?

Martin nimmt das Tablet, mit dem er die Stereoanlage bedient, in die Hand.

Ich beobachte ihn.

Oh. Die ersten Akkorde und eine mir sehr vertraute Stimme erklingen über die Außenlautsprecher. Der Song schleicht sich bis in mein Herz. Er hat doch glatt Keith Urbans ›Blue ain't your color‹ aufgelegt und hält mir die Hand hin. Für einen Jazzfan muss das allerdings eine besondere Überwindung sein.

»Würdest du mit mir tanzen?«, fragt er.

So ein Schmarrn! Mit allem habe ich gerechnet, aber doch nicht damit, dass er mich gerade mit so etwas Süßem überrumpelt. Er hat ganz eindeutig mehr als gut zugehört, als ich ihm erzählt habe, warum gerade das einer meiner Lieblingssongs ist. Noch dazu, wo der Text wie die Faust aufs Auge auf die Anspannung, die gerade zwischen uns herrscht, passt. Allerdings gibt es keinen anderen Mann in meinem Leben. Nein. Es gibt nur ihn, der meine Gedanken belagert und Gefühle beherrscht. Und er ist hier. Zum Greifen nah.

Automatisch stehe ich auf, stelle das Glas ab und nehme seine Hand.

Oh Gott. Wenn ich mir jemals bei diesem Lied gedacht hätte, dass ich dazu gern mit jemandem tanzen würde, wäre er es gewesen. Martin. Hier und jetzt. Unter diesem Sternenhimmel.

»Alles wieder okay?«, fragt er mich leise, während er mich sanft hin und her wiegt.

Jein, denn ich kann bei so was ein Elefant sein, doch er tut gerade sein Bestes, es mich nach und nach vergessen zu lassen.

»Ja, alles in Ordnung.«

»Gut.« Der Song wird immer leiser. »Komm mit«, sagt er und zieht mich in Richtung der Glasschiebetüren.

Ich weiß genau, worauf wir hier zusteuern. Und in mir lodert ein Feuer, das sich nach ihm verzehrt. Ich will ihn. Ich brauche ihn. Und …

»Ich muss mich bloß noch … ähm, frisch machen«, plappere ich schnell, schnappe meine Handtasche und laufe in Richtung Badezimmer.

Die Tür fällt hinter mir ins Schloss.

Kurz nachdenken, Marisa.

Wenn er mich so sieht, wie ich bin, wird er davonlaufen. Spätestens morgen. Wenn er mich nicht so sieht, wie ich wirklich aussehe, weil ich ihm verbiete, das Licht eingeschalten zu lassen, wird er es eben beim nächsten Mal checken. Entweder mag er mich also mit all meinen nicht so schönen Seiten, oder eben nicht. Und wenn nicht, dann ist er ohnehin der Falsche. Was also soll schiefgehen?

Na dann. Make-up auffrischen und los gehts.

Martin hat Kerzen angezündet, die rund ums Bett verteilt stehen, und das Licht abgedreht. Oh. Ahnt er, dass unter meinem Kleid so einiges zusammengeschnürt ist, das ihm eventuell unschön um die Ohren fliegen könnte?

Meine Hände zittern, so nervös bin ich.

Er steht auf und zieht mich an sich.

»Du bist wunderschön, Marisa.«

Ich sehe ihm tief in die Augen. Erstaunlich. Mir wird ganz warm ums Herz. So wie es aussieht, meint er, was er sagt.

»Danke«, hauche ich und plötzlich brechen Dämme in mir.

Mein Verlangen nach ihm wird immer brennender. Mit jedem Kuss, mit jeder Berührung werde ich heißer auf ihn.

»Sag einmal, wäre für heute Nacht nur kuscheln auch okay?«

Hab ich das jetzt wirklich gefragt? Will ich ihn testen oder was soll das?

Er zieht eine Augenbraue hoch und mich mit ins Bett.

»Ist das eine Abfuhr?«

»Nein, Martin. Aber ... ich kann das nicht. Mir schwirren zu viele Dinge im Kopf herum. Ich würde ja wahnsinnig gern, aber ...«

Er verschließt meinen Mund mit seinem. Und auf einmal sehe ich nur mehr klitzekleine weiße Sterne, die an der Zimmerdecke tanzen. Martin schmust mit mir, wie es noch nie ein Mann vor ihm getan hat. So voller Gefühl. Zärtlich und fordernd zugleich.

Ich fühle seine Hände überall. Auch meine scheinen keine Tabus zu kennen.

Im Nu hat er mich ausgezogen und ich ihn ebenso. Keine Ahnung, wie das jetzt gekommen ist, aber ich glaube, ich habe aufgehört, zu denken. Ich will nichts anderes, als diese Nacht mit ihm verbringen. In seinen Armen einschlafen. Die Welt und alles mit ihr vergessen.

»Bitte schlaf mit mir«, hauche ich in sein Ohr.

»Nichts lieber als das, mein Engel«, raunt er zurück.

Und plötzlich spüre ich ihn. In mir.

Mein Körper bäumt sich ihm entgegen. Ich will ihn. Ich will ihn so sehr, dass es beinahe wehtut.

»Ich liebe deinen Körper«, flüstert Martin.

Und ich liebe ihn! Nicht nur seinen Körper. Einfach alles. Seine Stimme. Seinen Geruch und wie er schmeckt.

Mein Gott! Habe ich mein ganzes Leben auf diesen Mann gewartet? So fühlt es sich an, denn es ist zum Heulen schön!

Die Diva

Seit ich gestern aus Zadar zurückgekommen bin, schwebe ich auf der rosaroten Wolke. Mimi habe ich natürlich alles bis ins kleinste Detail erzählt und sie findet es toll, dass ich endlich etwas lockerer bin. Zum Glück scheint auch zwischen ihr und Paul alles wieder in Ordnung zu sein. Was ich aber nicht so mag ist, dass sie, sobald sie mich wie jetzt sieht, dieses sonderbare Gesicht aufsetzt und sich mit beiden Händen ans Herz klopft. Mit den Worten: »Wumm, wumm! Marisa ist schwer…stens verli…iebt!«

»Hör sofort damit auf, Mimi!«

»Okay, okay. Also, ich troll mich zu dieser Firmenfeier und du machst mit Martins Hochzeit weiter, ja?«

Was glaubt sie, woran ich an meinem Schreibtisch sonst arbeite? An der nächsten Mondlandung?

»Klar. Aber erstaunlicherweise ist alles auf Schiene. Mir kommt vor, die Anzahlungen, die wir diesmal großzügig verteilt haben, wirken bei sämtlichen Lieferanten Wunder.«

»Ich hoffe nur, wir verwöhnen die nicht alle zu sehr«, sagt sie und kramt in meinem zweiten Schubladenfach nach Schoko. »Ist das dein Ernst, Marisa? Kaum gibt es einen neuen Mann, schon ist die gesamte Schoki weg?«

»Ach. Meine Figur ist egal? Du kannst dir ja selbst eine Naschlade einrichten. Meine hab ich gestern ausgeräumt, schließlich hoffe ich, dass es längerfristig einen neuen Mann in meinem Leben gibt.«

Mimi zieht ein säuerliches Gesicht, dafür aber die Hand aus meinem Rollcontainer. Ich bin so froh, dass zwischen Paul und ihr alles wieder im Lot ist. Sie haben sich ausgesprochen und sogar Sex gehabt. Das ist gut so, denn Mimi ist seit gestern deutlich entspannter als die Wochen zuvor.

Astrid erscheint in der Tür.

»Marisa! Mimi! Besuch für euch.«

Mimi und ich sehen einander verdutzt an.

»Hast du einen Kundentermin?«, will sie wissen.

»Nicht dass ich wüsste«, antworte ich wahrheitsgetreu.

In meinem Büro erscheint eine Frau, so um die sechzig vielleicht, die wie aus einem dieser Klatschmagazine aussieht. Dunkles, gewelltes Haar. Riesige, total stylische Sonnenbrille. Ein enges hellrosa Kostüm. Pumps. Lange Fingernägel im selben Farbton. So müsste man in diesem Alter aussehen. Einfach nur wow!

»Grüß Gott«, sagen Mimi und ich gleichzeitig.

Sie stöckelt an uns vorbei, ohne uns die Hand zu geben, und setzt sich in meinen Besucherstuhl. Mimi nimmt schulterzuckend ihr gegenüber Platz.

»Ersparen wir uns die Förmlichkeiten und kommen wir gleich zur Sache. Ich habe auf der Einladung gelesen, dass Sie die Hochzeit meines Sohnes ausrichten, und auch wenn ich es bedaure, dass in der alten Firma unnötig Geld geparkt ist, halte ich dies für eine rufschädigende Farce. Also: Was kostet es, wenn das Fest nicht stattfinden kann, weil ... sagen wir einmal, die Organisatorinnen sich im Datum vertan haben?«

Ich glaub, der Parkettboden ist uneben. Nur mühsam schaffe ich es, halbwegs gesittet und aufrecht sitzen zu bleiben. Vielleicht lächle ich. Im schlechtesten Fall trage ich den leicht irren Blick aus weit aufgerissenen Augen wie jenen von Salvador Dali zur Schau.

Das ist Martins Mutter? Optisch würde sie glatt als seine ältere Schwester durchgehen. Aber sie gebärdet sich wie ein Monster! Ohne zu fragen, steckt sie sich eine Zigarette an.

»Hier ist Rauch...verbot«, stammle ich.

»Wie gut für Sie. Sehr gesund. Würden Sie mir dann freundlicherweise irgendetwas in der Art eines Aschenbechers besorgen oder wollen Sie die Hände aufhalten?«

Das ist … Hab ich so was schon jemals erlebt?

Mimi schnappt geistesgegenwärtig eine Schale von meinem Schreibtisch, leert die Büroklammern aus und stellt sie ihr hin. Prompt ascht sie in meine weiße handgetöpferte Schüssel vom Kunstmarkt.

»Ich schätze, mittlerweile konnten Sie sich wieder sammeln. Also: Was kostet mich die Stornierung dieser unsäglichen Feier?«

Bitte, Mimi! Sag was!

Ob diese Frau weiß, dass ich mit ihrem Sohn im Bett war? Oh Gott, ich schäme mich, auch wenn sie unverschämt ist.

»Wissen Sie, ich habe keine Ahnung, wovon Sie sprechen. Und außerdem schützen wir die Privatsphäre unserer Kunden in jeder Hinsicht. Auch für den Fall, dass Sie tatsächlich die Mutter von Herrn Engel sind, es tut mir leid, aber wir werden Ihnen nicht weiterhelfen können.«

Das ist meine Mimi! Respekt! Auf die Idee, ihr das zu sagen, wäre ich in meinem Leben nicht gekommen. Sie könnte ja eine Journalistin sein, die über diese Tour an Informationen kommen will?

Das wäre ja wie im Film.

Ungerührt zieht diese Frau ein Portemonnaie aus der Handtasche. Straußenleder, schätze ich. Typisch, weil es diese Noppen von den Federansätzen hat. Ziemlich teuer.

»Hier. Mein Ausweis.«

Mimi schiebt ihren Personalausweis nach einem kurzen Blick darauf zurück.

»Frau Engel, wir freuen uns wirklich sehr über Ihren Besuch, aber wenn Sie keinen Auftrag für uns haben, können wir leider nichts weiter für Sie tun.«

Mit gespreizten Fingern zieht Martins Mutter ihre Sonnenbrille nach unten und sieht mich über den Rand hinweg an. Fixiert mich wie eine Schlange. Weiß sie etwas von Martins Ausflug mit mir?

Mir wird heiß.

»Ich bin überrascht, aber Sie scheinen sehr professionell zu sein.«

Pfuh! Wollte sie uns nur testen? Langsam verfolgt mich dieser Gedanke, wann immer ich auf einen Engel treffe. Also einen von der menschlichen Sorte.

»Freut uns, dass Sie uns verstehen, Frau Engel«, sage ich schnell, erhebe mich und strecke ihr die Hand hin, in die sie aber nicht einschlägt.

Bitte, dann eben nicht.

»Hunderttausend und ich übernehme alle bisher angefallenen Kosten sowie alle Stornierungsgebühren«, erwidert sie ungerührt und macht nicht die geringsten Anstalten, das Gespräch zu beenden.

»Wir verkaufen eine Dienstleistung, Frau Engel. Wir planen, organisieren und betreuen Feste. Dafür erhalten wir ein Honorar. Aber über dieses hinaus sind wir nicht käuflich«, sagt Mimi in scharfem Ton.

»Wie schade. Dann werde ich wohl einen Plan B in Betracht ziehen müssen, damit diese sinnlose Feier einen Sinn für die Öffentlichkeit ergibt.«

Demonstrativ aggressiv drückt sie ihre Zigarette aus und steht auf.

»Und der wäre?«, frage ich sie, weil ich nicht anders kann, während Mimi aufspringt.

»Nachdem Sie wenig kooperativ sind, geht Sie das gar nichts an, würde ich meinen. Schönen Tag noch, die Damen.«

Wie ein Hollywoodstar klemmt sie sich ihre Tasche unter den Arm und verlässt hocherhobenen Hauptes unser Büro.

Kaum ist sie draußen, lassen wir uns in die Sessel fallen.

»Pfuh! Deine Schwiegermutter in spe ist ja zum Fürchten!«, meint Mimi.

»Das war abartig!«

»Ich würde es als herablassend und infam bezeichnen«, kichert sie.

Anscheinend hat Mimi ihre Fassung wiedererlangt. Ich bin noch meilenweit davon entfernt.

»Und was machen wir jetzt?«, frag ich.

»Wir schreiben eine Aktennotiz und erzählen uns die Geschichte zum zwanzigsten Firmenjubiläum oder aber bei deiner Hochzeit!«

»Mimi! Das ist überhaupt nicht witzig! Diese Frau hat eine Mission. Das war doch mehr als eindeutig. Wir sollten Martin schnellstmöglich von ihrem Auftritt hier und ihrem Plan B erzählen.«

Mimi denkt nach und schüttelt den Kopf.

»Nein. Wir gehen jetzt hinunter zum Italiener und trinken ein Glas Prosecco. Im Moment weiß ich auch nicht, was richtig ist.«

Ich habs.

»Sollen wir meine Karten fragen? Ich hab sie mit.«

»Hm, das könnten wir. Aber erst nach dem Prosecco. Den brauch ich jetzt.«

»Wie du meinst. Komm, lass uns runtergehen.«

Martin ist heute in Moskau. Aber sobald er sich meldet, erzähle ich ihm die Geschichte brühwarm. Und dann will ich noch wissen, warum er mir seine Mutter als warmherzige, liebenswerte Person beschrieben hat. Ja, sie doch glatt als seine beste Freundin bezeichnet hat. Und ich hab das in Zadar auch noch süß gefunden!

Wie gut, dass gegenüber einer unserer Lieblingsitaliener ist. Da haben wir nicht weit zu gehen und ich kann diesen seltsamen Auftritt in Ruhe verdauen.

***

Mir ist nicht wohl dabei, aber die Karten sagen eindeutig, dass wir das Fest machen, Martin jedoch nichts vom Auftritt seiner Mutter erzählen sollten. Blöd ist nur, dass wir eine Karte nicht ganz verstehen. Sie spricht von unklaren Motiven und darüber, dass wir alle Beteiligten dahingehend hinterfragen sollten. Aber wie denn? Außerdem packt mich das schlechte Gewissen. Da sitzen wir in meinem Büro und mein Engelskartendeck sowie die drei gezogenen Karten liegen zwischen Mimi und mir auf dem Tisch. Dabei sollte ich schnellstmöglich meine Fehler bei der Planung seiner Hochzeit korrigieren. Mir läuft langsam die Zeit davon.

»Mimi, es hilft nichts. Egal, was die Karten sagen, ich muss jetzt dringend die Hochzeit ein wenig umorganisieren.«

»Also doch! Ich habe doch gesagt, dass die Mädels, die du bestellt hast, keine gute Idee sind.«

»Stimmt«, gebe ich kleinlaut zu. »Ich klemme mich gleich ans Telefon.«

»Okay«, sagt Mimi und steht auf. »Ich geh dann mal die Checkliste für die Hochzeit durch und in einer Stunde fährt Fritz mit mir zur Firmenfeier.«

»Ist gut.«

Na super. Ich hoffe, ich kann das noch hinbiegen. Typisch. Wenn ich es ein einziges Mal mit Schadenfreude versuche, geht der Schuss auf allen Ebenen nach hinten los. Aber in Martins Fall bin ich lieber die Gute. Die, die mit ihm schläft und mit ihm chattet. Anstatt jener, die ihm seine Singlehochzeit versaut. Reicht ja schon, dass seine Mutter irgendetwas im Schilde führt.

Mein Handy läutet. Martin? Kann er jetzt auch Gedanken lesen oder hat er Schluckauf?

»Wie gehts meinem Engel?«, fragt er gut gelaunt.

Wenn er nur wüsste. Aber lustig, dass ich jetzt der Engel bin, obwohl ich bei den Bestellungen meinem Nachnamen wohl alle Ehre gemacht habe.

»Bestens! Wie ist Moskau?«

»Da ist alles nach Plan gelaufen, ich bin am Weg zurück zum Flughafen und so circa gegen zweiundzwanzig Uhr wieder in Wien. Sehen wir uns heute noch?«

»Würde ich ja gern, Martin. Aber ich muss leider noch alle Bestellungen kontrollieren und Erinnerungs-E-Mails an alle Lieferanten rausschicken. Du weißt ja, ab Donnerstag beginnen die Anlieferungen für dein Fest. Morgen wäre mir lieber.«

»Aber ich vermisse dich.«

Unwillkürlich muss ich lächeln.

»Und ich vermisse dich.«

Was stimmt, auch wenn wir nicht darüber gesprochen haben, wie es zwischen uns weitergehen soll. Doch Mimi hat mir geraten, nur ja keinen Druck auf ihn auszuüben und ihn einfach kommen zu lassen. Im Moment ist sie im Weichspülermodus, denn offenbar war ihr Drama mit Paul eine Lehre für sie in Sachen zuhören und verständnisvoll sein.

»Gut, dann morgen Abend.«

War das eine Frage?

»Und wenn ich da auch arbeiten muss?«, necke ich ihn, obwohl ich innerlich bereits die Stunden bis morgen Abend zähle.

»In dem Fall setze ich eine meiner Assistentinnen in dein Büro und du delegierst die Arbeiten an sie.«

Aha. In seiner Welt klingt alles so einfach.

»Wir werden ja sehen. Flieg gut!«

Martin lacht schallend.

»Ich werde es meinem Piloten ausrichten! Und vergiss nicht, an mich zu denken.«

Ich tu doch nichts anderes. Ständig schwirren Erinnerungen an unsere Nacht in Zadar in meinem Kopf herum. Nur Olga und Evelyn trampeln hin und wieder auf meiner rosaroten Wolke herum. Aber ich habe mit Genugtuung festgestellt, dass sich keiner ihrer Vornamen auf seiner Gästeliste befindet.

»Wenn du auch an mich denkst? Bis morgen dann.«

Komisch. In Kroatien war alles zwischen uns vollkommen natürlich, aber jetzt klinge ich hölzern und irgendwie ist da eine gewisse Distanz zu spüren. Irgendwie fühlt es sich neu an, dass ich so etwas wie einen Freund habe, mit dem ich während der Arbeit flirten kann.

»Okay. Bis morgen, und sprich mir keine fremden Männer an.«

Schade, wo sie doch vor meinem Büro Schlange stehen.

Oh!

»Und du bitte weder dir bereits vertraute noch fremde Frauen.«

»Ich kenne doch niemanden außer dir«, lacht er wieder durchs Telefon.

Hm. Kann ich jemandem wie Martin wirklich über den Weg trauen, was das betrifft? Er könnte in jeder Stadt eine haben und ich wüsste nichts von ihnen.

»Dann bin ich beruhigt.«

Wir verabschieden uns und mein Blick fällt auf den Stapel an Post, den ich ungeöffnet von zuhause mitgenommen habe. Den sollte ich schnell mal durchsehen, dann gehe ich die E-Mails an.

›Vielen Dank für Ihre Initiativ-Bewerbung und das in uns gesetzte Vertrauen. Es tut uns sehr leid, Ihnen mitteilen zu müssen, dass wir derzeit keine offene Stelle anbieten können, die Ihrer überaus hohen Qualifikation und Ihrem interessanten Profil

gerecht wird. Wir werden Sie jedoch in Evidenz halten und uns gegebenenfalls direkt mit einer Einladung zu einem Bewerbungsgespräch bei Ihnen melden, sollte sich an unserer Personalsituation etwas verändern. In der Zwischenzeit wünschen wir Ihnen für Ihre berufliche Zukunft alles Gute und verbleiben mit freundlichen Grüßen, Karin Kreinzel.‹

Ich lege den Brief wieder auf den Schreibtisch. Schade. Aber wenigstens hat mir das vierte Museum zurückgeschrieben. Gar nichts zu schreiben, finde ich respektlos.

Der Rest sind Werbungen von Kundenkarten. Uninteressant. Dann kann ich jetzt meine E-Mails abarbeiten.

Oh.

Moment einmal.

Da ist ein E-Mail vom Augusta Museum. Ich öffne es.

Mein Herz beginnt wild zu schlagen. Claudia ist jetzt die Personalchefin des *Augusta Museums*? Meine Claudia? Das kann doch nicht wahr sein! Noch dazu, wo das Augusta mein Lieblingsmuseum ist. Und sie schreibt, dass sie mich wollen?

Ernsthaft?

Ich wähle die angegebene Handynummer.

»Augusta Museum, Claudia Prem«, meldet sich die vertraute Stimme meiner Kollegin aus meiner Zeit im Kunsthistorischen Museum.

»Hallo, Claudia, ich bins, Marisa.«

»Marisa! Schön, dich wiederzuhören, wie gehts dir denn?«

Ich lehne mich zurück. Das könnte jetzt etwas dauern, wenn wir uns gegenseitig ein Update über die letzten zwei Jahre geben. Mein Posten war ja ein zeitlich begrenzter, daher musste ich das Museum verlassen. Aber Claudia war fix in der Personalabteilung angestellt. Ich bin gespannt, wieso sie jetzt im Augusta Museum gelandet ist.

***

Mimi ist gerade am Gehen und ich erwische sie im Vorraum, Handtasche unter die Achsel geklemmt.

»Du, Mimi! Nur ganz kurz, aber ich muss dir unbedingt etwas erzählen!«

Es hilft nichts, es muss raus.

Sie gibt Astrid noch eine Anweisung und wendet sich mir voll zu.

»Was ist denn jetzt wieder passiert?«

Sieht man mir das leicht an?

»Stell dir vor. Ich habe vom Augusta Museum ein Jobangebot als wissenschaftliche Mitarbeiterin bekommen.«

Mit einem Schlag verfinstert sich Mimis Gesicht.

»Nicht wahr, oder? Was ist denn das für ein Scheißtag heute? Erst streite ich mit dem Caterer, ob er nun in ausreichender Anzahl Hussen für die Stühle hat oder nicht, und jetzt das?« Sie sieht mich richtig böse an. »Entschuldige, Marisa. Ich freu mich natürlich für dich, aber … aber das ist so ziemlich das Letzte, was …«

Oje. Mimi ist ja den Tränen nahe.

Ich umarme sie.

»Hey! Es ist ja noch nichts fix, Mimi. Ich wollte es dir nur gleich sagen. Außerdem habe ich mit Claudia ausgemacht, dass ich mich erst Mitte nächster Woche mit ihr treffe. Und ich verspreche dir, wir beide werden das alles in Ruhe besprechen.«

»Claudia? Meinst du *deine* Claudia?«

Ich nicke. Mimi kennt sie, denn früher haben wir uns öfter mal mittags zu dritt in der Stadt getroffen. Manchmal waren wir abends auch im Pronto da Salvo, unserem Lieblingsitaliener im ersten Bezirk.

»Ja, genau diese Claudia.«

Mimi schüttelt den Kopf.

»Ich muss jetzt leider zu dieser Feier, aber das ist gar nicht gut. Und es ist echt schlimm, aber schon wieder haben die Karten recht.«

Oh. Stimmt. In einer ging es tatsächlich um meine Karriere.

Mimi drückt mir zwei Schmatzer auf die Wangen und verschwindet.

Was hab ich mir in meinem Freudentaumel nur gedacht? Natürlich ist das für Mimi das Schlimmste, das passieren kann.

So ein Schmarrn aber auch. Dieser Job ist genau das, was ich immer wollte. Na ja, nicht hundertprozentig. Ich könnte als wissenschaftliche Mitarbeiterin anfangen und nicht als Kuratorin, denn das ist der Abteilungsleiter, dem ich unterstellt wäre. Aber das heißt nicht, dass ich nicht relativ selbstständig arbeiten könnte. Andererseits will ich Mimi nicht im Stich lassen. Und das alles hier würde mir fehlen. Was mache ich denn nur?

Am besten, ich vergesse das fürs Erste und schreib die E-Mails an die Lieferanten. Vielleicht bekomme ich ja auch endlich jemanden von der Schauspielagentur ans Telefon, damit ich die Mädels abbestellen kann. Und die Bestellung für die rosarote Hochzeitstorte mit den gebrochenen Herzen aus Marzipan drauf muss ich auch abändern.

Mir wird heiß. Ach herrje. Ich habe doch auch mit Tinte schwarz eingefärbte Rosen als Tischdeko bestellt. Die darf ich nicht vergessen! Besser, ich starte gleich und schreib mir meine kleinen Gemeinheiten auf einem Zettel zusammen.

Die Vorbereitungen

Mittwoch im Büro …

Mit Stress und Fasten gleichzeitig komme ich nicht zurecht. Das schlägt mir verdammt böse auf meine Laune. Ich bin kurz davor, einen meiner Notizblöcke anzuknabbern. Dabei muss ich noch so viele Telefonate erledigen und Mimi sitzt mir gegenüber, damit wir schneller in der Abstimmung sind. Bei so einer Riesenhochzeit sind es immer die Kleinigkeiten, die einen fertigmachen. Tischdecken, Vasen in verschiedenen Größen und Mengen, die Kärtchen für die chinesischen Laternen, die Streudeko oder ob genügend Mikrofone für die Band angeliefert werden. Oder wie die kleinen Aufmerksamkeiten aussehen sollen, die den Gästen am Schluss mitgegeben werden. Womit sie befüllt sein sollen. Oder …

»Marisa, Mimi! Draußen wartet Herr Engel auf euch!«, ruft Astrid zur Tür herein.

Nein. Irrtum. Denn er erscheint direkt hinter Astrid im Türrahmen. Hätte mich auch gewundert, Martin wartet sicher auf nichts und niemanden.

»Und da ist er auch schon«, lächelt Martin uns beide an.

Wow. Martin kennt auch keinen modischen Fauxpas. Während mein Sommerkleid nach stundenlanger Arbeit bereits knittert und ich mir sicher bin, dass sich auch mein Make-up längst aufgelöst hat, sieht er wie aus dem Ei gepellt aus.

Und schon wieder bohrt sich sein Anblick irgendwo zwischen meinen Bauchnabel und meinen Brustansatz. Löst diesen ›Muss ich haben‹-Reflex aus, den sonst nur Engelskartendecks, Schuhe oder Eiscreme bei mir verursachen. Und ich kann nie widerstehen. Doch das Schöne ist, ich muss gar nicht mehr.

Martin umschlingt mich und ich küsse ihn innig.

»Nimm doch Platz, Martin! Was für eine Überraschung«, flötet Mimi und schickt mir einen mehrdeutigen Blick.

Martin küsst mich noch einmal sanft.

»Schade, ich dachte, wir könnten hier weitermachen ...«, haucht er mir ins Ohr und ich zucke zusammen und werde rot.

Zu meinem Glück lässt er sich in meinen gelb gepolsterten Stuhl fallen, gleich nachdem er Mimi auch freundschaftlich zur Begrüßung auf die Wangen geküsst hat. Sie nimmt im zweiten Sessel Platz. Im hellgrünen. Mehr gibts ohnehin nicht in meinem kleinen Büro.

»Hätten Sie gern einen Eiskaffee?«, fragt Astrid ihn.

Bitte?

»Seit wann haben wir denn Eiskaffee und warum sagt mir das keiner?«, frage ich zurück und wie zur Bestätigung knurrt mein Magen.

Martin sagt: »Nein danke. Aber gegen einen Espresso hätte ich nichts einzuwenden.«

Astrid streicht ihren Mini glatt, was völlig überflüssig ist, und klimpert ihn gottergeben mit ihren aufgeklebten Wimpern an.

Das ist ein Stretchstoff, Astrid! In Pink noch dazu. Und er gehört zu mir! Mir! Verstanden? Du hast doch gesehen, dass wir uns geküsst haben.

»Äh, Astrid! Steht das mit dem Eiskaffee noch?«, frage ich in ihre Richtung.

Pfeif auf Diät.

»Sorry, nein«, sagt sie in meine Richtung. »Ich muss jetzt den Espresso machen, Marisa.«

Ich schüttle verdutzt den Kopf, was sie ausnützt und flüchtet.

Wie soll ich denn das verstehen? Wäre sie nur für Martin in den Eissalon schräg gegenüber gelaufen und für mich nicht?

Mimi richtet sich auf und fragt: »Martin, was können wir für dich tun? Möchtest du etwas zum Stand der Vorbereitungen wissen oder hast du noch einen Wunsch für deine Hochzeit?«

Wie das klingt! *Deine Hochzeit!* Auch wenn ich seine Gründe für diese Farce verstehe, gar so aufbauschen müssen wir die Sache auch wieder nicht.

»Ja, Mimi. Eigentlich beides. Aber zuerst …«

Ein Gepolter im Gang unterbricht ihn. Wie vom Donner gerührt sehen wir alle zu meiner offen stehenden Tür. Zwei Männer in Jeans und T-Shirt erscheinen. Astrid händeringend ebenso.

Was bitte wollen die mit den bunten Sesseln?

»Entschuldigung, aber die gehören sicher nicht in mein Büro!«, rufe ich und springe auf.

Mein Gott! Das sind doch …

Wahnsinn! Die kosten mindestens so zwanzig- bis dreißigtausend das Stück. Auch Martin erhebt sich. Deutlich eleganter als ich zuvor.

»Das stimmt. Aber das sind die Franz-West-Stühle, Marisa, über die wir gesprochen haben. Ach, und das hier wäre eine Stehlampe dazu. Ich wollte wissen, ob sie dir nun gefallen oder nicht.«

»Also ich finde sie superschön«, höre ich Mimi hinter Martin sagen.

Klar. Er könnte auch einen ausgestopften Gorilla in mein Büro stellen und Mimi würde es cool finden. Zur Zeit ist Martin ja immer noch unser Kunde und da würde Mimi niemals ihre ehrliche Meinung sagen.

Aber die Dinger sind echt toll.

Die beiden Männer stehen zwischen meinem Schreibtisch, den *West*-Sesseln und Martin. Ich krieg Platzangst.

»Wir warten unten im Lieferwagen«, meint der ältere der beiden Transporteure.

Kluger Mann.

»Nein, nein. Ich mache Ihnen in der Teeküche einen Kaffee«, sagt Astrid schnell und serviert Martin den Espresso.

Mimi schließt die Tür von draußen, während sich Martin zwischen den Stühlen und der Stehlampe seine Krawatte richtet und einen Schluck Kaffee trinkt.

Was gibts da zu schmunzeln?

»Wie findest du sie nun?«, fragt er, als wäre nichts gewesen.

»Pst!«, zische ich.

Leise öffne ich die Tür.

Hab ichs mir doch gedacht! Da steht Mimi, lauscht an der Tür und sieht mich aus ihren grünen Kulleraugen groß an.

»Okay, okay. Ich geh schon«, murmelt sie.

Ich schließe die Tür wieder. Eins. Zwei. Drei. Das muss reichen.

Mit einem Ruck zieh ich die weiße Tür noch einmal auf.

Perfekt. Jetzt ist die Luft rein.

»So, und nun zu diesen Franz-West-Sesseln. Warum in Gottes Namen lässt du sie zu mir schleppen?«

Ich lasse mich ihm gegenüber ebenfalls in den gepolsterten Stuhl fallen.

Martin beugt sich quer über den Couchtisch.

»Ich habe genug Geld hinterlegt und sie vertrauen mir. Aber nun möchte ich eigentlich nur wissen, ob ich sie kaufen soll oder nicht.«

Sollte ich, falls ich demnächst wissen will, ob mir ein Spitzenbody passt oder nicht, auch damit zu ihm ins Büro laufen?

»Ich kann dir nur raten, kauf sie, wenn sie dir gefallen.«

Er betrachtet mich. Ich hab Angst, dass ich die Hochzeit versaue, wenn ich mir nicht schnellstens eine Liste mit dem schreibe, was ich abbestellen oder umbestellen soll. Das kann und darf ich ihm nicht antun!

»Darum geht es nicht, denn sonst hätte ich sie erst gar nicht herbringen lassen müssen.«

»Gut. So kommen wir nicht weiter. Du willst doch meinen Rat, Martin, und das finde ich auch echt süß von dir. Aber ich glaube, es ist besser, du lässt es bleiben.«

Martin sieht mich verwundert an. Zieht seine Augenbrauen zusammen.

»Wieso?«

»Das kann ich dir beantworten: Sie haben dich nicht gepackt, denn sonst würdest du mich nicht fragen. Kunst muss dich aber packen, sonst hat sie bei dir zuhause nichts verloren und ist bloß Deko oder rausgeworfenes Geld. Das weißt du doch auch von deinem Picasso. Du hast gesagt, er hat dich berührt.«

»Aber ich mag diese Stühle sehr.«

»Dann kauf sie.«

»Aber du magst sie anscheinend nicht.«

Himmel! Ich schrei gleich, denn mir ist diese Striptease-Tänzerin eingefallen.

»Herrgott aber auch! Dann lass sie einpacken und zu dir schaffen! Martin, es ist lieb, aber doch völlig egal, ob ich sie mag oder nicht.«

So kommen wir nicht weiter und ich nicht zu meiner Liste.

Er legt den Kopf schief, während ich ihm zuliebe die Stühle noch einmal eingehend betrachte. So was werde ich in diesem Leben ohnehin nie mehr wieder erleben: Franz-West-Stühle und eine rote Stehlampe von ihm zum Anfassen. In meinem Büro. Was gäbe ich drum, sie einfach einzupacken und mit nach Hause nehmen zu können. Mir gefallen sie nämlich, wenn ich ehrlich bin, verdammt gut. Vor allem natürlich die Art und Weise, wie sie bespannt sind. Und dass Martin zwei ausgesucht hat, die sowohl Cremetöne wie auch blaue und rote Muster enthalten. Das macht sich perfekt neben dem Picasso, der dieselben Farben, nur etwas heller, verwendet hat.

»Gut. Ich kauf sie. Allerdings unter der Voraussetzung, dass du mir versprichst, mit mir auf Hochzeitsreise zu fahren.«

Langsam brauch ich etwas Stärkeres als die lauwarmen Reste in meinem Wasserglas, das seit dem Vormittag auf meinem Couchtisch hier steht.

Ich hüpfe zur Seite, doch dabei fällt mein Wasserglas um.

»So ein Mist! Entschuldige, das wollte ich nicht!«, sage ich schnell.

Stoisch wischt er sich mit der bloßen Hand die Reste des Wassers von der Anzughose. Um irgendetwas zu tun, wische ich ebenso an seinem Oberschenkel herum. Was sinnlos ist. Denn das Taschentuch fusselt, was alles nur schlimmer macht.

Plötzlich arretiert er meine Hand.

Unsere Blicke verhaken sich ineinander.

»Kein Problem. Es ist gut, Marisa.«

»Jaja, entschuldige. Klar. Es ist ohnehin ziemlich heiß. Also wird es sicher gleich trocknen. Und Wasser macht ja bekanntlich keine Flecken. Entschuldige bitte die Fusseln …«

Ich stocke. Was war denn das jetzt? Eine Sprechflut, die mich selbst davon ablenken soll, dass mir heiße Schauer durch den Körper jagen? Er hält auch noch immer meine Hand am Gelenk fest. Geht es ihm genauso? Fühlt er auch schon wieder diese magische Anziehung zwischen uns? Am liebsten würde ich ihn direkt hier in meinem Büro vernaschen. Küss mich! Oder tu irgendetwas, Martin!

»Setz dich doch wieder, Liebling«, meint er liebevoll und lässt mich los. »Entspann dich bitte, aber ich warte noch auf eine Antwort, Marisa.«

Stimmt, dabei getraue ich mich bloß nicht, laut ›Ja! Ich fahre mit dir überall hin‹ zu schreien und durchs Büro zu tanzen. Wobei Letzteres im Moment ohnehin unmöglich ist.

Ich ignoriere, dass zwischen seinen teuren Lederschuhen eine Wasserpfütze steht, und setze mich wieder.

»Also. Kommst du mit?«

»Ähm, also … Nun ja, ich weiß nicht …«

Wie ein Luchs verfolgt er meine Lippen mit seinen Augen.

Hör auf damit! Da kann ich nicht nachdenken.

Wie sag ich es ihm jetzt am besten? Nächste Woche habe ich das Vorstellungsgespräch in der Augusta. Ich kann jetzt nicht weg.

»Solltest du auch nur eine Sekunde übers Geld nachgedacht haben«, unterbricht er schon wieder meine Gedanken, »lass es, denn ich lade dich selbstverständlich ein.« Martin lacht laut auf. »Ist ja schließlich meine Hochzeitsreise.«

Seinen Spaß damit hätte ich gern.

»Ich ... Kann ich es mir bitte bis nach dem Fest überlegen? Im Moment sitze ich echt auf Nadeln. Ab morgen wird alles angeliefert und einige Kleinigkeiten bereiten uns noch Sorgen.«

Die Band zum Beispiel beschert mir Kopfweh. Das sollte eine Überraschung für ihn werden und ich hoffe, morgen landen alle wie geplant in Wien, denn sie kommen von überallher aus den USA. Und nicht zu vergessen: Seine Mutter beschert mir immer wieder Panikattacken, wenn ich nur an sie denke.

»Aber ihr habt doch alles im Griff, oder?«

Jetzt macht er sich Sorgen. Das wollte ich gar nicht.

»Jaja, kurz vor einem Event ist das immer so, Martin. Das ist ganz normal. Wir haben übrigens schon über achtzig Prozent Zusagen zu den Einladungen.«

»Sagst du mir endlich, was mich am Samstag erwartet?«

Ich schüttle den Kopf und drücke ihm einen Kuss auf den Mund.

»Es wird ... es wird eine, ähm, sehr männliche Hochzeit. Cool und erinnerungswürdig, aber wunderschön. Verlass dich drauf«, sage ich stolz.

Stirnrunzeln war an diesem Punkt nicht angebracht, Martin Engel!

»Und was darf ich mir unter einer männlichen Hochzeit vorstellen?«

»Viel Gold. Was soll ich sagen? Prunk eben. Frauen, die sich die Augen ausweinen, weil du statt eine von ihnen dich selbst heiratest.«

Martin hält sich die Finger vor den Mund. Will er jetzt was sagen oder nicht?

»Wie findest du das?«, frag ich ihn.

»Würde jemand wie du sich auf dieser Hochzeit auch die Augen ausweinen?«, will er wissen.

Wohl kaum. Jemand wie ich weiß doch, dass jemand wie ich kein Heiratsmaterial für jemanden wie ihn ist, auch wenn die Karten anderer Meinung sind. Aber an Engel zu glauben, bedeutet nicht gleichzeitig, dass man nicht mehr in der Lage ist, logisch zu denken. Warum also Tränen? Sollte ich erfahren, er hat noch etwas mit Olga oder Evelyn, und eine von ihnen würde die Antibabypille ins Klo spülen, dann schaut die Sache anders aus.

»Klar. Ich verspreche dir, ich werde mich mit ausreichend Taschentüchern bewaffnen.«

»Und warum glaub ich dir nicht?«

Ich lächle ihn verkniffen an. Oh Mann. Kannst du nicht einfach wieder gehen, Martin, und so leid es mir tut, deine Sachen hier mitnehmen? Langsam krieg ich zusätzlich zu meinem knurrenden Magen auch noch die Partywehen und das ist für niemanden lustig.

»Weil du zu Recht annimmst, dass ich alle Hände voll zu tun haben werde, damit das der schönste Tag deines Lebens wird, und deshalb eventuell so gar keine Zeit haben werde, um zu weinen?«

Yes! Der Punkt gehört mir. Ein kleines Trostpflaster, aber definitiv besser, als mit wehenden Fahnen vor ihm unterzugehen.

»Chapeau! Wer macht das Catering?«

Will er jetzt auch noch die Details?

»Mario Solvachi.«

»Der Sternekoch vom Bründl?«, fragt er ungläubig mit leuchtenden Augen.

Ja. Genau der. Da lacht er nun aber aus ganzem Herzen. Nobel und teuer zu essen, ist ja bekanntlich die Lieblingssportart aller Reichen in Wien. Und das Bründl ist Martins Lieblingsrestaurant. Das hat mir Mimi gesteckt, denn sie hat auch den Koch engagiert. Sehr gute Idee von ihr.

»Ganz genau. Es hat uns einige Überredungskunst abverlangt, aber er hat zugestimmt.«

Martin lehnt sich entspannt in den Sessel zurück und lockert seine Krawatte.

»Dann kann ja kaum noch etwas schiefgehen.«

Das nehme ich jetzt aber persönlich.

»Stell dir vor: Du bekommst alles! Weiße Tauben, chinesische Laternen, verschiedene Sorten an weißen Rosen. Das gesamte Programm. Und es beleidigt mich ein wenig, dass du mir so gar nicht vertraust.«

Sorry, aber den Punkt will ich ausdiskutieren.

»Ich bin doch nicht hier, weil ich dir nicht vertraue!«

»Ach, und ich hab auch keine Tarotkarten, weil ich nicht an Engel glaube.«

Er stutzt.

»Du meinst das mit den Engeln ziemlich ernst, was?«

Warum kann ich bei ihm mein Mundwerk nicht im Zaum halten? Ich? Die Stille? Die Ernste? Aber nein, bei ihm rede ich mich jedes Mal in Rage. Dabei würde ich mich am liebsten auf seinen Schoß setzen, mit ihm schmusen und vielleicht noch viel mehr.

»Ja. Tue ich. Martin, so leid es mir auch tut, ich muss jetzt weiterarbeiten und nach deiner Hochzeit erzähle ich dir auch gern die ganze Geschichte über meine Engel.«

Seine Augen werden groß.

»Du wirfst mich hinaus? Also gut, dann hoffe ich, deine Engel helfen dir, die letzten Arbeiten für die Hochzeit rasch zu erledigen, meine Süße.«

Er erhebt sich. Der Fleck auf seiner Hose ist noch immer zu sehen.

»Danke! Und ich würde viel lieber etwas ganz anderes machen, Martin. Aber es geht nicht.«

Ich umarme ihn innig.

»Schon gut. Nur eines solltest du vielleicht noch bedenken: Da ich nun auch Unterstützer eines Tierheims sein werde, bin ich gegen die Tauben. Das ist doch … nicht artgerecht, oder?«

Ich glaub, mein nach unten gekipptes Kinn berührt demnächst die Tischkante! Warum ist mir das nicht aufgefallen?

Aber im nächsten Moment muss ich schallend lachen.

»Ich bin da ganz deiner Meinung. Die Tauben werden abbestellt.«

»Sehr gut. Und du wirst auch über unsere Hochzeitsreise nachdenken, oder?«, fragt er mich.

Wie das klingt! Mir wird ganz schwummrig.

»Ja … klar.«

Er fixiert mich mit seinen dunklen Augen.

Langsam kommt er mir mit seinem Gesicht nahe. Verdammt nahe. Ich spüre seinen warmen Atem. Rieche sein Parfum. Herrgott, ist er aufregend.

»Enttäusche niemals einen Engel, hörst du?«, flüstert er in mein Ohr und knabbert kurz daran.

Mein Körper fängt Feuer. Martin küsst mich.

Tief.

Verlangend.

So als würde er mit mir schlafen.

Pfuh!

Das war einer von seinen Knie-Verbieger-Küssen. Die, von denen man wackelig wie Pudding und selig wie nach einem Liter Schokoeiscreme ist.

»Vergiss nicht, ich brauche dich, meine Lieblingsteufelin. Bis später!«

Später?

Mit einem verschmitzten Lächeln verschwindet Martin. Zieht meine Bürotür hinter sich zu.

Ich steh einfach nur da … Und zucke zusammen, denn Mimi kracht in mein Büro.

»Ist der süß oder ist der süß?«, jubelt sie und umarmt mich spontan.

Ich winde mich aus ihrer Umarmung.

»Jaja, Mimi, aber hör auf. Wir haben zu tun. Langsam krieg ich die Panik.«

»Wem sagst du das? Ich doch auch, aber ich finde es trotzdem süß, dass Martin diesen sauteuren Krempel hat hierher schaffen lassen, nur um deine Meinung zu hören.«

»Oh Gott! Er hat die Sachen hiergelassen!«

»Ich schätze, weil er wiederkommen will«, lächelt Mimi mir fröhlich ins Gesicht.

Bevor ich etwas antworten kann, erscheinen jedoch die beiden Männer in meinem Büro.

»Entschuldigung, wir stören nur kurz«, sagt der ältere und kleinere der beiden.

»Ja, wir nehmen die Sessel und die Lampe nur schnell wieder mit«, erklärt der andere.

»Jaja, schon klar«, erwidere ich kurz angebunden.

»Schade eigentlich«, meint Mimi lapidar.

Leider tragen die beiden bereits die drei Kunstwerke hinaus. Das war er also. Der kunstgeladenste Moment, den dieses Büro jemals erlebt haben wird.

Der letzte Abend vor der Hochzeit

Freitag in Wien …

Ich bin in der sogenannten *Rue de la Gack* gelandet. Und ich habe keine Ahnung, wie ich da wieder rauskomme. Die knapp angezogenen Mädels haben extra eine Choreografie für die Hochzeit einstudiert und ich hatte nicht das Herz, sie um ihren Auftritt zu bringen, weil gleich drei von ihnen mich angerufen haben, um mir zu sagen, wie viel Spaß sie an dieser Performance hätten und wie sehr sie das Geld bräuchten. Außerdem weiß ich noch immer nicht, wie ich es anstellen soll, den Job im Museum anzunehmen, ohne Mimi schwer zu enttäuschen. Und als Draufgabe sitze ich seit über einer Stunde mit Martin im Gastgarten des Pronto da Salvo auf einen Prosecco in der Wiener Innenstadt und habe noch keine drei Sätze mit ihm sprechen können, weil er, seit wir hier sind, telefonierend den Gehsteig in der Spiegelgasse auf und ab läuft. Und er sieht dabei nicht sehr happy aus. Fährt sich immer wieder mit der Hand durchs Haar oder gestikuliert ausschweifend.

Ich trinke einen Schluck und beobachte Salvo, den leider andere Gäste abgezogen haben. Wäre nett gewesen, weiter mit ihm zu plaudern, aber Dienst ist Dienst. Schade, wir kennen uns ja seit Ewigkeiten.

Na endlich. Martin scheint fertig telefoniert zu haben. Er drückt mir einen Kuss auf den Mund und setzt sich.

»So ein Mist. Wir haben ein Problem mit dem Palais, das ich in Paris gekauft habe.«

Klar. Ich habe eines mit meinen schwitzigen Achseln mitten in Wien. Ist ja fast dasselbe.

»Und das bedeutet jetzt was?«

»Dass ich meinen Urlaub, also unsere Hochzeitsreise«, er hält einen Moment inne und zwinkert mich an, »um eine Woche verschieben muss.«

Da fällt mir ein: »Wann wolltest du denn überhaupt losstarten?«

Das hat er mir bislang nicht verraten, auch nicht, wohin er eigentlich fahren will, aber ich habe auch nicht danach gefragt.

»Ursprünglich kommenden Dienstag, so aber Montag in einer Woche.«

Ich spüre, wie ich mich entspanne. Damit habe ich also eine Woche Zeit. Ich kann in Ruhe mit Claudia und anschließend mit Mimi sprechen. Kann bei der Fußpflegerin von Mimi einen Termin ausmachen und sie anflehen, dass sie Flip-Flop-taugliche Füße aus meinen unansehlichen Zehen zaubert, und ich schaffe es auch zum Friseur. Zusammengenommen ist das eine äußerst gute Nachricht für mich.

Er beugt sich zu mir.

»Und warum lächelst du jetzt in dich hinein?«

Ups.

»Weil die Chancen, dass ich mitkommen kann, gerade auf neunundneunzig Prozent gestiegen sind.«

Martin nimmt meine Hand und küsst sie.

»Wenn das so ist, bin ich meinen unfähigen Anwälten in Paris glatt dankbar.«

Ich auch, denn ich will mit ihm wegfahren. Egal wohin. Und ich will jeden Tag neben ihm aufwachen. Wie in Zadar. Einfach, weil ich mir nichts Schöneres vorstellen kann. Und weil ich ohnehin nur noch Martin, Martin, Martin denken kann.

»Und du willst mich ganz sicher auf deiner Hochzeitsreise dabeihaben?«

»Ich will dich in meinem Leben haben, Marisa, nicht einfach nur auf dieser Reise dabeihaben«, korrigiert er mich und zu meinen schwitzenden Achseln gesellt sich ein feuchtes Höschen.

»Wie lange fahren wir denn weg? Und wohin?«

»Zwei Wochen. Aber wohin wir fahren, kann ich dir leider nicht verraten.«

Wie kann ein Mann ein so anziehendes Lächeln haben? So magnetische Augen? Selbst seine feinen Fältchen um die Augen kann ich mir nicht wegdenken. Und seine schmalen, langen Finger könnte ich die ganze Nacht lang ansehen und streicheln.

»Okay, aber du musst mir schon sagen, ob ich mich auf sommerliche Temperaturen oder auf etwas Kühleres einstellen soll. Schließlich will ich das Richtige einpacken.«

Er sieht mir in die Augen.

»Sind wir nicht beide Sommermenschen?«

Stimmt. Und Glückskinder. Zumindest was mich betrifft!

»Ja, sind wir.«

Salvo kommt an unseren Tisch und fragt, ob wir etwas essen wollen.

Unbedingt!

»Du weißt ja, ich liebe dein Vitello tonnato«, sage ich zu Salvo, der wissend lächelt.

»Also: Einmal Vitello tonnato für dich, Marisa, und für dich auch etwas?«, fragt er Martin.

Ich finde es nett, dass die beiden gleich auf Anhieb per Du waren. Dass Martin da so locker ist, finde ich echt toll.

»Das Gleiche. Ich vertraue Marisa.«

»Gracie«, sagt Salvo und verdrückt sich ins Innere des Lokals.

Ich freu mich aufs Essen. Den ganzen Tag war ich im Schloss und habe den Aufbau gemanagt und keinen Bissen zu mir genommen. Aber jetzt steht alles für seine Singlehochzeit. Sogar die Cateringfirma hat alles herangekarrt, nachdem diese Irren zuerst bei einem falschen Schloss gelandet sind und mich von dort verzweifelt angerufen haben. Gut, dass unser Haubenkoch nichts von dem Malheur erfahren hat und alles, was das Essen betrifft, mit seinem eigenen Team einkauft.

Morgen werden wir dieses Fest über die Bühne bringen und anschließend kann ich dann in Ruhe über Martin und mich nachdenken. Und mich auf unseren ersten gemeinsamen Urlaub freuen. Ich muss positiv denken. Nur keine negativen, sich am Ende selbst erfüllenden Prophezeiungen.

Das Leben kann wirklich schön sein.

Da fällt mir etwas ein: »Sag einmal, du hast doch gesagt, deine Mutter ist deine beste Freundin. Kommt sie morgen auch?«

»Ja, das ist sie, auch wenn sie ein, nennen wir es einmal, vielschichtiger Charakter ist. Und klar kommt sie, allerdings etwas später, sie trifft noch jemanden zuvor.«

Hm. Das klingt nicht gut!

»Kannst du mal vielschichtig definieren?«

Martin schmunzelt. »Manche würden sagen, sie ist eine Furie, wenn es um mich geht. Aber nach dem Tod meines Vaters gab es nur noch uns beide und sie hat alles für mich getan. Beruflich wie zuhause. Aber keine Sorge, dich wird sie lieben.«

Da täuschst du dich leider!

Mir ist flau geworden.

»Ja, hoffen wir es.«

»Mach dir keine Sorgen! Sie kann auch zuckersüß sein und du wirst sie morgen kennenlernen. Ich stell sie dir vor.«

»Nach dem Fest dann, ja?«

Salvo erscheint mit unseren Essen.

»Danke!«, strahle ich ihn an, denn ich glaub, das brauch ich jetzt für meine Nerven.

»Sieht sehr gut aus! Aber lass uns nicht über meine Mutter sprechen. Also: Auf die Hochzeit morgen und unsere Flitterwochen!«

Martin hebt das Glas und stößt mit meinem an.

»Ja! Zum Wohl!«

Ich nehme einen Schluck.

Meine Güte! Wir fahren auf Urlaub.

Oh! Was mache ich denn jetzt mit Flodo? Ich wollte ihn am Sonntag aus dem Tierheim zu mir nach Hause holen und habe das Susi gestern am Telefon schon gesagt. Ich muss mit Martin über meinen Hund sprechen. Und zwar jetzt. Vielleicht kann ich ihn auch dazu überreden, dass wir nachher noch zu mir gehen. Ich brauche ihn. Ganz dringend und ganz nah.

Hm. Ich hab da eine Idee und nehme mein Handy zur Hand.

›JA‹

Senden.

Die Singlehochzeit

Ich schwebe nur so über den Steinboden der Schlossterrasse. Martin hat bei mir und natürlich mit mir geschlafen und gegen Flodo hatte er überhaupt nichts einzuwenden. Wir werden ihn morgen gemeinsam aus dem Tierheim abholen. Er will ihn sogar mit in den Urlaub nehmen. Ich liebe diesen Mann! Deshalb habe ich ihm auch vorgeschlagen, dass wir auf seiner Singlehochzeit lieber nicht als Pärchen auffallen sollten. Ich will seine Schlagzeilen, die er unbedingt haben möchte, ja nicht gefährden. Das ist ja sowieso schon ein Eiertanz.

Mir ist bloß ein wenig übel. Muss am Schlafmangel liegen und zum Essen bin ich auch noch nicht gekommen. Aber in ein paar Stunden geht dieses Fest zu Ende und dann kann ich mich endlich in Ruhe mit meinem neuen Leben beschäftigen.

Ich sehe Mimi ganz hinten im dunkelsten Eck der Terrasse sitzen und nehme neben ihr auf dem Barhocker Platz. Von hier aus kann man gut beobachten, wird aber nicht gleich gesehen.

»Und? Bist du zufrieden?«, fragt sie.

»Ja. Absolut. Das passt doch alles perfekt zu ihm. Findest du nicht?«

Ich bin so was von stolz auf unser Fest.

»Wenn du mich fragst, ist das hier eine Mischung zwischen Puff und Spielhölle. Und die Torte in Rosarot mit dem Bräutigam drauf? Hat die sein müssen?«

Martin hat sie noch nicht gesehen, aber ich freue mich riesig auf seine Augen, wenn sie hereingekarrt wird. Ich bin mir sicher, sie wird ihm gefallen. Statt der gebrochenen Herzen zieren nun Schleifchen die vierstöckige Torte. Also mir gefällt sie.

»Und ob.« Jetzt bin ich aber beleidigt. Diese Feier ist echt total schön arrangiert. »Wie kommst du eigentlich auf Puff und Spielhölle?«

Flavio steuert auf uns zu. Im schicken Anzug und von einem Ohr zum anderen grinsend.

»Ich gratuliere euch zu diesem Fest! Ich empfehle bereits jedem, der noch nicht verheiratet ist, es, wann auch immer, nur mit euch beiden zu tun. Ihr seid der helle Wahnsinn!«

»Danke, das ist aber nett«, sagt Mimi artig und ich sehe ihr an, wie verwundert sie ist. »Sag, was genau gefällt dir an der Hochzeit am besten?«, fragt sie nach.

Aha. Feldforschung. Ich verstehe sie nicht. Was an dieser Hochzeit geht ihr gegen den Strich?

»Ich mag diese dummen Hochzeitsspiele nicht. Aber diese Casino-Spieltische sind genial. Man kann zocken, sogar Poolbillard spielen, und dann überall die hübschen Mädels. Rundum gelungen. Und erst die Humidore auf den Tischen. Kompliment! Aber ich muss jetzt hinein, Paul und die anderen warten drinnen auf mich.«

Mimi sieht mich entgeistert an. Flavio verschwindet im Getümmel der anderen Gäste. Schön, wenn Paul sich hier amüsiert. Ich habe Mimi vorgeschlagen, ihn doch einzuladen. Und solange wir beide in Amt und Würden sind, ist es super, wenn Flavio sich ein wenig um ihn kümmert.

»Was hast du denn? Alles läuft wie am Schnürchen und sieht edel aus. Mario Solvachi hat ein fantastisches Menü serviert und vergiss nicht die riesigen Silberschalen mit dem Kaviar, und immer gleich daneben der Champagner auf Eis. Wenn das nicht alles perfekt ist, dann weiß ich auch nicht«, stänkere ich in Mimis Richtung.

Und ich pflichte Flavio bei. Meine Version der Playboy-Bunnys, die wir Wedding-Bunnys nennen, finde ich auch sehr gelungen. Alle auf goldenen Stilettos in weißen, eng anliegenden Hosenanzügen mit einem bauchfreien goldenen Top. Sexistisch. Ja. Das ist es. Aber passend für eine Singlehochzeit. Und die Mädels haben einen irren Spaß mit ihrem Auftritt hier.

»Ich kapiers nicht. Erklär du es mir!«, sagt Mimi plötzlich und hält sich mit der Hand die Stirn.

»Was? Weil du dich für meine Deko genierst, die alle anderen cool finden?«, lächle ich sie an und umarme sie an den Schultern. »Entspann dich, Mimi. Alles ist gut.«

Wechseln wir eigentlich hier gerade die Rollen? Sonst sind das ihre Worte an mich.

»Jaja, du hast ja recht. Aber ehrlich, ich habe gedacht, Martin jagt uns davon. Und jetzt soll das das beste Hochzeitsfest überhaupt sein?«

»Siehst du, Mimi, ich weiß, wovon Männer träumen.«

Sie rollt die Augen und zupft sich ihr hochgebundenes Haar zurecht. Martin erscheint mit je einer seiner persönlichen Wedding-Maids am Arm im Foyer. Auch das war eine Weltklasseidee. Zwei der Mädels sind in bodenlange Rokoko-Kleider gehüllt und begleiten ihn. Das gibt was her. Oh. Er hat uns gesehen. Kommt auf uns zu.

»Ich glaub, ich sollte mal kurz nach Paul sehen, Marisa.«

Ich ziehe Mimi am Arm zurück.

»Gleich. Zuerst hörst du dir die Kundenmeinung von Martin an, ja?«

Ich weiß nämlich, dass es ihr anschließend besser gehen wird.

Martin geht zuerst zu Mimi und küsst sie auf die Wange. Mich zieht er fest an sich und küsst mich ebenfalls auf beide Wangen. Sehr gut. Wie ausgemacht.

»Ich danke euch beiden. Das Fest ist grandios. Genau so, wie ich es mir vorgestellt hätte, wenn ich die Fantasie dazu besitzen würden. Alle lieben es. Hast du gesehen, Marisa, wie viele Reporter die Segnung draußen im Schlossgarten unter dem Rosenbogen fotografiert haben?«

Was sag ich? Bombastisch muss die Show sein, dann punktest du in der High Society. Und Martin ist im Glück.

Jetzt strahlt er, mein Lieblingszwerg, und schickt mir ein verzücktes Lächeln. Na Gott sei Dank!

»Ja, nicht? Die Spalier stehenden Mädels haben echt gut vor dem Blumenbogen ausgesehen, und neben dir die beiden Wedding-Maids«, kichert sie. »Das hat Marisa genial gemacht, findest du nicht? Aber sorry, ihr zwei Turteltauben. Ich muss jetzt mal nach meinem Ehemann sehen. Ihr wisst ja, wir wollen nicht schon wieder ein Wochenende lang Unfrieden im Hause Steiner riskieren.«

Martin und ich nicken wissend und Mimi verlässt uns. Ich betrachte verlegen meine Schuhe, denn am liebsten hätte ich meine Hände überall an seinem Körper.

»Zum Glück geht es den beiden wieder gut.«

»Absolut! Ich bin so froh darüber.«

»Nur eine kleine Anmerkung hätte ich noch«, sagt Martin verschwörerisch.

Zu Mimi und Paul?

»Welche denn?«

»Könntest du mir eventuell die Geschichte der Rosendekoration näherbringen? Ich hätte ja niemals gedacht, dass schwarze Stockrosen so wunderbar zu weißen Strauchrosen passen. Da steckt doch eine Botschaft von meinem Teufelchen höchstpersönlich dahinter, oder etwa nicht?«

Ups. Das klang jetzt aber leicht süffisant. Doch das Dumme daran ist, er hat recht. Die Blumenfirma hat meine Änderungswünsche nicht an die Floristen weitergeleitet. Daher haben sie die zuerst von mir bestellten schwarzen Stockrosen statt der zart rosafarbenen geliefert. Aber durch die weißen und goldenen Schleifen hat alles wirklich gut ausgesehen.

»Tut mir leid. Du weißt, das war ein Missverständnis mit den Floristen«, sage ich zerknautscht.

»Es muss dir nicht leidtun, Marisa. Ganz im Gegenteil, einer der Reporter hat eine wunderbare Verbindung zwischen der um mich trauernden Frauenwelt und den schwarzen Farbtupfern meiner Hochzeit hergestellt. Was allerdings nicht schwierig war, da die Spalier stehenden Mädels schwarze Taschentücher geschwenkt haben.«

Auch so was, womit mich die Schauspielschülerinnen überrascht haben. Kein Wort haben sie zuvor über die schwarzen Taschentücher verloren. Doch zu meiner Erleichterung lächelt er nicht nur mit dem Mund, sondern auch seine Augen strahlen amüsiert.

»Dann ist doch alles in bester Ordnung«, lächle ich ihn an. »Der Kunde ist zufrieden, was gibt es Schöneres, Liebling?«

»Es gibt etwas, mein Engel! Dich«, sagt er und küsst mir die Hand.

Also auf diesen Gentleman-Stil fahr ich so was von ab. Für mich ist das wie ein Aphrodisiakum. Zu schade, dass ich noch bis auf das Ende der Party warten muss, bis ich wieder mehr von ihm haben kann. Aber es war ja meine Idee. Ihm kann ich das nicht zum Vorwurf machen.

In diesem Moment sehe ich aus dem Augenwinkel, wie eine Blondine, in ein weißes, sommerliches Nichts gehüllt, das mit kleinen hellgelben Rosen bestickt ist, auf uns zustürzt, und stehe auf.

»Darling! Sorry, ich bin erst heute Abend aus New York zurückgekommen! Der Flug davor ist leider ausgefallen.«

Sie umarmt und küsst ihn stürmisch. Mitten auf den Mund. Bin ich neuerdings Masochistin oder warum schaue ich einfach regungslos zu? Hallo? Diesmal bin ich nicht nur das Personal hier.

»Schön, dass du es geschafft hast, Evelyn!«, sagt Martin und schiebt sie dezent ein Stückchen von sich weg. Doch mir zieht es gerade den Boden unter den Füßen weg. Leicht torkelnd halte ich mich am Stehtisch fest. Evelyn? Das ist seine Evelyn?

Verdammt, sieht die gut aus. Hochgestecktes blondes Haar mit weißen Blümchen drinnen, dazu dieses hauchdünne weiße, bestickte Minikleid aus Spitze, und darüber, wie eine Art Schleppe, ein bodenlanges, vorn geschlitztes Stoffteil. Scheint mir ein hauchdünner Organza zu sein. Dazu trägt sie rotgoldene hohe Sandalen und eine passende Clutch. Sie könnte glatt als Braut durchgehen.

»Darf ich vorstellen? Marisa, das ist Evelyn. Evelyn, das ist Marisa, die diese Hochzeit gestaltet hat«, sagt er und sie reicht mir die Hand, sieht jedoch nur ihn an.

Moment einmal. Hat er mich jetzt tatsächlich vor seiner Ex zur Angestellten degradiert? Ich fixiere ihn, aber er sieht Evelyn an. Mein Herz klopft so schnell, dass ich Angst habe, demnächst zu zerspringen. Aus Wut! So was macht man doch nicht.

»Sag einmal, hast du irgendwo deine Mutter gesehen?«, fragt sie ihn.

Ich habe sie den ganzen Abend über noch nirgendwo entdeckt. Vielleicht ist das ihr Plan B? Einfach dem Fest fernzubleiben? Also mir geht sie nicht ab.

Mein Bauch krampft.

Jetzt bin ich aber gespannt.

»Sie sollte längst hier sein. Keine Ahnung, wo sie steckt«, erwidert Martin.

Evelyns Kinn klappt leicht nach unten. Sie muss nachdenken, wie es aussieht. Scheint bei ihr nicht ganz so schnell zu funktionieren. Doch das Gute daran ist, so sieht sie eigentlich auch nur wie jeder andere Mensch aus und ich fühle mich etwas weniger wie das hässliche Entlein neben ihr. Dabei war ich so stolz auf mein hellgelbes bodenlanges Sommerkleid, das perfekt zu meinem dunklen Haar passt. Aber neben ihr wirke ich wie das Mauerblümchen, das keiner auch nur wahrnimmt.

Wieso ist sie so unsicher und nervös? Ihre Hände zittern leicht und so dürr, wie sie ist, sieht man, dass sie sehr hoch atmet.

»Ich such sie mal. Bis später, mein Lieber«, sagt Evelyn etwas hektisch und küsst ihn glatt ein zweites Mal mitten auf den Mund.

Sie läuft die Glastüren entlang und verschwindet im Ballsaal des Schlosses.

»Entschuldige, Marisa. Ich denke, ich sollte noch ein klärendes Gespräch mit Evelyn führen. Aber ich habe sie seit zwei Wochen nicht mehr gesprochen. Sie hatte ein Fotoshooting in New York und um ehrlich zu sein, weiß ich nicht einmal, warum sie hier ist.«

Ich auch nicht. Ich bin die Gästeliste nämlich auf der Suche nach Olga und Evelyn durchgegangen und habe beide Namen nicht gefunden. Sehr seltsam, zumal hier niemand hereingelassen wird, der nicht auf der Liste steht!

So wie Martin mich fixiert, versucht er, mir mitten ins Herz zu sehen.

»Ich auch nicht. Aber eine Frage habe ich: Du hättest dein Gesicht nicht ein Stück zur Seite drehen können, als sie dich mitten auf den Mund geküsst hat?«

Ich bin so was von sauer!

»Marisa, ich bitte dich. Das war doch nichts Schlimmes. Ich bin hier, direkt an deiner Seite, und ich …« Er umschlingt mich an der Hüfte und sieht mir tief in die Augen. »Ich liebe dich, Marisa.«

Es mag die wundervolle Musik der Jazzband sein. Vielleicht auch der Abendhimmel. Möglicherweise auch nur ich selbst. Aber Evelyn verliert sich in einem Nebel der Unerheblichkeit und stattdessen erfüllt Martin mein ganzes Ich mit seinem zärtlichen Blick. Er hat es tatsächlich gesagt. Diese drei kleinen Wörter, die doch so große Bedeutung haben: Er liebt mich.

Ich schlinge meine Arme um ihn und küsse ihn. Sehr kurz. Auf die Wange. Ich will ja nicht indirekt diese Evelyn küssen. So weit reicht meine Spontan-Amnesie auch wieder nicht.

»Und ich liebe dich«, hauche ich ihm zu. »Aber du gehst jetzt besser wieder und kümmerst dich um deine Gäste, außer um Evelyn! Du weißt ja, sonst sind wir beide am Ende die morgige Schlagzeile und nicht deine Singlehochzeit.«

»Du hast recht, Liebling. Und vergiss Evelyn. Bitte! Aber jetzt sollte ich mich mal um meine Gäste kümmern.«

»Okay, dann geh du mal.«

Er sieht mir noch einmal tief in die Augen, dreht sich um und geht in den Garten hinunter. Auch dort haben wir ein paar Stehtische aufgebaut.

»Na wenn das keine Überraschung ist? Also dich hätte ich hier nicht erwartet!«

Ben? Mit Laura am Arm? Wer zur Hölle hat die beiden denn eingeladen? Was ist nur mit meiner Liste los? Da laufen ja nur mehr Leute herum, die nicht draufstehen.

»Tja, das Leben ist eben voller Überraschungen, nicht?«

Ich weiche seinem Bussi-rechts-Bussi-links-Versuch aus und halte ihm stattdessen hoheitsvoll meine Hand hin. Denn neben Laura komme ich mir im Gegensatz zu Evelyn wie aus dem Modejournal vor. Und das fühlt sich zur Abwechslung doch echt gut an.

»Wie gehts Schnuffi?«

Für den sonst üblichen Small Talk können wir drei uns die Atemluft sparen. Es interessiert mich Nüsse.

»Oh, sie ist so herzig. Elena und sie sind überhaupt ein Herz und eine Seele«, schwärmt Laura.

Obwohl ich mich für die kleine Schnuffi freue, schmerzt mir das jetzt aber doch ein wenig. Wenigstens muss ich Flodo nie mehr wieder hergeben.

»Das freut mich.«

»Woher kennst du den Martin Engel?«, will Ben wissen.

Jaja. Das beschäftigt dich jetzt, mein Lieber. Aber auch ich kann genießen und schweigen, du Idiot! Du konntest es ja auch und hast ein Kind gezeugt, während du noch mit mir zusammen warst. Oh wie ich ihn hasse!

»Das ist *mein* Geheimnis«, flöte ich ihn zuckersüß an. »Aber es könnte sein, dass ich ihn ziemlich gut kenne.«

Ben sieht ziemlich irritiert von mir zu Laura.

»Verstehe. Du, Laura, wir sollten los, wir haben Martin ja noch nicht begrüßt, da wir zuvor noch im Konzert waren«, erklärt Ben für diejenigen, die es hören wollen.

»Er ist eben in Richtung Garten gegangen«, erwidere ich und weiß, dass seine grauen Zellen soeben krampfhaft versuchen, eins und eins zusammenzuzählen und zu ergründen, was zwischen mir und Martin ist. Was für ein Glück, dass er von meiner Verbindung zu *Celebrate* ganz offensichtlich nichts weiß. Fühlt sich gut an.

Mit einem »Wir sehen uns sicher noch« von Laura wenden sie sich ab.

Also die zwei habe ich gebraucht, wie dass der Reißverschluss von meinem süßen Abendkleid platzt!

Ich muss Mimi finden, um ihr erstens zu erzählen, dass sich diese blöde Kuh Evelyn wie auch die beiden hier hereingeschlichen haben, und ihr zweitens zu sagen, dass wir die Torte servieren lassen sollten. Gegessen haben mittlerweile alle, daher ist jetzt der perfekte Zeitpunkt dafür.

Mimi kommt mir im Ballsaal entgegen, in dem später eine andere Band spielen wird.

»Mimi! Was sagst du? Ich denke, es wird Zeit, dass wir mit der Torte auffahren. Und dann muss ich dir noch eine Kleinigkeit zu dieser Evelyn-Kuh loswerden.«

Sie nickt und schiebt sich die Brille nach oben. Diesmal eine sehr stylische. In Silber. Wir trotten in Richtung Küche.

»Sag nicht, diese Evelyn-Frau ist hier?«

»Oh ja. Und es ist Spontanhass von meiner Seite, das kannst du mir glauben.«

»Soll ich sie töten?«

»Nein, Mimi, muss nicht sein.«

»Okay, aber du weißt, wenn sie sich dumm aufführt, ich steh hinter dir und werf sie raus!«

Ich muss lachen. Meine Mimi.

»Ich weiß! Und stell dir vor, Ben und Laura waren auch nicht auf der Liste, sind aber auch hier.«

»Also dem geh ich noch nach! So ein Durcheinander! Aber komm mit, Marisa, die Torte ist da ganz hinten im Kühlraum.«

»Sehr gut, dann überraschen wir ihn mal mit der Torte! Um den Rest kümmern wir uns später.«

Irgendwie habe ich das Gefühl, alle noch offenen Programmpunkte dieser Hochzeit so schnell wie möglich hinter mich bringen zu wollen. Am liebsten würde ich überhaupt alle Gäste loswerden und Martin für mich haben.

Das Feuerwerk

Unter Applaus schieben zwei der Schauspielschülerinnen die Torte auf die große Schloss-Terrasse, wo die meisten Gäste ohnehin noch nach dem Essen an den runden Tischen sitzen und plaudern.

Mich durchfährt ein brennender Stich.

Martin sitzt gerade an einem der Tische. Gemeinsam mit Evelyn und auch seiner Mutter. Und alle drei lachen. Ich hoffe, das ist nur eine völlig unwesentliche Momentaufnahme und er wollte nur höflich zu Evelyn sein. So gelöst, wie sie gerade aussieht, kann ich mir nämlich nicht vorstellen, dass er der Guten erklärt hat, dass er nun mich liebt.

Marisa! Konzentrier dich auf die Arbeit.

Unwillkürlich nehme ich Haltung an und stelle mich eng neben Mimi.

Die Jazzband spielt einen Tusch und die beiden Frauen in den weiß und altrosa Gewändern mit Reifröcken und geschnürten Korsagen stellen sich zu beiden Seiten der Torte auf. Nun kommen auch noch Mario Solvachi und zwei seiner Gehilfen nach.

Unter dem Beifall seiner Gäste steht Martin auf und geht in die Mitte der Steinterrasse, wo nun, auf einem hübschen Servierwagen, die vierstöckige Torte steht. Der Küchenchef reicht Martin grinsend das Messer zum Anschneiden. Ich glaube sogar, ihm macht die Sache hier einen Heidenspaß. Auf jeden Fall wirkt er so.

Mimi und ich stehen ganz außen am Rand vor den weißen Flügeltüren mit dem Kassettenglas.

»Ich glaub, er mag deine Torte ...«, flüstert Mimi. »Doch.«

»Wieso flüsterst du?«

»Nur so.«

Unter dem Lachen und großem Gejohle seiner Gäste schnappt sich der Bräutigam ein Mikrofon der Band und stellt sich neben das rosarote Kunstwerk, dessen oberste Lage die Figur eines Bräutigams in einem schwarzen Anzug toppt. Sieht ihm zum Verwechseln ähnlich, diese Figur. Zumindest aus der Ferne.

»Zuerst einmal danke ich euch allen, dass ihr diesen wundervollen Tag gemeinsam mit mir begeht«, beginnt er ganz offensichtlich eine Rede. »Ich hoffe, ihr amüsiert euch, denn so sollte es bei einer Hochzeit schließlich sein. Immerhin ist das bekanntlich der schönste Tag im Leben eines Mannes.«

Wieder stimmen die Gäste mit einem Applaus und großem Gelächter zu.

»Es mag dem einen oder anderen von euch seltsam erscheinen, dass ich hier und heute vor euch ein Gelöbnis abgelegt und mich selbst geheiratet habe. Aber habt ihr schon einmal nachgedacht, dass die Wurzel, der Keim aller Unzufriedenheit, der Verschiebung von Träumen auf später, auf die Pension, das Verändern von Lebenssituationen, Jobwechsel, Umzüge und am Ende auch Trennungen darin zu finden ist, dass wir uns selbst nicht ausreichend lieben? Nicht wertschätzen? Zu wenig an unsere liebenswerten Seiten glauben?«

Wenn ich mit allem gerechnet hätte, damit nicht. All seine Gäste hängen mit einem Mal stumm an seinen Lippen. Als wäre ihnen soeben der Messias erschienen.

»Wir wollen mehr, mehr und immer mehr. Und ich weiß, wovon ich spreche. Nun, man kann ein Leben lang darauf warten, dass irgendetwas besser wird, das einen glücklicher und zufriedener werden lässt. Das Schicksal dir den richtigen Menschen schickt. Deine eine große Liebe.«

Martin hält kurz inne. Schaut er mich direkt an oder ist das Zufall? Ich sehe weg, aber mein Herz klopft eindeutig schneller.

»Oder aber man beginnt damit, daran zu glauben, dass man zunächst einmal sich selbst akzeptieren muss. Glücklich und dankbar dafür, ja auch zufrieden sein sollte, mit dem, was man ist und wer man ist. Sich selbst liebt und auch für liebenswert empfindet.«

Mimi zupft an meinem nackten Oberarm.

»Hör auf«, zische ich ihr zu, denn ich sehe Martin vor lauter Tränen in den Augen nur mehr verschwommen. Mir ist, als spräche er auch von mir und nicht nur über sich selbst.

»Das ist arg, oder?«, murmelt Mimi.

»Ja, aber pst!«

»Ich habe mich daher entschieden, dieses Fest auszurichten und vor allem dankbar zu sein. Dankbar für alles, was mir meine Familie ermöglicht hat. Vor allem meine Mutter«, die aufgedonnerte Hexe schickt ihm einen Luftkuss, »die in der schweren Zeit nach dem Tod meines Vaters immer für mich da war und an mich geglaubt hat. Ich liebe dich, Mom!«

Leider hat sie ihren großen Hut so ins Gesicht gezogen, dass ich nicht sehen kann, ob sie auch so berührt wie ich ist. Vielleicht sehe ich aber auch gerade nur selbst schlecht.

»Und ich bin dankbar für euch alle, die meinen Weg begleiten. Deine Freunde und Wegbegleiter zeigen dir, welcher Mensch du bist. Da ihr alle fantastisch seid, habe ich die Hoffnung, auch ein ganz passabler Mensch zu sein.«

Martin wird von Zwischenrufen und Applaus unterbrochen. »Das bist du!«, »Yeah!« und auch »Auf jeden Fall« höre ich heraus.

»Also. Ich bin auch dankbar dafür, dass ich hier vor euch stehen kann, sorglos und gesund, und mit euch nun darauf anstoßen kann, dass dieser vielleicht mit Kanten und Ecken versehene Martin Engel endlich erkannt hat, dass er sich zuerst selbst heiraten muss, bevor es eine Frau jemals tun sollte!«

Hat er mir schon wieder zugezwinkert?

Seine Gäste zerkugeln sich vor Lachen. Manche klopfen wie auf der Uni auf den Tisch, andere klatschen.

»Auf euch!«, ruft er lachend und auch wenn er weit weg ist, er sieht glücklich aus. »Und natürlich auf mich, den Bräutigam!«

Ein paar seiner Freunde springen johlend auf, stürmen zu ihm, umarmen Martin oder klopfen ihm auf die Schulter. Andere erheben die Gläser.

Ich muss seine Rede erst verdauen.

»Wow! Wenn ich alles erwartet hätte, aber dass er so eine Ansprache hält, niemals. Ist ja richtig reflektiert und gescheit, was er da gesagt hat«, murmelt Mimi mir während des allgemeinen Prostens zu.

»Ich bin auch hin und weg«, gebe ich zu.

Martin meldet sich wieder zu Wort: »So, nun werde ich meine Hochzeitstorte anschneiden. Wie ihr seht, auch hier zieht sich das Thema durch. Vielleicht ist es ein schwarzer Tag, weil ich mit knapp vierzig mich nun also selbst geheiratet habe. Vielleicht auch ein weißer, weil ich erkannt habe, dass ich es mir selbst wert sein sollte, meine Lebenszeit nicht mehr mit Oberflächlichkeiten zu vergeuden, sondern meinem Leben mehr Tiefe und Liebe zu schenken.«

Ein Schauer aus Liebe und Glück durchströmt mich. Hat er mir damit gerade gesagt, dass er nun offen für eine ernsthafte Beziehung mit mir ist?

Mimi drückt meine Hand. Sie hat Tränen in den Augen. Offensichtlich hat sie es auch so verstanden.

Oh. Paul steht plötzlich neben ihr und hat seine Hand auf ihre Schulter gelegt. Das ist schön. Ich lächle ihm kurz zu.

Eines der Rokoko-Mädchen hält Martin einen Teller für das erste Stück Torte hin, das er nun sachte drauf legt. Martin ist der geborene Showman. Er genießt das hier in vollen Zügen. Was wirklich toll ist.

»Komm, wir gehen inzwischen hinein auf einen Kaffee«, schlägt Mimi vor und Paul und ich folgen ihr.

Gute Idee, dann muss ich mir nicht weiter mit ansehen, wie diese Evelyn um ihn herumschwänzelt, als wäre sie tatsächlich die Braut. Ist ja peinlich, dieses Dauergrinsen von ihr.

***

Die beiden Salons, die ich zu einer Art Casino der feinsten Art umdekoriert habe, füllen sich langsam wieder. Die Reste der Torte sind bereits abserviert worden, einige spielen Roulette, ein paar pokern und um den Billardtisch stehen einige Männer und Frauen. Draußen auf der Terrasse fließt mittlerweile der Champagner in Strömen und es wird getanzt. Auch der Geruch nach Zigarren wird stärker, denn die ersten Männer machen Gebrauch von dem Angebot in den kleinen Humidoren.

Ich treffe mich nach meinem Kontrollgang wieder mit Mimi, die in der Küche bei der Cateringfirma war. Sie drückt mir ein Glas Champagner in die Hand.

»Auf dich! Ich denke, wir können stolz auf dieses Fest sein«, meint sie.

»Ja, Mimi. Auf uns, denn das können wir!«

Auch wenn es mich ein wenig eifersüchtig macht, dass Martin draußen ausgelassen feiert und tanzt. Aber so war es ausgemacht. Und eigentlich ist es auch okay so.

»Noch das Feuerwerk und dann war es das für uns«, unterbricht Mimi meine Gedanken.

»Stimmt. Es ist ohnehin kurz vor Mitternacht. Gehen wir hinaus?«, sage ich und trinke meinen Champagner ex.

Mhm. Ein sehr guter Tropfen, den Mimi ausgesucht hat. Auf beinahe leeren Magen zwar keine gute Idee, aber heute leisten wir uns jede ein Taxi.

»Na dann, auf zum letzten Programmpunkt!«, meint sie fröhlich.

Die beiden Wedding-Maids von der Schauspielschule sammeln bereits kleine Kärtchen ein. Sie haben die Gäste gebeten, Wünsche für Martin anlässlich seiner Singlehochzeit zu schreiben. Was für die zwei Mädels in ihren Reifröcken gar nicht so einfach ist, aber sie wursteln sich gekonnt zwischen den Tischen und Stühlen an den Gästen vorbei, ohne dass irgendetwas zu Bruch geht oder sie unabsichtlich ganze Tische abräumen.

»Mimi, die Ansage machst aber du, ja? Martin weiß doch nichts vom Feuerwerk.«

Sie grinst mich an. »Aber mit Vergnügen.«

Mimi ist die geborene Rampensau. Ich mag das ja gar nicht. Hält mir jemand ein Mikrofon vor die Nase, krächze ich nur sinnlos aneinandergereihte Wörter vor mich hin und bin überzeugt davon, dass ich einen Herzinfarkt erleiden werde.

Mimi geht schnellen Schrittes auf die Band zu. Mitten durch all die tanzenden Paare hindurch. Für die Unterhaltung nach der Tafel sorgt wieder die amerikanische Jazzband, die echt super ist.

Mimi flüstert dem Bandleader etwas ins Ohr, er nickt und gibt der Band ein Zeichen. Mit ein paar Abschlussakkorden beenden sie den Song, die Sängerin tritt zur Seite und Mimi stellt sich vor deren Mikrofon.

»Verehrte Gäste! In wenigen Minuten ist es Mitternacht und es würde uns freuen, wenn Sie sich alle hier auf der Terrasse einfinden, um unserer letzten kleinen Überraschung für den Bräutigam beizuwohnen. Ich bitte auch Sie alle im Spielsalon, nun zu uns zu stoßen. Aber vor allem natürlich unseren Martin Engel, den Bräutigam selbst!«

Sie erntet Applaus. Gut, dass Mimi diese Tonanlage, die auch ins Innere überträgt, hat installieren lassen.

Neben mir strömen gut gelaunte und teils bereits ziemlich angetrunkene laut quatschende Gäste durch die weit offen stehenden Flügeltüren auf die Terrasse. Martin kann ich nirgendwo sehen.

Suchend sehe ich mich um. Nein, der wird doch nicht mit Evelyn abgehaut sein? Plötzlich steigt tiefe Eifersucht in mir auf. Was hab ich mir gedacht? Dass sich jemand wie er von einer Sekunde auf die andere von Grund auf ändert?

Mimi deutet mir mit einem Schulterzucken und fragender Geste an, dass ich mich wohl besser darum kümmere, ihn hervorzuzaubern. Wo auch immer er gerade ist. Ich deute ihr ein Okay und gehe zurück ins Schloss.

Im Ballsaal und im Spielsalon ist er nicht.

Ebenso wenig im Discoraum. Ich stehe wieder im Foyer. Wo könnte er noch sein? Das Schloss ist groß und wir haben nur einige Räume für die Party umgestaltet.

Hinter mir kreischt eine Frau.

Ich sause nach draußen auf den Parkplatz.

Tatsächlich! Da ist er. Vor einem Taxi, und Olga brüllt ihn an.

»Schluss jetzt! Du bist ja verrückt!«, faucht er sie an. »Können Sie die Dame bitte endlich nach Hause fahren?«, blafft Martin den Taxifahrer entnervt an.

Der nickt und steigt ins Auto ein. Martin schließt die hintere Tür, aber Olga lässt das Fenster nach unten fahren.

»Das meinst du nicht im Ernst, Martin, oder? Ich schwöre dir, das ist das letzte Mal, dass du mich zu Gesicht bekommen hast«, schreit sie ihn wutentbrannt an. »Du schickst mich wegen dieser Schlampe nach Hause, wo ich gerade erst angekommen bin?«

Moment.

Meint sie etwa mich mit Schlampe?

Ich gehe dazwischen.

»Entschuldigung! Aber wir haben hier keine Zeit für dumme Streitereien. Martin, wir brauchen dich für den letzten Programmpunkt sehr dringend auf der Terrasse«, erkläre ich recht förmlich.

»Ist gut«, sagt er in meine Richtung und: »Ich hoffe, du entspannst dich auf dem Heimweg, Olga.«

»Du bist das Letzte!«, ruft ihm Olga zu. »Und du erst recht«, blafft sie auch mich an und fährt die Scheibe wieder hoch.

Ich atme erleichtert aus. Das Taxi fährt los.

Eine Sorge weniger. Olga weiß Bescheid, was mich richtiggehend beschwingt stimmt. Er steht zu mir. Das fühlt sich gut an.

»Oh, da habe ich heute doch wirklich etwas angestellt«, grinst er mir zu, während wir Seite an Seite zurück ins Foyer gehen.

»Ja. Sieht so aus. Jetzt bin ich auch noch die böse Schlampe.«

Er umarmt mich.

»Vergiss sie. Ich habe ihr das mit uns erklären wollen, aber sie ist komplett ausgezuckt.«

Irgendwie tut mir Olga sogar leid.

»Was die Eifersucht alles aus Menschen macht«, murmle ich mehr zu mir selbst als zu Martin, denn wir schreiten bereits durch die Flügeltüren auf die Terrasse hinaus.

Toll sieht es aus. Jetzt brennen nur mehr die unzähligen Kerzen auf den Tischen und in den großen Gläsern auf den Stufen nach unten in den Schlossgarten. In der Wiese stehen überall Fackeln. Auch unter den Bäumen. Auch genau dort, wo noch immer der Blumenbogen steht. Romantischer geht es gar nicht.

Die Sessel sind bereits weggeräumt worden. Nur mehr sechs Stehtische mit Barhockern stehen verteilt im Gras. Und mit einem Pfeifen saust auch schon die erste Rakete in den Himmel. Klassische Musik setzt voluminös ein. Ich liebe Feuerwerke. Darauf habe ich mich echt gefreut. Und ich kenne Lutz. Dieser Mann kann Feuerwerke zaubern wie kein anderer. Das wird eine herrliche Komposition aus Sternenregen und Musik, denn die Raketen ergießen sich gerade im Takt zur 9. Symphonie von Beethoven.

Oh. Martin steht ja noch immer mit mir am Arm da. Schnell ziehe ich meinen Arm aus seinem. Heute muss ich noch den Schein wahren, dass wir nichts miteinander haben.

Er steht regungslos da und sieht in den Himmel.

»Wow! Die *Ode an die Freude*? Vierter Satz? Ich habe gewusst, wenn du das machst, dann hat dieses Fest Stil«, sagt er in meine Richtung.

»Eigentlich habe ich anfangs alles dafür unternommen, damit es richtig kitschig und vulgär wird«, gestehe ich ihm.

So ein Mist. Ich kann ihn nicht anlügen.

»Ich weiß das, Marisa. Aber es wäre dir ohnehin nie gelungen, denn selbst vulgär hat bei dir Stil und Klasse. Doch ich danke dir, denn das jetzt, das kommt direkt aus deinem Herzen, nicht wahr?«

Martin sieht mir tief in die Augen und über ihm steht der Himmel in Flammen. Tausende kleine orange und weiße Lichtsterne ergießen sich über uns. Scheinen wie funkelnde Tropfen direkt aus der Unendlichkeit nach unten zu fließen.

»Ja, stimmt«, hauche ich.

»Ich bin schon etwas betrunken, Liebling, aber würdest du mir anschließend die Freude machen, den ersten Tanz nach Mitternacht mit mir zu tanzen?«

Er sieht mich aus seinen dunklen Augen an und in ihnen spiegeln sich die nun roten und blauen Lichter der nächsten Raketen.

»Natürlich«, flüstere ich.

»Ich danke dir.«

Er hat mein Haar beim Sprechen berührt und ich bin elektrisiert. Alles in mir kribbelt und würde ihm am liebsten um den Hals fallen. Geistesgegenwärtig ziehe ich jedoch meinen Arm aus seinem. Sonst fällt das noch auf.

Ohne ein weiteres Wort sehen wir uns das Feuerwerk bis zum Ende an. In die letzten kraftvollen Akkorde regnen die größten und schönsten Sterne des Feuerwerks. Hinter uns pfeifen und klatschen die Gäste.

Martin strahlt mich an.

»Danke. Das war wirklich das schönste Feuerwerk, das ich je gesehen habe.«

»Warte, es ist noch nicht ganz aus.«

Nun kommen rechts und links die Wedding-Bunnys, jeweils angeführt von einer der Rokoko-Damen, mit den weißen chinesischen Himmelslaternen in ihren Händen die Terrasse entlang. Sie gehen über die Steinstufen, an uns vorbei, hinunter in die Wiese.

»Und das, liebe Gäste, lieber Martin, ist der krönende Abschluss, bevor ihr hoffentlich bis zum Morgengrauen weiterfeiert. Wir danken Ihnen allen für die Wünsche, die Sie dem Bräutigam mit auf den Weg gegeben haben, und lassen diese nun in den Nachthimmel fliegen. Auf dass sie sich erfüllen! Haben Sie noch einen wundervollen Abend, und abschließend: Herzlichen Glückwunsch zu Ihrer Vermählung, Herr Engel!«

Die Gäste klatschen. Mimi hat das hervorragend gemacht. Ich bin total stolz auf sie. Und irgendwie gerührt. Vielleicht liegt es auch an der Magie der ersten Glücksballons, die nun mit den an Schleifen befestigten Kärtchen in den Himmel aufsteigen? Es sieht traumhaft aus.

»Das ist wirklich sehr schön«, sagt Martin.

»Warte, jetzt kommt noch Pink Floyd. Es wird gleich noch schöner.«

Und tatsächlich. Als die ersten Klänge von ›Breathe‹ aus der Anlage das Aufsteigen der Ballons untermalen, wird alles noch unwirklicher. Die Ballons steigen zwischen den alten Bäumen des Schlossparks auf und es sieht tatsächlich wie in einem Märchen aus.

»Wow!«, staunt Martin neben mir.

Er drückt kurz meine Hand und sieht wie gebannt auf die Lampions. Manche, bereits etwas höher, sind als solche nicht mehr erkennbar, sondern sehen wie hell leuchtende Sterne aus. Jene, die gerade erst gestartet werden, sind noch gut als zart orange leuchtende Laternen erkennbar. Mein ganzer Körper kribbelt, so sehr freue ich mich, wie gelungen diese Inszenierung ist.

»Nun, es sollen sich alle Wünsche für dich erfüllen«, sage ich zu ihm und meine es auch so.

Ich hoffe, seine Freunde haben nicht nur Schwachsinn auf die Karten geschrieben. Mimi hat sich echt bemüht, die Kärtchen waren wirklich süß gestaltet.

»Hast du auch eine Karte für mich geschrieben?«

Warum muss er mir so tief in die Augen sehen?

»Äh, nein.«

»Was hättest du denn geschrieben, wenn du eine geschrieben hättest?«

Dass er all die Olgas und Evelyns dieser Welt bitte vergessen soll? Dass ihn jemand wie ich viel glücklicher machen wird? Dass ich ihm wünsche, alle seine Freunde wären echt und nicht eventuell nur hier, weil er Geld hat? Aber vor allem, dass ich ihn brauche. Und er mich heute richtig sexy findet. Ich fühl mich nämlich ausnahmsweise sogar wohl in diesem bodenlangen Kleid mit dem großen Ausschnitt. Fast wie eine Prinzessin. Seine Prinzessin.

»Dass du lernst, an Engel zu glauben.« Bin ich verrückt? »Und mich genauso sehr brauchst wie ich dich.«

»Das tue ich, Liebling. Aber für das andere musst du mir etwas Zeit geben, ja?«, sagt er und die schönsten Augen der Welt strahlen mich an.

Am liebsten würde ich ihn hier und jetzt umarmen und küssen, bis ich fliege. So wie die Laternen. Um mich wieder zu erden, fällt mir nur eines ein: »Kann ich bitte ein Glas Champagner haben?«

»Sofort. Komm.«

Wir gehen die drei Stufen zurück auf die Terrasse und Martin deutet einem der Kellner, dass er gern zwei Gläser hätte. Der junge Blonde dürfte verstanden haben, denn er nickt und bringt sie uns.

Plötzlich drängen sich einige seiner Gäste zwischen uns und bedanken sich für das grandiose Feuerwerk. Sogar bei mir, denn Martin erklärt immer wieder: »Dankt nicht mir, sondern Marisa. Sie hat dieses tolle Fest organisiert.«

Die letzten Noten von Pink Floyd verklingen im Himmel. Und die Band übernimmt mit einem kleinen Tusch. Ich freu mich. Gleich werden wir tanzen und seit Zadar weiß ich, wie schön es ist, mit ihm zu tanzen. Das haben doch auch die Karten mir gesagt. Ich sollte mir von ihm Leichtigkeit schenken lassen. Und das werde ich.

Martin hält mich kurz an der Hand. »Nur einen Moment. Nicht weglaufen oder auflösen, ja?«

Er lässt mich stehen und geht zum Bandleader.

Was meint er? Ich bin doch nicht Aschenputtel.

Er wechselt ein paar Worte mit dem Mann, doch plötzlich erscheinen seine Mutter und Evelyn neben ihm.

Mutter Engel schickt mir ein überhebliches Lächeln. In der Sekunde schnürt sich mein Brustkorb ein.

Der Plan B!

Sie hat was vor. Das spüre ich und es raubt mir den Atem.

Plötzlich taucht Mimi neben mir auf.

»Soll ich die zwei Puten verscheuchen?«

Ich sehe sie kurz an.

»Nein.«

Vielleicht wollen sie ja nur eine kleine Rede halten. Ich darf nicht bei jedem Windhauch, der mir entgegenbläst, mich oder auch Martin infrage stellen.

Tatsächlich. Evelyn nimmt das Mikrofon.

Ich atme laut aus. Eine Rede seiner Mutter werde ich wohl ertragen können.

Martin sieht in meine Richtung, was auch gleichzeitig jene Richtung ist, in der alle Gäste stehen, und zuckt mit den Schultern.

Evelyn lächelt. Seltsam. Einige fotografieren sie, ich nehme das Blitzlicht aus den Augenwinkeln wahr. Sind das nur Gäste oder noch Presseleute?

»Nun, Martin! Du hast gesagt, dass du dich zuerst selbst heiraten solltest, bevor es eine Frau tut.«

Was wird das? Tausend furchterregende Gedanken schießen durch meinen Kopf. Martin steht nun mit dem Rücken zu mir und sieht auf seine Mutter. Aber damit steht er auch direkt vor Evelyn, die keinen Meter zur Seite gewichen ist.

»Aber hör selbst, was eine dir sehr vertraute Frau dir jetzt unbedingt sagen möchte.«

Sie reicht Evelyn lächelnd das Mikrofon.

Plötzlich kniet sie vor ihm nieder.

»So eine Scheiße«, schimpft Mimi leise.

Nein.

Sie wird doch nicht?

Nein, nein, nein! Das kann sie jetzt nicht machen.

Aber Evelyn tut es!

»Nun ist es nach Mitternacht, my Darling. Damit war deine Singlehochzeit gestern. Martin, du weißt: Seit wir uns zufällig auf den Seychellen über den Weg gelaufen sind, liebe ich dich.«

Lauf weg! Martin, tu etwas. Dreh dich um und beende diesen Wahnsinn!

»Das ... glaub ich nicht«, höre ich Mimi wie durch Watte stammeln.

Wie gelähmt starre ich Evelyn an. Gespenstische Stille umgibt mich. Plötzlich setzt in meinen Ohren ein Rauschen ein. Alles surrt. Die Luft flirrt. Ich habe Angst, wie ein nasser Sack auf den Boden zu fallen.

»Leider haben wir uns immer wieder für längere Zeit aufgrund unserer Jobs trennen müssen. Aber das will ich nicht mehr, denn jeder Tag ohne dich ist ein verlorener Tag in meinem Leben, my Love. Deshalb fasse ich jetzt all meinen Mut zusammen und bitte dich auf Knien um deine Hand! Willst du ...«

Oh Gott! Plötzlich ertönt Musik aus den Lautsprechern und die Burlesque-Tänzerin tanzt sich in Martins Richtung. Ein lautes Raunen der Gäste ist zu hören und zwei Männern tragen das übergroße Cocktailglas über die Treppe hinunter zu Martin und stellen es direkt hinter ihm ab. Martin kann gar nicht anders, als sich umzudrehen und schockiert das Spektakel anzusehen.

Elegant reicht die knapp bekleidete Frau den Männern die Hände und sie heben sie ins Glas, wo sie sich zur Musik zu rekeln beginnt. Evelyn hat ebenso erstaunt zugesehen wie Martin, er reicht ihr jedoch die Hand, sie steht jetzt auf und stellt sich neben Martin, der sich verblüfft das Ganze ansieht.

Schockwellen von heiß und kalt jagen durch meinen Körper. Alles beginnt wieder zu verschwimmen. Ich dumme Kuh! Ich hab sie vergessen! Jetzt ist überhaupt alles aus!

Unscharf erkenne ich, dass Evelyn Martin umarmt, während die junge dunkelhaarige Frau kunstvoll dem Glas entsteigt und ihr Oberteil ins Publikum wirft.

Das wars für mich. Als Martins Beinahe-Freundin und als Partyplanerin! Die Gäste klatschen zwar, aber was bedeutet das schon?

Ich spüre Mimis Hand, doch ich reiße mich los und laufe los. Sie wird ohnehin nie mehr wieder ein Wort mit mir sprechen. Wieso auch?

Menschen lachen.

Lachen mich aus.

Gläser klirren. Fallen zu Boden. War ich das?

Egal.

Ich stolpere über mein bodenlanges Kleid, fang mich aber und renne weiter.

In meinem Kopf brummt es dumpf. Wie konnte ich nur so blöd sein? Glauben, dass eine wie ich ihn auf Dauer haben kann? Und so unaufmerksam und diese Tänzerin vergessen?

»Marisa! Bleib stehen! Red mit mir!«, höre ich Mimi aus der Ferne schreien.

Mit einem Ruck bleibe ich stehen.

Wie bin ich denn auf den Parkplatz gekommen?

»Ich ... ich ... fahre«, stottere ich und springe ins erste Taxi. Am besten, ich löse mich in Luft auf und beantrage irgendwo eine neue Identität.

Mimi hüpft zu mir in den Wagen.

»Ja nicht losfahren!«, ruft sie zum Taxifahrer.

»Hör auf! Ich will weg und ich verstehe es, wenn du nichts mehr mit mir zu tun haben willst!«

»Hör du auf, so blöd zu sein, Marisa! Wer sagt denn, dass Martin gerade Ja gesagt hat?«

Mein Herz? Meine innere Stimme? Die Engel? Alles.

Aber selbst wenn er nicht Ja gesagt hat, gibt es eine andere Frau, die ihn offenbar liebt. Eine, gegen die ich mich machtlos fühle. Evelyn ist schlank. Schön. Und sie hat sich vor all seinen Freunden zu ihm bekannt. Steckt mit seiner Mutter unter der Decke.

»Es ist vorbei, Mimi«, bekomme ich krächzend heraus. »Egal, ob er Ja oder Nein gesagt hat. Ich hab diese Tänzerin bestellt und vergessen, ihren Auftrag zu stornieren.«

»Das ist doch jetzt völlig egal!«, sagt sie und zerrt an meiner Hand.

»Hast du nicht gesehen, wie peinlich das mit der Stripperin war?«

»Oh ja. Das habe ich. Aber das ist im Moment echt nicht das Problem.«

»Doch. Ist es, denn das verzeihe ich mir nie! Bitte! Lass mich einfach nach Hause fahren, Mimi, und vergiss mich. Ich bin die schlechteste Mitarbeiterin der Welt. Und die mieseste Freundin überhaupt.«

»Marisa, es ist ja noch nicht einmal gesagt, dass ihm diese Ablenkung nicht gerade recht gekommen ist.«

Man muss doch wissen, wann ein Glas leer ist! Ihr Optimismus ist gut und schön, aber meine Welt liegt in Trümmern und spätestens morgen, wenn sie davon in den Zeitungen liest, sieht sie es genauso.

»Mimi! Bitte, ich muss nach Hause!«

»Bitte! Dann fahr ich mit.«

»Untersteh dich!« Ich wische mir meine Tränen weg. »Du bist ein Profi, schon vergessen? Lauf hinein und bereite diesem Spektakel ein Ende! Bitte!«

Ich ertrage den Gedanken kaum, dass diese Frau noch immer vor ihm herumtänzelt und sich ihren Busen frei macht, nachdem ihm Evelyn einen Antrag gemacht hat. Martin wird mich ewig dafür hassen, dass ich so geschmacklos war.

»Du versprichst mir, dass du keine Dummheiten machst?«

Noch eine? Nein. Ich vergrab mich zuhause und setze keinen Fuß mehr nach draußen.

Oh Gott! Mein Hund!

»Mimi! Ich muss doch morgen, nein, sogar schon heute, Flodo aus dem Tierheim holen!«

»Okay, Süße. Dann fahr du jetzt nach Hause, Hände weg von Alkohol, und ich komm später mit Paul bei dir vorbei. Ausgemacht?«

»Warum bist du so gut zu mir? Das hab ich doch gar nicht verdient! Bitte, Mimi. Geh jetzt.«

Wieso ist sie so lieb? Sie müsste mich anschreien, mich kündigen, keine Ahnung, irgendetwas! Stattdessen presst Mimi mir die Restluft aus meinem Oberkörper, weil sie mich so fest an sich drückt. Sie küsst mich und steigt aus.

»Ich werde das jetzt irgendwie lösen. Verlass dich drauf!«

Ich nicke. Ja, das mit der Tänzerin vielleicht. Aber nicht das mit Martin. Das ist vorbei.

Ich nenne dem Fahrer meine Adresse und er startet los.

Leere macht sich in mir breit.

Das war also der Plan B seiner Mutter. Sie hat Evelyn angerufen. Ihr diesen Floh ins Ohr gesetzt. So ein Miststück!

Ich habe verloren.

Plötzlich höre ich, dass ich laut schluchze. Nein! Ich hab nicht einmal meine Handtasche mitgenommen. Himmel! Wie soll ich jetzt meine Tränen abwischen oder den Fahrer bezahlen?

Ich schließe die Augen und stelle mich tot.

›Dann haben sich heute also auf wundersame Weise Engel und Teufel gefunden. Sehr erstaunlich‹, höre ich Martin sagen. Damals. Auf Flavios Party.

Zu erstaunlich, denn im wahren Leben passiert so etwas nicht. Ich habe es von Anfang an geahnt. Und die Karten haben sich geirrt. Martin und ich ... das sind zwei Welten. Zu unterschiedlich, um miteinander zu verschmelzen.

Warum? Warum hat Evelyn das getan? Und warum hat er sie nicht unterbrochen? Er hätte doch wissen müssen, was kommt, wenn sich eine Frau vor ihn hinkniet. So etwas kann man nicht *nicht* ahnen. Und er hat gewusst, dass ich ihnen zusehe. Dass es mir das Herz bricht.

Das kann nur eines bedeuten: Martin Engel war nie in mich verliebt.

Leuchtend sehe ich eine der Tarotkarte vor mir: Zeit für einen Neuanfang. Das war also damit gemeint. Der Grund ist sie: Evelyn! Und ich muss jetzt ohne ihn zurechtkommen. Meine

Wangen brennen und mir ist, als würde ich demnächst ohnmächtig werden.

Mir doch egal. Dann spüre ich wenigstens nichts mehr.

»Hier!«

Ich öffne die Augen und der Fahrer hält mir ein Taschentuch nach hinten.

Dankend nehme ich es und putze mir die Nase.

Wie kann ein so schöner Tag ein so schreckliches Ende nehmen? Ich liebe Martin doch! So sehr, dass es so wehtut, und so sehr, dass ich am liebsten sterben würde. Hier und jetzt und auf der Stelle!

Lieber Gott, warum? Warum immer ich? Darf ich in diesem Leben nicht glücklich sein? Ich will es aber. Und zwar mit Martin.

Wieder höre ich wie benommen meinem eigenen lauten Schluchzen zu. Das kommt also dabei heraus, wenn sich eine Teufel in einen Engel verliebt!

»Ich … ich hab gar kein Geld«, bricht es aus mir heraus.

»Wenn ich Sie ansehe, ist das aber gerade Ihr geringstes Problem, oder? Aber keine Sorge, ich bin heute Abend von der Firma *Celebrate* gebucht worden, die auch dic Hochzeit organisiert hat, und alle Fahrten werden von denen übernommen. Anschließend fahre ich ja auch wieder zum Schloss zurück.«

Mimi! Du bist ein Genie.

Mit einem »Uffh« lasse ich mich in die Lederpolsterung fallen und sag nur »So ein Glück, danke.« Sein mitfühlendes Lächeln, das er mir über den Rückspiegel schickt, tröstet. Irgendwie.

In ein paar Stunden habe ich einen Hund, wenn ich schon keinen Mann mehr habe. Daran muss ich jetzt denken.

Oh Gott! Ich hab ja auch keinen Wohnungsschlüssel mit!

Laut heule ich auf. Was mache ich denn jetzt?

Wahnsinn! Ich habe den Mann, den ich liebe, verloren. Ich habe meiner besten Freundin den größtmöglichen beruflichen

Schaden zugefügt, den man sich vorstellen kann, und ich kann nicht einmal in meine Wohnung. Das ist der Super-GAU meines Lebens und mit Engeln bin ich auch fertig! Sollte ich jemals wieder in meine Wohnung kommen, verbrenne ich meine Karten. Aber wo soll ich nun hin?

ENDE

Danke!

Liebe Leserin oder lieber Leser!

Ich kann es selbst gar nicht glauben, aber dies ist mein vierzehnter Roman! Ich danke Ihnen von Herzen, dass Sie gemeinsam mit Marisa, Martin, Mimi und mir diese verrückte Singlehochzeit gefeiert haben. Wie es weitergeht, erfahren Sie im nächsten Teil dieser zweiteiligen Serie. Ich hoffe sehr, dass mein modernes Märchen Sie gut unterhalten hat und Sie Lust haben, mir ein paar Zeilen auf einer der Online-Plattformen als Rezension zu hinterlassen. Das würde mich riesig freuen! Und ich garantiere Ihnen: Ich lese alle Rezensionen. (Aber Achtung: Oft fragen E-Reader nach Rezensionen, die aber nur lokal bei Ihnen abgespeichert werden.)

Überhaupt finde ich es als Autorin immer wieder toll, mich mit meinen Leserinnen und Lesern austauschen zu können.

Abonnieren Sie doch meinen Newsletter auf miramorton.com und ab sofort sind Sie auf dem neusten Stand über meine Bücher, Hintergrundstorys und Gewinnspiele. Sie können auch gern mit mir direkt auf Facebook in Kontakt treten: www.facebook.com/MiraMorton.Autorin

Oder: Follow me on Twitter und Instagram: @mortonmira

Ich freue mich auf Sie!

Eine kleine Geschichte über die Idee zu diesem Roman möchte ich Ihnen hier noch erzählen. Die Inspiration zu dieser Story lieferte nämlich eine Italienerin. Laura Mesi wollte bis zu ihrem 40. Geburtstag einen Mann zum Heiraten finden. Da er nicht in Sicht war, hat sie eine bombastische Hochzeit für sich allein veranstaltet. Ich habe 2017 von dieser seltsamen Feier in den

Medien gelesen und sie so toll gefunden, dass mir die Idee zu diesem Roman gekommen ist. Ich hoffe aber sehr, dass die – mir unbekannte – Laura in der Zwischenzeit ihr Liebesglück gefunden hat.

Es ist immer wieder ein erhebender Moment, wenn ich genau an dieser Stelle eines Romans angekommen bin und all jenen danken darf, die Teil meines Miraversums sind.

Wie immer ist sie für Punkt und Beistrich verantwortlich, denn natürlich braucht jeder Roman sowohl ein Korrektorat als auch ein Lektorat: Ich drücke dich ganz fest, liebe Martina König! Du bist das allsehende Auge!

Ohne Cover geht jedoch auch rein gar nichts und in seine bin ich total verliebt: Eine herzliche Umarmung an dich, lieber Chris Gilcher! Was wären meine Romane ohne deine Kleidchen?

Gesetzt sollte das Ganze auch noch werden: Janos R. – I love you! Danke, dass du von Anfang an an meiner Seite bist!

Tja, und dann sollten, wenn möglich, meine Bücher noch zu Ihnen finden! Dafür danke ich von ganzem Herzen dem unglaublich engagierten Bookrix-Team! Ihr seid großartig! Und Lisa: Danke für die unheimlich vielen E-Mails und Telefonate, die du in mich und meine Buchprojekte investiert! Dicker Knutscher!

Immer wieder rühren mich auch meine Blogger/innen und Leser/innen mit ihren wundervollen Rezensionen und Beiträgen zu meinen Büchern zu Tränen. Es gibt da einen Kreis an Prinzessinnen und Prinzen, ohne die Mira nicht Mira wäre!

Ich umarme euch alle ganz fest und danke euch für all unsere gemeinsamen Jahre. Ute, du bist und bleibst meine Durchlaucht! Vero, Gabi, Caro, Ulla und Sandra: Euch entgeht aber auch gar nichts, oder? Dickes Bussi an euch. Aber ich muss auch noch ganz dringend einen dicken Drücker an Alice, Aziza, Bixi, Brigitte, Cornelia, Lexi, Petra, Sabine, Sonja schicken – ihr wisst ja, warum!!! Und steinigt mich nicht, wenn ich jetzt jemanden vergessen habe!

Ein Danke auch an alle, die regelmäßig mit mir auf Facebook kommunizieren, mich unterstützen, meine Bücher kaufen und lesen, meine Beiträge liken und teilen – was wäre ich ohne euch?

Wenn Sie also mehr über meine Bücher, mich selbst oder unseren verrückten Kreis wissen wollen, dann kommen Sie gern zu uns ... in unsere Facebook-Gruppe namens *MIRAVERSUM* unter www.facebook.com/groups/chicklitundromantischekomoedien. Hier, wie auch auf meinen beiden Seiten, sind alle meine Prinzessinnen und Prinzen versammelt!!!

Und sollten Sie noch nicht genug von Milliardären, Hollywoodstars und großen Gefühlen haben, finden Sie meine bisher erschienenen Bücher und E-Books mit Kurzbeschreibungen und Buchcovers auf den folgenden Seiten.

Vielen Dank und viel Liebe in Ihrem Leben!

Ihre Mira Morton

www.miramorton.com

Email: principessa@miramorton.com

Instagram: @mortonmira

Facebook: www.facebook.com/MortonMira

Die Karten

Wie es mit Marisa weitergeht, erfahren Sie in Teil 2 der Serie „Marry me“ von Mira Morton. Aber vielleicht finden sich in den Karten bereits einige Hinweise darauf.

Marisa und Mimi verwenden folgendes Kartendeck:

Das Engel-Tarot: Kartendeck. Gebundene Ausgabe, 8. Juni 2012 von Doreen Virtue (Autor), Radleigh Valentine (Autor), Angelika Hansen (Übersetzer), Verlag: Allegria.

Sie legen damit ein sogenanntes „Keltisches Kreuz“:

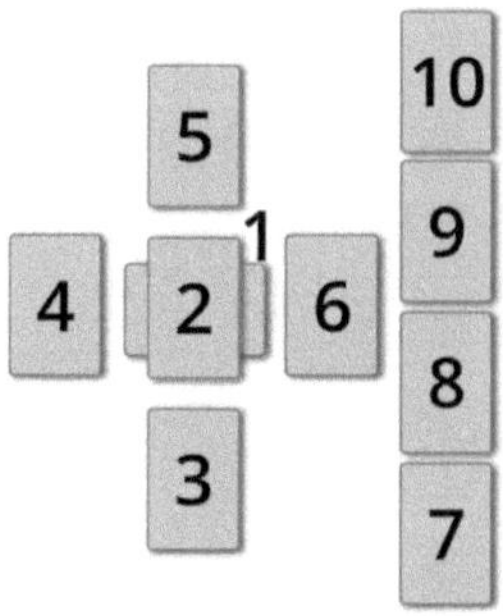

Marisas Ergebnis auf die Frage, wie es mit Martin und ihr als Liebespaar steht, waren folgende Karten (zitiert aus dem Kartendeck von Doreen Virtue):

Karte 1 (Ist-Situation):
Zwei des Wassers – Beziehung, die inniger wird. Verzeihung. Konflikt lösen.

Karte 2 (gegenwärtige Herausforderung zum Thema/zur Frage): Sechs der Erde – Geld, Zeit oder Leichtigkeit als Geschenk, neue Karriereoptionen

Karte 3 (Basis der Ist-Situation):
Acht der Luft – Die Annahme, in die Falle getappt zu sein. Zu wenig Selbstvertrauen. Angst, zu agieren.

Karte 4 (Vergangenheit, die für die Situation wichtig ist):
Page des Wassers – Eine neue Person tritt ins Leben. Eine Beziehung tritt in eine neue Phase ein. Gesteigerte übersinnliche Wahrnehmung.

Karte 5 (die Gegenwart):
Ritter des Wassers – Sich verlieben oder einen Heiratsantrag bekommen. Gefühle ausbalancieren. Einladung zu einem gesellschaftlichen Ereignis.

Karte 6 (die nahe Zukunft):
As des Wassers – Sich verlieben oder eine alte Beziehung wieder aufleben lassen. Spirituelles Wachstum. Neues Zuhause.

Karte 7 (die Stärke des Fragenden in dieser Situation):
Befreiung/Erzengel Azrael – Das Ende einer Phase. Spirituelle Informationen. Zeit für einen Neuanfang.

Karte 8 (die Wirkung anderer Personen auf die Situation):
Neun der Luft – Das Schlimmste erwarten. Selbsterfüllende Prophezeiungen. Schlaflose Nächte.

Karte 9 (die Hoffnungen und Ängste des Fragenden in der Situation):
Fünf der Erde – Ängste, die um Geld kreisen. Die Klugheit, Hilfe von anderen anzunehmen. Unsicherheit in der beruflichen Selbstständigkeit.

Karte 10 (das Resultat/die Zukunft in Bezug auf die Frage):
Die Liebenden/Erzengel Raphael – Innige Liebesbeziehungen. Prüfe die Entscheidungen sorgfältig. Gute Gesundheit.

Quellennachweise

Meine Geschichte sowie sämtliche Charaktere darin sind frei erfunden. Doch zur Einbettung in die Realität habe ich Namen von realen Personen, Filmen und Filmfiguren, Institutionen, Marken, Firmen, Sehenswürdigkeiten, Lokale und Locations etc. erwähnt:

Das Lokal *Pronto da Salvo*, Spiegelgasse 2, 1010 Wien

Kunsthistorisches Museum, Maria-Theresien-Platz, 1010 Wien

Folgende Markennamen, Firmen und/oder Produkte: *Chanel, Formel 1, Ferrari, Audi A6 Kombi, Mini, Dassault Falcon 7X, Nespresso, Aperol, Ray-Ban, Playboy-Bunnys, Christie's (New York), WhatsApp, Google, Wikipedia, Outlook, Excel*

Die Maler und Künstler: *Pablo Picasso*, das Gemälde ›Femme accroupie. Jacqueline‹ von Pablo Picasso sowie seine Jacqueline Roque; *Salvador Dali* und *Franz West*

Die Filmfigur *Inspektor Columbo*

Folgende Bands und Künstler: *Coldplay, Keith Urban, The Rolling Stones, Ed Sheeran, Robbie Williams, Prince, Pink Floyd, Beethoven sowie Dita von Teese*

Die Filme *Notting Hill* und *Pretty Woman*

Den Autor *John Grisham*

Das Engelskartendeck von *Doreen Virtue*

Die *#MeToo*-Bewegung

Des Weiteren habe ich Songs und deren Interpreten genannt:

›*Blue Ain't Your Color*‹ von *Keith Urban*:
Aus dem Album *Ripcord* vom 06.05.2016 und als Single am 08.08.2016 veröffentlicht
Written by Steven Lee Olsen, Hillary Lindsey, Clint Lagerberg
Label: Hit Red – Capitol Nashville

›*Breathe*‹ von *Pink Floyd*:
Aus dem Album *The Dark Side of the Moon* vom 01.03.1973
Written by David Gilmour, Roger Waters, Richard Wright
Label: Harvest

›*9. Sinfonie in d-Moll op. 125, 4. Satz: Ode an die Freude*‹ von *Ludwig van Beethoven*:
Uraufführung: 07.05.1824 im Kärntnertortheater
Musik von Ludwig van Beethoven, Text von Friedrich Schiller (Gedicht: An die Freude)

All dies macht meine Geschichte bunter und bettet sie in eine Realität ein, die Sie und ich kennen!